Häa-net.com
哈福網路商城

Häa-net.com
哈福網路商城

Häa-net.com
哈福網路商城

Häa-net.com
哈福網路商城

靠這本書輕鬆進入全美前10所大學

突破120分
iBT托福
必考單字

馬中溥 Paul Ma◎合著

哈福

靠這本書，輕鬆進入美國TOP10大學

獨創狂飆式母語學習記憶心法
一次記住iBT托福120分單字！

　　「托福」是TOEFL的中譯名稱，它指的是Test of English as a Foreign Language（針對英語為外語的人所做的考試），目的在於了解欲前往美加地區留學的學生是否具有使用英語在當地生活與求學的溝通能力。水準以上的大學和研究所都會要求非英語系國家的學生提出托福成績，好讓學校評估學生的語言能力。

　　美加地區的大學或研究所為了維持學校的教學品質，會在入學條件中設定不同的托福成績標準。通常越好的學校，要求的托福成績會越高；這並不是歧視英語說得破的人，而是因為該校若有全國較好的師資、設備和當國學生，當然國際學生的英語就要更強，才能跟得上老師和同學。

　　全美有三、四千所大學，可想而知，前十名的學校才擁有全國頂尖的老師、設備和學生。若想進全美前十名的大學或研究所，基本上iBT托福分數就要將近120分。

iBT托福簡介

托福從過去的紙筆測驗、CBT TOEFL，一直演進到現在的iBT TOEFL，其實都是在跟亞洲地區的補習班作戰，ETS（托福主辦單位）透過不斷的變革，讓托福的題目漸漸沒有辦法輕易用「考試技巧」來猜出答案，以便讓學校真正了解學生的英語溝通實力，不致發生托福分數很高，卻在班上聽不懂、說不出、讀不來、寫不好的荒謬情況。

所謂的iBT指的是Internet-Based Test，也就是托福的考試方式是以網路為基礎。跟過去CBT(Computer-Based Test) TOEFL最大的不同，在於iBT托福增加了整合性的口說測驗和寫作測驗，把重點放在英語溝通能力上，難度比以往高了許多。

不過我們還是有方法為考生找出「捷徑」來破解iBT TOEFL。

最大特色：為考生找「捷徑」，破解iBT TOEFL

市面上托福單字書琳瑯滿目，大部分收錄的單字並非iBT托福所常考，而且幾乎所有的書都沒有教導要怎麼樣才能記住單字，讓考生白費時間與力氣，不僅背的字沒考到，而且今天背了，明天就忘。

本書在iBT托福單字教學上有突破破性的進展。除了精準統計iBT托福120分近1600個必備字彙，還根據語言學首創狂飆式母語學習法，徹底改良傳統托福單字書的缺點與局限。

第一階段　全母語學習法

　　此書精心設計的排版方式，讓讀者先不要看中文解釋，試著以英文同、反義字猜出單字意義。若用同、反義字無法理解字義，再於例句中前後推敲單字。如此就可在短時間內大幅增進字彙理解能力。

　　若在第一階段仍無法理解字義，則進入第二階段的學習。

第二階段　中文輔助記憶

　　以中文翻譯輔助了解單字與例句的意義。若在記憶上仍有困難，可以進一步藉由「記憶心法」背誦。

　　在「記憶心法」的教學單元裡，每一單字根據字首字根、諧音、故事聯想等方法中，精選最快速、有效、合適的背誦要領，考生只需看過一遍就能永遠記住。

　　例如abdicate（辭職）這個字就適合字首字根來背誦，字首ab-表「離開」，字根dic表「宣佈」，合併起來就是「宣布離開」，由此引申為「辭職」。又如asthma（氣喘）音似「啊死媽」，可聯想：「啊」！小黃「氣喘」得快要「死」了，快叫「媽」！

　　狂飆式母語學習法彌補全英語教學的不足，更增強中英對照的學習方式，因此《突破120分 iBT托福必考單字》是您突破iBT托福120分，一定要讀的托福單字書。

CONTENTS

【目錄】

突破120分

iBT托福必考單字

A~Z

abase

v. [ə'bes] 同belittle, degrade ★★★☆☆

▶ 動使謙卑；降低身分

A man who always likes to use bad language will only abase himself.

▶ 總喜歡說髒話的人只會自貶身分。

記憶心法 字首 a- 表示「去」，字根 base 表示「降低」，合併起來是「去降低」，由此引申為「使謙卑；降低身分」之意。

abbreviate

v. [ə'brivɪet] 同condense 反amplify ★★☆☆☆

▶ 動縮寫；縮短

UN is abbreviated from United Nations.

▶ UN 是 United Nations（聯合國）的縮寫。

記憶心法 字首 ab- 可表「加強」，字根 brev 表「短」，-iate 是動詞字尾，合起來就引申為「縮短」之意。

abdicate

v. ['æbdə,ket] 同renounce, abandon ★★☆☆☆

▶ 動辭職；放棄

She abdicated her responsibilities for the care of the child.

▶ 她放棄了照顧孩子的責任。

記憶心法 字首 ab- 表「離開」，字根 dic 表「宣布」，-ate 作動詞字尾，合併起來是「宣布離開」，由此引申為「放棄；辭職」。

abhor

v. [əb'hɔr] 同hate, despise ★★★★★

▶ 動憎恨，嫌惡

Most people abhor violence.

▶ 大多數人憎恨暴力。

記憶心法 字首 ab- 可表「加強」，字根 hor 表「恨，怕」，合起來就引申為「憎恨；厭惡」之意。

A

abide

v. [ə'baɪd] 同endure; stay　★★★★☆

► 動 容忍；停留

She cannot abide the pressure anymore.

► 她再也無法忍受這麼大的壓力。

記憶心法 字首 a- 可表「加強」，字根 bide 表「居住，停留」，合起來就是「停留，居住」的意思，引申為「容忍」。

abject

a. ['æbdʒɛkt] 同miserable, pitiful　★★★☆☆

► 形 極可憐的；卑屈的

He is an abject coward.

► 他是個極可憐的懦夫。

記憶心法 字首 ab- 表「離開」，字根 ject 表「拋扔」，合併起來是「被拋離的」，由此引申為「可憐的；悲慘的」。

abolish

v. [ə'bɑlɪʃ] 同abate, cancel 反establish　★★★☆☆

► 動 廢除，廢止

People appealed for abolishing official policies of racial segregation.

► 人們呼籲廢除官方的種族隔離政策。

記憶心法 字首 ab- 可表「相反」，olish 可看成 polish（拋光，優雅），所以合起來是「與優雅、光滑相反」，可聯想：「不優雅又粗糙」的東西就該「廢除」。

aboriginal

a. [ˌæbə'rɪdʒənl̩] 同primitive, native　★★★☆☆

► 形 土著的；原來的

The Indians are the aboriginal Americans.

► 印第安人是美國的原住民。

記憶心法 字首 ab- 可表「從」，origin 是「開始，起源」，-al 作形容詞字尾，表示「……的」，合併起來便有「原來的；土著的」之意。

abortion

★★★★★

n. [ə'bɔrʃən] 同miscarriage

▶ 名 流產，墮胎

She thinks those who have abortions will not be able to go to heaven.

▶ 她認為那些進行墮胎的人不能去天堂。

記憶心法 字首 ab- 表「相反，離去」，字根 or 表「升起，開始」，-tion 是名詞字尾，合起來是「不再升起或開始」，由此引申為「流產，墮胎」。

abrasive

★★★☆☆

a. [ə'bresɪv] 同abrading, attritional

▶ 形 有研磨作用的

These materials have strong abrasive resistance.

▶ 這些材料耐磨力強。

記憶心法 動詞 abrade 表示「擦；磨」，去掉 de，加上形容詞字尾 -sive，就是「有研磨作用的」。

abruptly

★★★☆☆

ad. [ə'brʌptlɪ] 同suddenly

▶ 副 突然地；魯莽地

He asked me abruptly about climbing mountains next week.

▶ 他突然問我下星期要不要去爬山。

記憶心法 字首 ab- 表「離開」，字根 rupt 表「斷」，-ly 為副詞字尾，合起來是「突然斷開地」，引申為「突然地；魯莽地」之意。

abstain

★★★★☆

v. [əb'sten] 同refrain, desist

▶ 動 戒絕，回避；棄權

That former alcoholic swore to abstain from drinking.

▶ 那個在以前嗜酒的人發誓要戒酒。

記憶心法 字首 abs- 表「離開」，字根 tain 表「拿住」，合起來是「不拿住」，因此便有「放棄，戒絕」的意思。

abstemious

★★★☆☆

a. [æb'stimɪəs]

▶ 形 節制的；適度的

One of my good friends is an abstemious person.

▶ 我的一個好朋友是個會節制的人。

> 記憶心法 此字其中的 tem 來自拉丁文 temetum（蜜酒），而 abs（不）＋ tem（酒）＋ ious（形容詞字尾）就是「不喝酒的」，由此引申為「節制的；適度的」。

abstinence

★★★★☆

n. ['æbstənəns] 同abstention, asceticism

▶ 名 禁絕（食物或酒）

Total abstinence is essential to his health.

▶ 完全戒酒對他的健康至關重要。

> 記憶心法 abstinence 可拆分為 abs（不）＋ tin（拿住）＋ ence（名詞字尾），合併起來是「不再拿住」，引申為「戒絕」。

abstruse

★★★☆☆

a. [æb'strus] 同profound反shallow

▶ 形 難解的，深奧的

Many students thought that the professor's lectures were a bit too abstruse.

▶ 許多學生都認為這個教授的課很難理解。

> 記憶心法 字首 abs- 表示「離開」，字根 truse 表示「走，推」，合併起來是「走不進去而離開」，由此引申為「難解的，深奧的」。

abusive

★★★★★

a. [ə'bjusiv] 同affronting, contumelious

▶ 形 責罵的；濫用的

You should not use abusive or obscene language to criticize others.

▶ 你們不應用罵人的或下流的話批評他人。

> 記憶心法 此字為動詞 abuse（濫用；辱罵）的形容詞形式，-ive 是形容詞字尾，表示「……的」，合併起來便有「辱罵的，濫用的」之意。

accelerate

★★★☆☆

v. [æk'sɛlə,ret] 圓speed up, quicken ▶ 勔使加速；促進

The government decided to enact a policy to accelerate economical recovery. ▶ 政府決定採取措施以加速經濟復甦。

記憶心法 字首 ac- 表「加強」，字根 celer 表「速度」，-ate 是動詞字尾，合起來是「加快速度」，因此便有「使加速；促進」之意。

accessible

★★★★☆

a. [æk'sɛsəbḷ] 圓available, reachable ▶ 可進入或使用的

The place is accessible only by boat. ▶ 這個地方只有坐船才能到達。

記憶心法 access 表「進入；接近」，字尾 -ible 表「有……傾向的」，合併起來便有「可進入的；可使用的」之意。

acclaim

★★☆☆☆

v. [ə'klem] 圓applaud, clap ▶ 勔歡呼；稱讚；擁立

People acclaimed him president. ▶ 人們擁立他為總統。

記憶心法 字首 ac- 表「對著」，claim 表「呼喊」，合起來是「對著某人呼喊」，因此便有「歡呼，稱讚」之意，引申為「擁立」。

acclimate

★★★★★

v. [ə'klaɪmɪt] 圓adapt, adjust ▶ 勔使適應

I have not become acclimated to Taiwan yet. ▶ 我還不能適應台灣的環境。

記憶心法 字首 ac- 表「在」，climate 表「氣候」，合併起來是「在任何氣候下生存」，引申為「使適應」。

accolade

★★★★☆

n. [ˌækəˈled] 同eulogy, glory

▶ 名 嘉獎，讚許

To be chosen to represent his country is the highest accolade for an athlete.

▶ 能被選拔代表國家是運動員的最高榮譽。

> **記憶心法** 字首 ac- 表示「在」，字根 col 表示「脖子」，可聯想：主辦人為了「嘉獎」冠軍，就把獎牌掛「在」冠軍的「脖子」。

accomplice

★★☆☆☆

n. [əˈkɑmplɪs] 同participator, ally

▶ 名 幫兇，同謀

He was accused as an accomplice.

▶ 他被指控為同謀。

> **記憶心法** 字首 ac- 表示「在」，字根 com 表「一起」，字根 plic 表「重疊」，合起來是「重疊在一起做」，由此引申為「幫兇，同謀」。

accordingly

★★★☆☆

ad. [əˈkɔrdɪŋlɪ] 同correspondingly

▶ 副 照著；因此，於是

The manager has told you the details so you should act accordingly.

▶ 經理已告訴你細節，所以你應照著做。

> **記憶心法** 字首 ac- 表「對著」，字根 cord 表「心」，合起來是「心心相印」，即「一致，同意」，加上 ingly 變為副詞，引申為「照著；因此，於是」。

accrue

★★★★★

v. [əˈkru] 同enlarge, accumulate

▶ 動 產生；孳生

Interest will accrue if you keep your money in the savings bank.

▶ 如果你把錢存在銀行裡就會生利息。

> **記憶心法** 字首 ac- 表「加強」，字根 crue 表「生產；增加」，合併起來便有「產生；孳生」之意。

accumulate

★★★★★

v. [ə'kjumjə,let] 圓cumulate, amass

▶ 圓累積，積聚

She has successfully accumulated a fortune to buy an apartment.

▶ 她已經成功累積一筆錢買間公寓。

記憶心法 字首 ac- 表「加強」，字根 cumulate 表「累積」，合起來就是「累積，積聚」的意思。

acid

★★★★☆

a. ['æsɪd] 圓acerb, acetous

▶ 圓酸的；尖酸刻薄的

His acid look hurt me deeply.

▶ 他尖酸刻薄的眼神深深傷害了我。

記憶心法 acid 本身就是字根，表示「尖，酸，銳利」，所以當它作形容詞時，就是「酸的，尖酸刻薄的」之意。

acidulous

★★★★☆

a. [ə'sɪdʒələs] 圓sour, tart

▶ 圓帶酸味的；諷刺的

Her acidulous satire made me very angry.

▶ 她那刻薄的諷刺讓我非常生氣。

記憶心法 字根 acid 表示「酸，尖」，-ous 作形容詞字尾，表示「多……的」，合併起來便有「帶酸味的；帶諷刺意味的」之意。

acme

★☆☆☆☆

n. ['ækmɪ] 圓apex, peak

▶ 圓頂點；極點

He was in the acme of happiness.

▶ 他快樂到了頂點。

記憶心法 字首 a- 表「在……上」，cme 可看成 come（到達），可聯想：一直往「上」走，就可以「到達」「頂點」。

acorn

★★★★☆

n. [ˈekɔrn]

▶ 图 橡子，橡實

There are many acorns on the oak tree. ▶ 這棵橡樹上有很多橡子。

記憶心法 a 表示「一個」，corn 表「穀物」，可聯想：「橡實」就是「一個穀物」。

acoustic

★★☆☆☆

a. [əˈkustɪk] 同acoustical

▶ 形 聽覺的，音響的

The old man needs to buy an acoustic aid. ▶ 這個老人需要買個助聽器。

記憶心法 字根 acousto 表「與聲（波）有關的」，ic 是形容詞字尾，所以合起來便有「聽覺的，音響的」之意。

acquiesce

★★★★★

v. [ˌækwɪˈɛs] 同assent, comply

▶ 動 默認；順從

No person can acquiesce to such breaches of order. ▶ 沒有人會默許這種破壞秩序的行為。

記憶心法 字首 ac- 表「加強」，字根 quies 表示「安靜」，-ce 在此作動詞字尾，合併起來是「保持安靜」，引申為「默認」之意。

acquisition

★★★★☆

n. [ˌækwəˈzɪʃən] 同attainment

▶ 图 獲得；獲得物

The jacket is my new acquisition. ▶ 這件夾克是我新添置的衣服。

記憶心法 acquisition 是動詞 acquire（獲得）的名詞形式，去掉 re 加上 sition 而形成，因此便有「獲得；獲得物」之意。

acquittal

★★★★★★

n. [əˈkwɪtḷ] 同emancipation

▶ 名宣告無罪，開釋

There were two acquittals in court today.

▶ 今日法庭宣判兩人無罪。

記憶心法 動詞 acquit 表示「宣告無罪」，-tal 是名詞字尾，合併起來成為名詞，表示「宣告無罪，開釋」。

acrimonious

★★★★★

a. [ˌækrəˈmonɪəs] 同stinging, biting

▶ 形刻薄的；激烈的

I hate an acrimonious atmosphere.

▶ 我討厭激烈的氣氛。

記憶心法 此字是名詞 acrimony（尖刻；激烈）的形容詞形式，去 y 加上 ious 形成形容詞，因此便有「刻薄的；激烈的」之意。

actuate

★★★★★

v. [ˈæktʃʊˌet] 同provoke, stir

▶ 動使開動；激勵

They want to actuate a time bomb.

▶ 他們想要啟動定時炸彈。

記憶心法 字根 act 表示「做，行動」，-ate 在此作動詞字尾，合併起來就是「使開動；激勵」之意。

acumen

★★★★★

n. [əˈkjumən] 同keenness, shrewdness

▶ 名敏銳；精明；聰明

The young man has great political acumen.

▶ 那個年輕人有很高的政治才幹。

記憶心法 字根 acu 表示「尖銳」，-men 在此作名詞字尾，可聯想：說話「尖銳」的人，通常都是「敏銳、精明」的人。

acute

★ ★ ★ ☆ ☆

a. [ə'kjut] 同penetrating

▶ 形敏銳的；激烈的

Her acute analysis of the educational situation won the applause of the audience.

▶ 她關於教育形勢的敏銳分析贏得了聽眾的掌聲。

記憶心法 字首a-表示「加強」，字根cute意為「伶俐的；精明的」，可聯想：一個「精明伶俐」的人所發表的觀點自然會是「敏銳的；激烈的」。

adept

★ ★ ★ ★ ☆

a. [ə'dɛpt] 同skillful, proficient

▶ 形內行的，熟練的

She's adept at writing novels.

▶ 她善於寫小說。

記憶心法 字首ad-表示「加強」，字根ept表示「適合」，合併起來是「非常能適應的」，由此引申為「熟練的，內行的」。

adherent

★ ★ ★ ☆ ☆

a. [əd'hɪrənt] 同adhesive, sticky

▶ 形黏著的，附著的

This is an adherent substance.

▶ 這是一種黏性的物質。

記憶心法 字首 ad- 表示「在」，字根 her 表示「黏貼，附著」，-ent 在此作形容詞字尾，合併起來便有「黏著的，附著的」之意。

adjunct

★ ★ ★ ★ ★

n. ['ædʒʌŋkt] 同accessory, appendage

▶ 名附加物；修飾語

The word is an adjunct of that noun.

▶ 這個字是那個名詞的修飾語。

記憶心法 字首ad-可表示「增加」，字根junct表示「結合，連接」，合併起來是「增加連接的東西」，由此引申為「附加物；修飾語」之意。

admonish

★★★★★

v. [əd'mɑnɪʃ] 同warn, reprove

▶ 団告誡，警告

The teacher admonished the student for cheating in the exams.

▶ 老師警告那個學生考試不要作弊。

記憶心法 字首 ad- 可表「對著」，字根 mon 表「警告」，合起來是「對著某人警告」，因此便有「告誡，警告」之意。

---

adorn

★★★★★

v. [ə'dɔrn] 同decorate, beautify

▶ 団裝飾；裝扮

Many people are admiring the paintings that adorn the walls.

▶ 許多人在欣賞那些裝飾牆壁的繪畫。

記憶心法 字首 ad- 可表示「加強」，字根 orn 表示「裝飾」，因此合併起來便有「裝飾；裝扮」之意。

---

adroit

★★★★★

a. [ə'drɔɪt] 同clever, skillful

▶ 形熟練的，靈巧的

He soon became adroit at driving a car.

▶ 他很快就對開車非常熟練。

記憶心法 字首 a- 可表示「加強」，字根 droit 表示「靈巧」，所以合併起來便有「熟練的，靈巧的」之意。

---

adulation

★★★★★

n. [ˌædʒə'leʃən] 同compliment

▶ 名諂媚，奉承

The girl is so vain that she can never be satiated with adulation.

▶ 此女孩太虛榮以致奉承已不能滿足她。

記憶心法 adul 可看成 adult（成年人），-tion 在此作名詞字尾，可聯想：「成年人」在職場總是喜歡「諂媚，奉承」老闆。

advent

★★☆☆☆

v. [ˈædvɛnt] 同appear

▶ 動 出現，到來

With the advent of the new product, the company began to prosper.

▶ 隨著新產品出現，公司開始有了起色。

記憶心法 字首 ad- 可表示「加強」，字根 vent 表示「來，到來，出現」，因此合併起來便有「到來，出現」之意。

adversary

★★★★★

n. [ˈædvɚˌsɛrɪ] 同antagonist, opponent

▶ 名 敵人，對手

He defeated his adversary and became the world champion.

▶ 他打敗對手，成爲世界冠軍。

記憶心法 字首 ad- 可表「至，去」，字根 verse 表「轉」，合起來是「轉過去」，也就是「相反的」之意，再加上名詞字尾 -ary，就意爲「敵人，對手」。

adverse

★★★☆☆

a. [ædˈvɝs] 同contrary; harmful

▶ 形 相反的；不利的

His suggestion is adverse to our interest.

▶ 他的建議不利於我們的利益。

記憶心法 字首 ad- 可表「至，去」，字根 verse 表「轉」，合起來是「轉過去」，因此引申爲「相反的；不利的」之意。

adversity

★★★★☆

n. [ədˈvɝsətɪ] 同affliction, dcalamity

▶ 名 災禍，逆境

A genuine friend will not desert you in time of adversity.

▶ 眞正的朋友不會在你處於逆境之時棄你而去。

記憶心法 此字爲 adverse（相反的；不利的）之名詞形式，-ity 是名詞字尾，因此引申爲「災禍，逆境」之意。

aesthetic

★★★★★

a. [εs′θεtɪk] 同beautiful, artistic

▶刑美學的;審美的

She is an aesthetic person.

▶她是一個有審美感的人。

記憶心法 字首 a- 表「對著」,字根 esth 表「感覺」,字尾 -etic 表示「……的」,可聯想:「對」美產生「感覺」的人,就是有「審美」感的人。

affable

★★★★★

a. [′æfəbl] 同friendly, amiable

▶刑和藹的;友善的

He is affable to everybody.

▶他對每個人都和藹可親。

記憶心法 字首 af- 表示「對著」,字根 fabl 表示「說」,合併起來是「(心平氣和地)對別人說話」,因此便有「和藹的;友善的」之意。

affected

★★★★★

a. [ə′fεktɪd] 反unaffected

▶刑假裝的,做作的

Don't try to be so affected.

▶千萬別這麼裝模作樣。

記憶心法 affect 表示「影響」,-ed 在此作形容詞字尾,表示「……的」,合併是「影響的」,可聯想:「做作的」人容易「影響」他人。

affidavit

★★★★★

n. [ˌæfə′devɪt]

▶名宣誓書

The two parties are signing an affidavit.

▶雙方正在簽署宣誓書。

記憶心法 字首 af- 表示「加強」,字根 fid 表示「相信,信任」,-it 在此作名詞字尾,而「使人相信的東西」就是「宣誓書」了。

affiliate

★★★☆☆

v. [əˈfɪlɪˌet] 同connect, join ▶動 成為會員

He affiliated himself with a local tennis club. ▶他加入當地的一家網球俱樂部。

記憶心法 字首 af- 表「到，在，對」，字根 fili 表「兒子」，-ate 是動詞字尾，合起來是「成為兒子」，由此引申為「使緊密聯繫；接納……為會員」之意。

affirmative

★★★★☆

a. [əˈfɝmətɪv] 同positive 反negative ▶形 肯定的；積極的

She always holds an affirmative approach towards life. ▶她總是對生活抱著積極的態度。

記憶心法 字首 af- 可表「加強」，firm 是「堅定的」，-ative 是形容詞字尾，合起來是「一再堅定」，因此便有「肯定的；積極的」之意。

afflict

★☆☆☆☆

v. [əˈflɪkt] 同trouble, ail, pain ▶動 使痛苦，折磨

Lots of people are still afflicted by poverty. ▶仍有許多人受著貧窮的折磨。

記憶心法 字首 af- 表「到，在，對」，字根 flict 表「打」，合起來是「對著某人打」，因此便有「使痛苦，折磨」之意。

affliction

★★★☆☆

n. [əˈflɪkʃən] 同adversity, pain ▶名 痛苦；苦惱的事

He holds no sympathy for those in affliction at all. ▶他不同情那些生活在苦難中的人們。

記憶心法 affliction 是由動詞 afflict（使痛苦，使苦惱）加上名詞字尾 -ion 而形成，因此意為「痛苦；苦惱的事」。

affluence

★★★★☆

n. [ˈæfluəns] 同wealth, abundance

► 名豐富；富裕

His family quickly rose to affluence.

► 他的家庭很快就富裕起來了。

記憶心法 字首 af- 表示「到」，字根 flu 表示「流動」，-ence 是名詞字尾，合併起來可聯想：財富「流到」某人手中時，那個人就「富裕」了，

aftereffect

★★★★☆

n. [ˈæftərəˌfɛkt] 同fallout

► 名後果；副作用

He still suffered from the aftereffects of the cold.

► 他仍然遭受著感冒之後的痛苦。

記憶心法 after 意為「在……後」，effect 意為「效果」，合起來是「之後的效果」，因此引申為「後果；副作用」之意。

agape

★★★★★

a. [əˈgep]

► 形張大著嘴的

He watched us with mouth agape.

► 他張大著嘴看著我們。

記憶心法 字首 a- 表示「加強」，字根 gap 表示「打呵欠」，合併起來是「嘴巴張大打呵欠」，也就是「張大著嘴」之意。

agenda

★★★☆☆

n. [əˈdʒɛndə] 同docket, agendum

► 名議程

They decided to move on to the next item on the agenda.

► 他們決定討論議程的下一個項目。

記憶心法 字首 ag- 可表「做」，字根 enda 表「名詞多數」，合起來是「做的事情」，因此便引申為「議程」之意。

agent

★★★★☆

n. [ˈedʒənt] 同factor; broker

▶ 名 代理人；起因

She asked to speak to the president instead of his agent.

▶ 她要求和會長講話，而不是他的代理人。

記憶心法 字首 ag- 可表「做」，-ent 在此作名詞字尾，表示「……的人」，合併起來是「做某事的人」，由此引申為「代理人」之意。

agglomeration

★★☆☆☆

n. [əˌglɑməˈreʃən]

▶ 名 聚集；堆

I dislike this place because of the ugly agglomeration of old buildings around.

▶ 我討厭此地，因周圍是一堆難看的舊建築物。

記憶心法 此字為動詞 agglomerate（成團，成塊，凝聚）的名詞形式，-ion 是名詞字尾，因此便有「聚集；堆」之意。

aggravate

★★★★★

v. [ˈægrəˌvet] 同worsen, exasperate

▶ 動 惡化；加重；激怒

The bad weather aggravated the damage caused by the earthquake.

▶ 壞天氣加重地震所造成的損壞。

記憶心法 字首 ag- 可表「加強」，字根 grav 表「重」，-ate 是動詞字尾，因此便有「加重」之意，引申為「惡化；激怒」。

aggregate

★★★★☆

v. [ˈægrɪˌget] 同total

▶ 動 總計，合計

The donation aggregated to 20,000 dollars.

▶ 捐款合計達兩萬元。

記憶心法 字首 ag- 表示「加強」，字根 greg 表示「聚集」，-ate 在此作動詞字尾，合併起來是「聚集在一起」，因此便有「總計，合計」之意。

agility

★★★★★

n. [əˈdʒɪlətɪ] 同promptness ▶ 图敏捷；靈活；輕快

His agility is the reason why he is on the school team. ▶ 他的敏捷說明了他在校隊的原因。

記憶心法 agile 是「靈活的；敏捷的」，-ity 在此作名詞字尾，因此成為名詞，意思是「敏捷；靈活；輕快」。

agitate

★★★★★

v. [ˈædʒəˌtet] 同disturb, instigate 反calm ▶ 圃煽動；使不安

She was agitated by his sudden appearance. ▶ 他突然出現，使她焦慮不安。

記憶心法 字首 ag- 表示「行動」，字根 it 表「去」，-ate 在此作動詞字尾，合併起來是「去行動」，由此引申為「煽動；使不安」之意。

agrarian

★★★★★

a. [əˈgrɛrɪən] 同agricultural, pastoral ▶ 圈土地的，農業的

He advocated agrarian reforms. ▶ 他提倡土地改革。

記憶心法 字根 agr 表示「田地，農業」，-arian 作形容詞字尾，合併起來便有「土地的；農業的」之意。

ailing

★★★★★

a. [ˈelɪŋ] 同unwell 反well, healthy ▶ 圈生病的

She gave up her job to take care of her ailing mother-in-law. ▶ 她辭去工作以照顧她生病的婆婆。

記憶心法 動詞 ail 表示「生病」，加上 ing 變為形容詞，意為「生病的」。

alchemy

★★★★☆

n. [ˈælkəmɪ]

▶ 名 煉金術

He wrote a book on alchemy.

▶ 他寫了一本關於煉金術的書。

 al 可看成 all（全部的），chemy 可看成 chemistry（化學），可聯想：「煉金術」就是有關「化學」的「全部」知識。

---

alienate

★☆☆☆☆

v. [ˈeljənˌet] 同 wean, disaffect

▶ 動 疏遠；離間

His attempts to alienate the two friends failed in the end.

▶ 他試圖疏遠那兩個朋友，但最終沒做到。

 字首 ali- 表示「別的」，-ate 在此作動詞字尾，合併起來是「使成為別人的」，由此引申為「疏遠；離間」之意。

---

allay

★★★★☆

v. [əˈle] 同 alleviate, ease

▶ 動 使緩和；減輕

You can try to take these pills because they will allay pain.

▶ 你可試試這些藥丸，因為它們可減輕疼痛。

 allay 可以和形似字 alley（小巷）一起聯想記憶：那條 alley 裡有一家藥房，它賣的藥可以 allay 任何病痛。

---

alleviate

★★☆☆☆

v. [əˈlivɪˌet] 同 relieve, assuage

▶ 動 減輕，緩和

Nothing can alleviate the pain in her heart.

▶ 沒有什麼能減輕她心靈的痛苦。

 字首 al- 表示「加強」，字根 levi 表「輕」，-ate 在此作動詞字尾，合起來是「使……變輕」，也就是「減輕，緩和」之意。

allege

★★★★★

v. [əˈlɛdʒ] 同declare, profess

▶ 動宣稱；主張

She alleges that her purse has been stolen.

▶ 她宣稱錢包被偷了。

記憶心法 字首 al- 可表示「一再」，字根 lege 表示「講，讀」，合併起來是「一再講」，也就是「宣稱；主張」之意。

allegedly

★★★☆☆

ad. [əˈlɛdʒɪdlɪ]

▶ 副據傳說；據宣稱

The young man is allegedly a police agent.

▶ 據傳說那個年輕男子是警方的密探。

記憶心法 此字是由動詞 allege（宣稱；主張）加上 dly，形成副詞，引申為「據傳說；據宣稱」之意。

allegory

★★☆☆☆

n. [ˈæləˌgorɪ] 同fable

▶ 名寓言

She likes reading one allegory every day.

▶ 她喜歡每天讀一則寓言。

記憶心法 字首 al- 可表示「一再」，字根 leg 表示「講，讀」，-ory 在此作名詞字尾，合併起來是「一再講的事物」，引申為「寓言」之意。

allocate

★★☆☆☆

v. [ˈæləˌket] 同apportion, distribute

▶ 動配給；分配；分派

He felt disappointed that the manager didn't allocate duties to him.

▶ 因為經理沒有分配工作給他，所以他很失望。

記憶心法 字首 al- 表「向」，字根 loc 表「地方」，-ate 在此作動詞字尾，合起來是「往某地送東西」，因此便有「配給；分配；分派」之意。

allotment

★★★★★

n. [əˈlɑtmənt] 回apportionment, allocation ▶名分配；應得的份

The son's allotment was a manor. ▶兒子名下分到一個莊園。

記憶心法 allot 可看成 a lot（很多），-ment 在此作名詞字尾，表「……事物」，可聯想：有「很多事物」之後，自然要「分配」出去。

alloy

★★★★☆

v. [ˈælɔɪ] ▶動使成合金；影響

Her delight is not so easily alloyed by environment. ▶她的愉悅心情不易受外界影響。

記憶心法 all 是「所有的」之意，oy 可唸成「合一」，所以合起來是「所有的東西都合而為一」，因此 alloy 就是「使成合金」的意思，引申為「影響」。

allude

★☆☆☆☆

v. [əˈlud] 回hint, infer ▶動暗示；影射

He didn't allude to anything or anybody. ▶他並未影射任何人或任何事。

記憶心法 字首 al- 表示「對著」，字根 lude 表示「嬉笑」，合併起來是「在嬉笑中對著別人說」，由此引申為「暗示；影射」之意。

allure

★★★☆☆

v. [əˈlɪʊr] 回attract, charm ▶動引誘；吸引

She was allured into making a false step. ▶她被引誘做了一件傻事。

記憶心法 字首 al- 表「對著」，字根 lure 表「吸引力」，合起來是「對某人有吸引力」，因此便有「引誘；吸引」之意。

aloft

★★★★★

a. [ə'lɔft]

▶圈 漂浮的；不定的

The girl has an aloft attitude.

▶ 那個小女孩有個漂浮不定的態度。

記憶心法 字首 a- 表「在……」，loft 意為「閣樓，頂樓」，合起來是「在頂樓上的」，由此引申為「在上面的；漂浮的；不定的」。

aloof

★★★★★

a. [ə'luf] 同indifferent反attentive

▶圈 疏遠的，冷淡的

His experience made him an aloof guy.

▶ 他的經歷使他成為一個冷漠的人。

記憶心法 字首 a- 表「在……」，loof 意為「逆風航行」，船在逆風航行，自然會與目的地越來越遠，因此便有「疏遠的，冷淡的」之意。

altercation

★★★★★

n. [ˌɔltɚ'keʃən] 同contention, quarrel

▶图 爭吵，爭論

The athletes had an altercation over the umpire's decision.

▶ 運動員們對裁判的判決頗有爭議。

記憶心法 此字為動詞 altercate（口角）的名詞形式，-ion 是名詞字尾，因此便有「爭論，口角」之意。

alternative

★★★★★

a. [ɔl'tɚnətɪv] 同alternate

▶圈 替代的；二選一的

Scientists are trying their best to explore alternative energy sources.

▶ 科學家們正盡最大努力以尋找可替代資源。

記憶心法 alter 意為「改變」，-tive 為形容詞字尾，表示「……的」，合起來是「改變（選擇）的」，引申為「替代的；二者選一的」。

altruistic

★ ☆ ☆ ☆ ☆

a. [ˌæltruˈɪstɪk] 反egoistic

▶ 形 利他主義的

He tried to train them to be bold altruistic fighters.

▶ 他試圖訓練他們成為勇敢無私的戰士。

記憶心法 altruist 是「利他主義」，加上字尾的 ic，就成為形容詞，表示「利他的；利他主義的」。

---

amalgamate

★ ★ ★ ★ ☆

v. [əˈmælgəmet] 同combine, mix

▶ 動 使混合；合併

One of our local breweries has amalgamated with another firm.

▶ 我們本地一家釀酒廠與另一家公司合併。

記憶心法 此字為名詞 amalgam（混合物）的動詞形式，-ate 是動詞字尾，合併起來便有「合併；混合」之意。

---

amass

★ ★ ☆ ☆ ☆

v. [əˈmæs] 同accumulate, collect

▶ 動 累積；積聚

The man amassed a large fortune.

▶ 那個男子累積了巨額財富。

記憶心法 字首 a- 表示「加強」，mass 表示「一團」，合併起來是「變成一團」，引申為「累積；積聚」之意。

---

ambiguous

★ ★ ★ ★ ★

a. [æmˈbɪgjʊəs] 同equivocal, oracular

▶ 形 模糊不清的

His ambiguous answer puzzled me a lot.

▶ 我被他模糊不清的答案弄糊塗了。

記憶心法 字首 ambi- 表「二」，字根 guous 表「做……的」，合起來是「想同時做兩件事的」，而同時做兩件事就很容易使腦袋「模糊不清」。

ambivalence

★★★☆☆

n. [æmˈbɪvələns] 同contradiction

▶ 名 矛盾心理；猶豫

His ambivalence towards the plan slowed down the work process.

▶ 他對計畫的矛盾態度減緩了工作進度。

記憶心法 字首 ambi- 表「二」，val 可看成 value（價值），合起來可聯想：手上「兩」件東西都很有「價值」，所以心中產生「矛盾」，「猶豫」要選哪個才好。

amble

★★★★★

v. [ˈæmbl̩] 同stroll, mope

▶ 動 漫步，緩行

After 20 minutes, they came ambling down the road.

▶ 二十分鐘後，他們沿路緩行而來。

記憶心法 amble 本身就是一個字根，表示「行走」，因此便有「漫步，緩行」之意。

ambush

★★☆☆☆

v. [ˈæmbʊʃ] 同waylay, lurk

▶ 動 埋伏；伏擊

They were ambushed by the enemy and defeated.

▶ 他們遭受敵人的伏擊並且被擊敗。

記憶心法 am 意為「是……」，bush 意為「灌木叢」，合起來為「是藏在灌木叢中」，由此引申為「埋伏，伏擊」之意。

ameliorate

★★★★☆

v. [əˈmilijəˌret] 同improve 反deteriorate

▶ 動 改善；改良

The situation has gradually ameliorated.

▶ 情況逐漸好轉。

記憶心法 字首 a- 表示「加強」，字根 melior 表示「更好」，-ate 在此作動詞字尾，合併起來便有「改善；改良」之意。

amend

★ ★ ★ ★ ☆

v. [əˈmɛnd] 同correct, improve

▶ 動 修正；改善

He has amended his error.

▶ 他已經改正了自己的錯誤。

 字首 a- 表示「加強」，mend 表示「修理」，合併起來便有「修正；改善」之意。

amenity

★ ★ ★ ★ ☆

n. [əˈmɪnətɪ] 同civility, convenience

▶ 名 舒適；愉快；禮儀

I think people who retire to the country will often miss the amenities of a town.

▶ 我認為到鄉村退休的人們會時常懷念城市舒適的生活。

 amenity 可和形似字 amenable（肯順從的）一起聯想記憶：在職場上，一個 amenable 的人，就會讓老闆感到 amenity。

amiable

★ ★ ☆ ☆ ☆

a. [ˈemɪəbl̩] 同affable, genial

▶ 形 親切的；友善的

He encouraged me in an amiable tone that one failure didn't mean anything.

▶ 他用親切的語調鼓勵我說，一次失敗並不代表什麼。

 此字可拆為 am（是）＋ i（我）＋ able（有能力的），合併是「我是有能力的」，可聯想：「我很有能力」，所以老闆對我總是「親切、友善」。

amicable

★ ★ ★ ★ ★

a. [ˈæmɪkəbl̩] 同affable, harmonious

▶ 形 友好的，和睦的

Friends wondered at their amicable parting.

▶ 朋友們為他們不傷和氣的分手感到驚奇。

 此字可拆為 am（是）＋ i（我）＋ cable（有線電視），合併是「我是有線電視」，可聯想：「我」家人的嗜好「是」一起看「有線電視」，所以全家彼此「友好、和睦」。

amity

★★★★★

n. [ˈæmətɪ] 同cordiality, friendship

▶ 图友好，和睦

The two nations treat each other with amity.

▶ 這兩個國家彼此 和睦 對待。

記憶心法 字根 am- 表「愛」，-ity 是名詞字尾，表示「具有某種特徵的狀態、性質或事實」，而「有『愛』的狀態」，就是「友好，和睦」。

amnesia

★★★★★

n. [æmˈniʒɪə]

▶ 图失憶症；健忘症

Amnesia mercifully obliterated his memory of the misfortune.

▶ 失憶症幸運地抹掉他那次不幸經歷的記憶。

記憶心法 字首 a- 可表示「不，無」，字根 mnes 表示「記憶」，合併起來是「沒有記憶」，因此便有「失憶」之意。

amnesty

★★★★★

n. [ˈæmˌnɛstɪ] 同forgiveness

▶ 图大赦，特赦

Several political criminals were favored with amnesty.

▶ 有幾個政治罪犯獲得特赦。

記憶心法 字首 a- 可表示「不，無」，字根 mnes 表示「記憶」，合併起來可聯想：「不記」罪過，就是「大赦；特赦」。

anachronism

★★★★★

n. [əˈnækrəˌnɪzəm]

▶ 图年代錯誤

It would be an anachronism to talk of modern dress in productions of Shakespeare's plays.

▶ 在莎士比亞戲劇中論及現代服裝就會是年代上的錯誤。

記憶心法 字首 ana- 表示「相反」，chron 表示「時間」，-ism 是名詞字尾，合併起來是「與時間相反」，因此便有「年代錯誤」之意。

analogy

★★★★☆

n. [əˈnælədʒɪ] 同analogousness

▶ 名 相似，類似

There's no analogy between my opinion and yours.

▶ 我的見解與你的並無相似之處。

記憶心法 字首 ana- 可表示「並列」，字根 log 表示「說話」，合併起來是「放在一起說」，由此引申為「相似，類似」之意。

anarchist

★★☆☆☆

n. [ˈænɚˌkɪst]

▶ 名 無政府主義者

He used to be an anarchist.

▶ 他過去是個無政府主義者。

記憶心法 字首 an- 表「不，無」，字根 arch 表「統治」，-ist 表「……的人」；合起來是「支持無統治的人」，也就是「無政府主義者」的意思。

anchor

★★★☆☆

v. [ˈæŋkɚ] 同attach, fix

▶ 動 拋錨停泊；固定

The ship anchored off Keelong.

▶ 那艘船在基隆港外海拋錨停泊。

記憶心法 anchor 可唸成「安客」，可聯想：為了讓船「客」「安」心，船長靠岸時立刻「拋錨停泊」。

ancillary

★★★☆☆

a. [ˈænsəˌlɛrɪ]

▶ 形 從屬的；副的

For Degas, sculpture was never more than ancillary to his painting (Herbert Read).

▶ 對於德加來說，雕刻不過是從屬繪畫的一門藝術（赫伯特里德）。

記憶心法 ancilla 表示「附屬品」，-ry 在此作形容詞字尾，合併起來便有「從屬的；副的」之意。

anecdote

★★★★★

n. [ˈænɪkˌdot] 同episode, story

▶ 名軼事，奇聞

The papers are full of anecdotes about the royals.

▶ 報紙上全是些關於王室成員軼事的報導。

記憶心法 ane 是 acoustic noise environment（噪音環境）的縮寫，dot 是「一點」之意，而一點一點的噪音累積起來就引申為「軼事，奇聞」。

angular

★★★★★

a. [ˈæŋgjələ˞] 同angulate

▶ 形有角的；生硬的

Do you know what angular distance is?

▶ 你知道什麼是角距離嗎？

記憶心法 字根 angul 表示「角」，-ar 在此作形容詞字尾，表示「……的」，合併起來便有「角的，有角的」之意。

animate

★★★★★

v. [ˈænəˌmet] 同revive, energize

▶ 動使有生氣；激勵

Students were animated by the man's determination and persistence.

▶ 那個人的決心和堅持激勵了學生們。

記憶心法 字根anim表「生命，精神」，-ate在此作動詞字尾，合起來是「使有生命的，使有精神的」之意，因此引申為「使有生氣；激勵」。

animosity

★★★★★

n. [ˌænəˈmɑsətɪ] 同animus, bad blood

▶ 名憎惡，仇恨

He has animosity towards his critics.

▶ 他仇視批評他的人。

記憶心法 字根anim表「生命，精神」，-osity是名詞字尾，可聯想：他用整個「生命」去「憎恨」開除他的老闆。

A

annihilate

★★★★☆

v. [ə'naɪəˌlet] 同abolish, exterminate

▶ 動 消滅；殲滅

The invaders were finally annihilated.

▶ 侵略者終於被殲滅了。

記憶心法 字首 an- 表示「加強」，字根 nihil = nothing（無），-ate 在此作動詞字尾，合併起來是「使沒有」，因此便有「消滅；殲滅」之意。

annuity

★☆☆☆☆

n. [ə'njuətɪ] 同rente

▶ 名 年金

Many companies grant their old employees annuities after they retire.

▶ 許多公司發年金給他們的老員工。

記憶心法 字根 ann 表示「年」，-ity 在此作名詞字尾，表示「……的事物」，合併起來是「每年給的事物」，因此引申為「年金」之意。

anomaly

★★★☆☆

n. [ə'nɑməlɪ] 同aberration

▶ 名 不規則；異常

England is the paradise of individuality, eccentricity, heresy, anomalies, hobbies, and humors. (George Santayana)

▶ 英國是個人主義、怪誕、異教、反常、嗜癖和幽默的天堂(喬治桑塔亞納)。

記憶心法 字首 an- 表示「不」，字根 om = homo（同），-aly 在此作名詞字尾，合併起來是「不同的事物」，因此便有「不規則；異常」之意。

anonymity

★★★☆☆

n. [ˌænə'nɪmətɪ] 同namelessness

▶ 名 匿名；作者不詳

The old teacher has been working in anonymity for more than forty years.

▶ 這個老教師用匿名工作四十多年了。

記憶心法 字首 an- 表「不，無」，字根 onym 表「名稱」，-ity 在此作名詞字尾，合起來是「沒有名稱」，也就是「匿名」的意思。

antagonistic

★★★★★

a. [æn͵tægəˈnɪstɪk] 同counter

▶ 形反對的，敵對的

There exists an antagonistic contra-diction between the two classes.

▶ 兩個階級之間存在著敵對的矛盾。

記憶心法 字首 ant- 表「相反，反對」，字根 agon 表「爭奪」，-istic 在此作形容詞字尾，合併是「反對而爭奪的」，因此有「反對的，敵對的」之意。

antecedent

★★★★★

a. [͵æntəˈsidənt] 同preceding

▶ 形在前的，居先的

This was antecedent to that event.

▶ 這是在那一事件之前的事。

記憶心法 字首 ante- 表示「先，前」，字根 ced 表示「行」，-ent 在此作形容詞字尾，合併起來便有「先行的，在前的，居先的」之意。

anthropology

★★★★★

n. [͵ænθrəˈpɑlədʒɪ]

▶ 名人類學

He minored in social anthropology in college.

▶ 他在大學裡輔修社會人類學。

記憶心法 字根 anthrop 表「人」，字尾 -ology 表「學科」，所以合併起來就是「人類學」之意。

antibiotic

★★★★★

n. [͵æntɪbaɪˈɑtɪk]

▶ 名抗生素

Antibiotics can guard against infections.

▶ 抗生素可以對抗傳染。

記憶心法 字首 anti- 表示「反對，反抗」，字根 bio 表示「生物」，-ic 在此作名詞字尾，合起來是「反抗生物滋生」，因此便有「抗生素」之意。

antipathy

★★★★☆

n. [æn'tɪpəθɪ] 同aversion, dislike

▶ 名反感；厭惡

The scientist has a strong antipathy to being interrupted during research.

▶ 這個科學家十分討厭在研究時被打擾。

記憶心法 字首 anti- 表示「反對」，字根 pathy 表「感情」，合起來是「反對某人或某物的感情」，也就是「反感；厭惡」之意。

antiquated

★★☆☆☆

a. ['æntə,kwetɪd] 同outdated

▶ 形陳舊的，過時的

This idea is so antiquated that it will never be used in modern times.

▶ 這種想法太過時了，現在不可能流行。

記憶心法 字根 antiqu 表示「古老」，-ed 在此作形容詞字尾，表示「……的」，合併起來便有「過時的；陳舊的」之意。

apathy

★★☆☆☆

n. ['æpəθɪ] 同indifference, numbness

▶ 名冷漠，漠不關心

They showed apathy to the poor people in the war zone.

▶ 他們對處於戰爭地帶的可憐人漠不關心。

記憶心法 字首 a- 表「無」，字根 pathy 表「感情狀態」，合起來是「無感情狀態」，即是「無感情，冷漠，漠不關心」的意思。

apogee

★★★★★

n. ['æpə,dʒi]

▶ 名最高點，頂點

The man reached at the apogee of his career in his thirties.

▶ 這個男子在三十歲時達到事業的頂峰。

記憶心法 字首 apo- 表示「遠」，字根 gee 表示「地球」，合併起來是「遠離地球的地面」，由此引申為「最高點，頂點」。

apparatus

★★★★★

n. [ˌæpəˈretəs] 同equipment, implement　　▶图器械；裝置

The building has not been installed with heating apparatuses.

▶這棟樓還沒有裝置暖氣設備。

記憶心法　apparatus 與 apparent（顯而易見）拼寫接近，可一起聯想記憶：這個裝潢設計師很不用心，把室內的 apparatus 都弄得 apparent。

appease

★★★★★

v. [əˈpiz] 同allay, soothe　　▶動撫慰；緩和

Nothing could appease the heart-broken little girl.

▶沒有什麼能撫慰這個心碎的小女孩。

記憶心法　字首 ap- 表示「向，對」，pease 可看成 peace（和平），可合在一起聯想：為了「向」強國爭取「和平」，只好「緩和」國與國之間的緊張情勢。

appendix

★★★★★

n. [əˈpɛndɪks] 同supplement　　▶图附錄；盲腸

The doctor suggested she take out her appendix.

▶醫生建議她割除盲腸。

記憶心法　字首 ap- 表「向，對」，字根 pend 表「掛上」，合併是「朝……掛東西」，也就是「加附錄於」，因此便有「附錄」之意，引申為「盲腸」。

apprehend

★★★★★

v. [ˌæprɪˈhɛnd] 同arrest; understand　　▶動逮捕；理解

I apprehended your anxiety but we had to keep on.

▶我理解你的焦慮，但我們必須繼續下去。

記憶心法　字首 ap- 表「向，對」，字根 prehend 表「抓住」，合起來是「抓住某個東西」，即是「逮捕；理解」之意。

apprehension

★★★★☆

n. [ˌæprɪˈhɛnʃən] 同anxiety; understanding ▶名憂慮；逮捕；理解

He was under the apprehension that he would lose her again. ▶他擔心他會再次失去她。

記憶心法 apprehension 是由動詞 apprehend 去掉 d 加上 sion，變為名詞，意義同樣是「憂慮；逮捕；理解」。

appropriation

★☆☆☆☆

n. [əˌproprɪˈeʃən] 同funds ▶名撥付；撥發；挪用

Those men were accused of appropriation. ▶那些人被控挪用公款。

記憶心法 字首 ap- 表示「在」，字根 propri 表示「特有的」，-ation 作名詞字尾，合併起來可聯想：把「特有的」財物拿「在」自己身上，就是「挪用」。

aptitude

★★★☆☆

n. [ˈæptəˌtjud] 同ability, capacity ▶名才能，天資；傾向

He had a remarkable aptitude for inventing new things. ▶他具有發明創造的非凡才能。

記憶心法 apt 表示「有……傾向的」、「反應敏捷的」，-tude 是抽象名詞字尾，因此合併起來便有「才能，天資；傾向」之意。

arable

★★★☆☆

a. [ˈærəbl̩] 同cultivable ▶形可耕的

Arable land reduced greatly in recent years. ▶可耕地在這幾年大量減少。

記憶心法 字根 ara 表示「耕種」，-able 是形容詞字尾，表示「……的」，合併起來便有「可耕的，適合種植的」之意。

arbiter

★★★★★

n. ['ɑrbɪtɚ] 同judge, mediator

▶ 名 仲裁人；公斷人

As the ultimate arbiter of the Constitution, the Supreme Court occupies a central place in our judiciary.

▶ 作爲憲法的最高裁決者，最高法院在司法制度中位於核心位置。

記憶心法 字根 arbit 表示「判斷，裁決」，字尾 -er 表示「人」，合併起來是「能作判斷之人」，由此引申爲「仲裁人，公斷人」之意。

arbitrary

★★★★★

a. ['ɑrbə,trɛrɪ] 同subjective, dictatorial

▶ 形 武斷的

You will regret making such an arbitrary choice one day.

▶ 有一天你會爲此武斷的選擇而後悔。

記憶心法 字根 arbit 表「判斷」，字尾 -rary 在此表示「自己」，合起來是「自己作判斷的」，因此便有「武斷的；隨心所欲的」之意。

arbitrate

★★★★★

v. ['ɑrbə,tret] 同settle, umpire

▶ 動 仲裁，公斷

Mr. Smith was asked to arbitrate between management and the unions.

▶ Smith 先生被要求在資方與工會之間仲裁。

記憶心法 字根 arbit 表「判斷」，-ate 在此作動詞字尾，合併起來便有「仲裁；公斷」之意。

arbitration

★★★★★

n. [,ɑrbə'treʃən] 同arbitrament

▶ 名 調停，仲裁

We all think the arbitration clause in the contract is acceptable.

▶ 我們都認爲契約中的仲裁條款是可接受的。

記憶心法 此字是動詞 arbitrate（仲裁，公斷）的名詞形式，-ion 是名詞字尾，因此合併起來便有「調停，仲裁」之意。

archaeology

n. [ˌɑrkɪˈɑlədʒɪ]　★★★★☆

▶ 名 考古學

Archaeology is a significant subject.

▶ 考古學是一門重要的學科。

記憶心法 字根 archae 表「古」，字尾 -ology 表「學科」，因此合起來就是「考古學」的意思。

archaic

a. [ɑrˈkeɪk] 同 ancient, antiquated　★★☆☆☆

▶ 形 古的，古代的

This is an archaic Greek bronze.

▶ 這是一件古希臘的青銅器。

記憶心法 字根 archae 表「古」，-ic 在此作形容詞字尾，表示「……的」，合併起來便有「古的，古代的」之意。

archetype

n. [ˈɑrkɪˌtaɪp] 同 protoype, original　★★★★★

▶ 名 原型；典型例子

She is an archetype of the successful entrepreneur.

▶ 她是成功企業家的典型例子。

記憶心法 字根 archae 表「古」，type 表示「類型」，合併起來是「最古老的類型」，由此引申為「原型；典型例子」之意。

archipelago

n. [ˌɑrkəˈpɛləˌgo] 同 island　★★★☆☆

▶ 名 群島，列島

The Japanese archipelago is very beautiful.

▶ 日本群島非常漂亮。

記憶心法 字首 archi- 表「統治者，統治」，字根 pelago 表「海」，合併是「統治海的東西」，由此引申為「群島，列島」。

archives

★★★☆☆

n. ['ɑrkaɪv] 同file, record

▸ 名 檔案；資料

The library's Second World War archives are very valuable.

▸ 這個圖書館裡有關第二次世界大戰的資料很珍貴。

記憶心法 字首archi-表「統治者，統治」，字尾-ives表示「……事物」，合起來是「統治者收藏的事物」，由此引申為「檔案；資料」。

ardent

★★☆☆☆

a. ['ɑrdənt] 同burning, warm

▸ 形 熱心的；忠誠的

The host is an ardent supporter of the Italian football team.

▸ 這個主持人是義大利足球隊的忠誠球迷。

記憶心法 字根ard表「熱」，-ent在此作形容詞字尾，因此便有「熱心的；忠誠的」之意。

ardor

★★★★★

n. ['ɑrdɚ] 同zeal, fervor

▸ 名 熱情；狂熱

She displays great ardor for film.

▸ 她對電影表現出極大的熱忱。

記憶心法 字根ard表「熱」，字尾-or在此表「……的行為、狀態、性質或特徵」，合併起來就是「熱情；狂熱」的意思。

arduously

★★★☆☆

ad. ['ɑrdʒʊəslɪ] 同laboriously, strenuously

▸ 副 費力地；努力地

He worked arduously but still didn't finish the task.

▸ 雖然他很努力地工作，但還是沒有完成任務。

記憶心法 形容詞arduous意為「費力的，努力的」，加上-ly變為副詞，即是「費力地；努力地」之意。

A

armored

★★☆☆☆

a. [ˈɑrmɚd]

▶ 形 裝甲的，裝鋼板的

The armored division is an indefectible division.

▶ 這個裝甲師是不敗之師。

記憶心法 arm 有「武器」的意思，加上形容詞字尾 -ed 之後，就是「有武器的」之意，引申為「裝甲的，裝鋼板的」。

arsenal

★★☆☆☆

n. [ˈɑrsṇəl] 同armory

▶ 名 軍械庫，兵工廠

They found the enemy's arsenal and destroyed it.

▶ 他們發現了敵人的兵工廠，並摧毀了它。

記憶心法 字根 arsen 表「熱，火」，字尾 -al 在此表示「……事物」，因此合併是「使熱起來或起火的東西」，引申為「軍械庫，兵工廠」之意。

arson

★★★★★

n. [ˈɑrsṇ]

▶ 名 縱火，放火

The jury convicted the accused man of arson.

▶ 陪審團判決被告犯下縱火罪。

記憶心法 字根 ars 表示「火」，on 表示「在……狀態」，合併是「在起火的狀態」，引申為「縱火，放火」。

articulate

★★★★☆

v. [ɑrˈtɪkjəlɪt] 同pronounce, enunciate

▶ 動 清楚地講話或發音

Take it easy and articulate your words, telling us what happened.

▶ 不要急，說清楚，告訴我們發生了什麼事。

記憶心法 字根 articul 表「結合」，-ate 在此作動詞字尾，可聯想：說話若上下連貫主題緊密「結合」，就是「清楚地講話」。

artifice

★★★★★

n. [ˈɑrtəfɪs] 同trick, scheme

▶ 名巧計；技巧；詭計

His sincerity, although often aided by the actor's artifice, seems genuine (Richard Cohen).

▶ 他的誠意即使經常有演員們巧妙的幫助，但看起來還是真的（理查科恩）。

記憶心法 字首 arti- 表示「技巧」，字根 fic 表示「做」，合併起來便有「技巧」之意，引申為「巧計；詭計」。

artisan

★★★★★

n. [ˈɑrtəzn̩] 同craftsman

▶ 名工匠；技工

His grandfather is an artisan in leatherwork.

▶ 他爺爺是個皮匠。

記憶心法 字首 arti- 表示「技巧」，字尾 -an 表示「……人」，合併起來便有「技工；工匠」之意。

ascend

★★★★★

v. [əˈsɛnd] 同go up, rise 反descend

▶ 動攀登；上升

The old man ascended to the roof to repair the cabin.

▶ 老人爬上屋頂，修理小木屋。

記憶心法 字首 a- 表「在……上」，字根 scend 表「爬，攀」，合起來是「向上爬，向上攀」，因此便有「攀登，登上，上升」之意。

ascendancy

★★★★★

n. [əˈsɛndənsɪ] 同dominance

▶ 名優勢；權勢

He gained total ascendancy over his competitor.

▶ 他完全具有壓倒對手的優勢。

記憶心法 ascend 是「攀登；上升」之意，-ancy 是名詞字尾，表示「行為、性質、狀態」，合併是「攀到高高在上的位置」，由此引申為「優勢；權勢」。

ascertain

★★★★☆

v. [ˌæsɚˈten] 同determine, find out

▶ 動查明，弄清楚

The government must ascertain the people's wishes.

▶ 政府必須弄清楚人民的願望。

記憶心法 字首 as- 意為「到，在，對」，certain 是「確信的」之意，合起來是「對⋯⋯確信的」，因此便有「查明，弄清楚」的意思。

ascetic

★★★★☆

a. [əˈsɛtɪk] 同monastic

▶ 形禁慾主義的

A person who is ascetic usually practices extreme self-denial.

▶ 禁慾主義者通常極為自制。

記憶心法 ascetic 來自希臘文，原意是「刻苦鍛煉並隱居的人」，後來引申為「禁慾主義的；苦行的」。

ascribe

★☆☆☆☆

v. [əˈskraɪb] 同attribute

▶ 動歸因於；歸屬於

She ascribes her success to her friends' help.

▶ 她把她的成功歸因於朋友們的幫助。

記憶心法 字首 a- 表「在⋯⋯上」，scribe 是「寫」的意思，合起來是「把（原因）寫在⋯⋯上」，引申為「歸因於；歸屬於」的意思。

aseptic

★★★★☆

a. [əˈsɛptɪk] 同sterile

▶ 形無菌的；潔淨的

There will be an aseptic capital operation in this hospital the day after tomorrow.

▶ 這家醫院在後天將有一個重大的無菌手術。

記憶心法 字首 a- 可表示「無」，字根 sept 表示「菌」，-ic 作形容詞字尾，合併起來便有「無菌的」之意。

askew

★★★☆☆

ad. [ə'skju] 同awry, aslant

▶ 副 歪，斜

The picture of her room is hanging askew.

▶ 她房間的這張畫掛歪了。

記憶心法 字首 a- 表「在……上」，skew 是「斜」的意思，合併起來便有「斜；歪」之意。

aspiration

★★★★☆

n. [ˌæspə'reʃən] 同ambition, dream

▶ 名 渴望；抱負；志氣

The young girl has aspirations of becoming a famous surgeon.

▶ 這女孩很有抱負，要當著名的外科醫生。

記憶心法 字首 as- 可表示「到」，字根 spir 表示「呼吸」，-ation 作名詞字尾，合併起來是「(摒住) 呼吸 (等成功) 到來」，因此便有「渴望」之意。

assassinate

★★★☆☆

v. [ə'sæsɪnˌet] 同butcher, murder

▶ 動 暗殺；詆毀

President Kennedy was assassinated in Dallas in 1963.

▶ 甘迺迪總統於一九六三年在達拉斯遭暗殺。

記憶心法 assassin 是名詞，意為「刺客，誹謗者」，-ate 是動詞字尾，合併起來即是「暗殺；詆毀」之意。

assent

★★★★★

v. [ə'sɛnt] 同agree, consent

▶ 動 同意，贊成

The chairman assented to the committee's proposals.

▶ 主席贊成委員會的建議。

記憶心法 字首 as- 可表示「到」，字根 sent 表示「感覺」，合併起來是「感到一樣」，由此引申為「同意，贊成」之意。

assessment

★★★☆☆

n. [ə'sɛsmənt] 同judgment

▶ 名估價；評估

Her assessment of the situation is totally wrong.

▶ 她對該形勢的評估完全是錯誤的。

記憶心法 動詞 assess 意為「估定，評價」，加上 -ment 變為名詞，意義也是「估價；評估」之意。

assiduous

★★☆☆☆

a. [ə'sɪdʒʊəs] 同sedulous, industrious

▶ 形勤勉的；專心的

I will be assiduous in my duty.

▶ 我會認真執行任務。

記憶心法 字首 as- 表示「處於……之中」，字根 sid 表示「坐」，字尾 -ous 表示「……的」，合併是「坐得住的」，引申為「勤勉的」。

assimilate

★★★★★

v. [ə'sɪml̩ˌet] 同absorb, digest

▶ 動同化；吸收

Some foods are not assimilated easily.

▶ 有些食物不容易吸收。

記憶心法 字首 as- 表示「加強」，字根 simil 表示「相同」，-ate 作動詞字尾，合併起來是「使相同」，引申為「同化；吸收」之意。

assuage

★★★★☆

v. [ə'swedʒ] 同lessen, allay

▶ 動緩和；減輕；鎮定

Nothing can assuage her grief.

▶ 沒有東西能減輕她的痛苦。

記憶心法 字首 as- 表示「處在……中」，字根 suage 表示「甜的」，合併起來是「處在甜味中」，由此引申為「緩和；減輕（痛苦）」之意。

asthma

★★★★★

n. [ˈæzmə]

▶ 名 哮喘症

The little girl got another attack of asthma.

▶ 那個小女孩的氣喘病又犯了。

記憶心法 asthma 音似「啊死媽」，可聯想：「啊」！小黃的氣喘病又犯了，好像快要「死」了，快叫「媽」！

astral

★★★★★

a. [ˈæstrəl] 同 stellar

▶ 形 星的；星狀的

You will see astral beams tonight.

▶ 今晚你將看到星光。

記憶心法 字首 astr- 表示「星星」，字尾 -al 表示「……的」，合併起來便有「星的；星狀的」之意。

astrology

★★★★★

n. [əˈstrɑlədʒɪ]

▶ 名 占星學，占星術

Astronomy, which is an exact science, is distinct from astrology.

▶ 天文學是嚴謹的科學，與占星術完全不同。

記憶心法 字首 astro- 表示「星星」，字尾 -logy 表示「……學」，合併起來便有「占星學」之意。

astronomical

★★★★★

a. [ˌæstrəˈnɑmɪkl̩] 同 astronomic, galactic

▶ 形 天文的；龐大的

The money she earned was an astronomical figure.

▶ 她賺到的錢是個天文數字。

記憶心法 字首 astro- 表示「星星」，字根 nomical 表「學科的」，合起來是「研究星星的學科的」，因此便有「天文的」之意，引申為「龐大的」。

astute

★★☆☆☆

a. [ə'stjut] 同smart, shrewd

▶彫 機敏的，精明的

He is a very astute merchant.

▶他是個非常精明的商人。

記憶心法 astute 來自拉丁文 astus，原義是「靈活」，後來引申為「機敏的，精明的」之意。

asymmetric

★★★★☆

a. [,æsɪ'mɛtrɪk] 同asymmetrical

▶彫 不對稱的

Many people's faces are asymmetrical.

▶許多人的臉都是不對稱的。

記憶心法 字首a-表「不」，字根 metr 表「測量」，字尾 -ic 表「……的」，合併是「測量不同的」，引申為「不對稱的」。

atrophy

★★★☆☆

n. ['ætrəfɪ]

▶名 萎縮；發育停止

He is suffering from intellectual atrophy.

▶他正在受智能萎縮之苦。

記憶心法 字首a-表「不，無」，字根 troph 表示「滋養」，-y 作名詞字尾，合併起來是「無營養」，由此引申為「萎縮；發育停止」之意。

attest

★★★★☆

v. [ə'tɛst] 同certify, demonstrate

▶動 證實，證明

What happened later attested that her expectation was right.

▶後來發生的事證明她的預期是對的。

記憶心法 字首at-表「向，對」，test 是「測試」之意，合起來是「對……進行驗證」，後來引申為「證實，證明」之意。

attorney

★★★★★

n. [ə'tɜnɪ] 同lawyer, agent

▶ 图律師，法定代理人

The notorious attorney was killed by a client.

▶ 那個惡名昭彰的律師被他的委託人殺了。

記憶心法 字首 at- 可表「加強」，字根 torn 表「轉」，字尾 -ey 表「……的人」，可合起來聯想：腦子「轉」很快的「人」，就可以當一個「律師」。

attribute

★★★★★

v. [ə'trɪbjʊt] 同ascribe

▶ 勔歸因於；歸屬於

She attributes her good figure to her good humor.

▶ 她把她保持好身材的原因歸於好心情。

記憶心法 字首 at- 表「向，對」，字根 tribute 表「給予」，合起來是「把（原因）給予……」，因此便有「歸因於，歸屬於」之意。

attrition

★★★★★

n. [ə'trɪʃən] 同friction

▶ 图摩擦；磨耗

The long war of attrition nearly exhausted the strength of both countries.

▶ 長期的消耗戰幾乎耗盡兩國的力量。

記憶心法 字首 at- 可表「加強」，字根 tri 表示「摩擦」，-tion 是名詞字尾，合併起來便有「摩擦；磨損」之意。

atypical

★★★★★

a. [e'tɪpɪkl̩] 同abnormal, unusual

▶ 圈非典型的

This is an atypical sample.

▶ 這是個不典型的樣品。

記憶心法 字首 a- 表示「無，非」，typical 是「典型的」之意，合併起來便有「非典型的；不定型的」之意。

audit

★★★☆☆

v. [ˈɔdɪt] 同check, inspect

▶ 動 審核；審計；旁聽

She audited the accounts of the company.

▶ 她審計該公司的帳目。

記憶心法 audit 本身是個字根，表示「聽」，後來引申為「旁聽」。因為「旁聽」是在觀察、聆聽別人的說法，所以又引申為「審核；審計」之意。

augury

★★★★★

n. [ˈɔgjərɪ] 同portend, presage

▶ 名 預言；徵兆；占卜

Dark clouds are an augury of rain or snow.

▶ 烏雲是雨或雪將至的徵兆。

記憶心法 字首 aug- 表「增加」，字尾 -ury 在此表「顯露出來」，可聯想：為了「增加」把握，所以靠「占卜」，把「徵兆」「顯露出來」。

authentic

★★★★☆

a. [ɔˈθɛntɪk] 同reliable, real

▶ 形 可信的；真正的

This is an authentic Picasso painting.

▶ 這是畢卡索的原作。

記憶心法 authentic 與 author（作者）的拼寫接近，可一起聯想記憶：author 自己寫的東西，就是 authentic 的作品。

authenticate

★☆☆☆☆

v. [ɔˈθɛntɪˌket]

▶ 動 證明……為真

The official has authenticated the report.

▶ 官方已經證實了那篇報導。

記憶心法 形容詞 authentic（真正的）加上 -ate 就形成動詞，意思是「證明……為真」。

authoritarian

★★★☆☆

a. [ə,θɔrə'tɛrɪən] 同autocratic, dictatorial ▶形 獨裁主義的

The revolutionist decided to overturn the authoritarian regime.

▶ 革命者決定推翻這個獨裁的政權。

 名詞 authority（權威，權力）去掉 y 加上 arian，就形成形容詞，意為「權力主義的，獨裁主義的」。

autocrat

★★★★★

n. ['ɔtə,kræt] 同monarch, dictator ▶名 獨裁者

Mr. Smith was a high-handed autocrat in his office.

▶ Smith 先生在辦公室是個高壓的獨裁者。

 字首 auto- 表示「自己」，字根 crat 表示「統治者」，而「自己認為自己是唯一的統治者」的人，就是一個「獨裁者」。

automaton

★★★★★

n. [ɔ'tɑmətən] 同robot ▶名 機器人；自動機器

He lives like an automaton which depresses his family a great deal.

▶ 他過著機器人般的生活，讓他的家人感到很壓抑。

 字首 auto- 表「自身」，字根 mat 表「自動裝置」，合起來就是「自動機器；機器人」之意。

autonomous

★★★☆☆

a. [ɔ'tɑnəməs] 同independent, sovereign ▶形 自主的；自治的

The nation dreamed of founding an autonomous republic.

▶ 這個民族希望建立一個自治的共和國。

 字首 auto- 表「自身」，字根 nom 表「法則」，合起來是「統治自己的法則」，而 -ous 是形容詞字尾，因此意思是「自主的；自治的」。

autonomy

n. [ɔ'tɑnəmɪ]

★★★★☆

▶ 图 自治；自治權

The separatist has been demanding full autonomy for their state.

▶ 分裂主義者一直要求他們的州完全自治。

記憶心法 字首 auto- 表「自身」，字根 nom 表「法則」，合起來是「統治自己的法則」，因此便有「自治；自治權」之意。

auxiliary

a. [ɔg'zɪljərɪ] 同 helping, aiding

★☆☆☆☆

▶ 围 輔助的；附屬的

Her mother is an auxiliary nurse.

▶ 她的母親是一名助理護士。

記憶心法 字首 aux- 表示「提高」，-iliary 是形容詞字尾，表示「……的」，合起來是「（對……）有提高作用的」，因此意思是「輔助的」。

avarice

n. ['ævərɪs] 同 covetousness, greed

★★★★☆

▶ 图 貪婪，貪欲

It's the tempter of avarice that led him into robbery.

▶ 貪婪的誘惑使他去搶劫。

記憶心法 字根 avar 表「渴望」，加上 -ice 變為名詞，所以合起來就是「貪婪，貪欲」之意。

aver

v. [ə'vɝ] 同 propose, plead

★★☆☆☆

▶ 動 極力聲明；斷言

I aver I will not attend the meeting tomorrow.

▶ 我極力聲明明天不會參加那個會議。

記憶心法 字首 a- 表示「對著」，字根 ver 表示「真實」，合起來是「對著他人說出真實的事」，因此便有「極力聲明；斷言」之意。

averse

★★★★★

a. [ə'vɝs] 同reluctant, unwilling

▶ 形 反對的;不願的

He is averse to helping us.

▶ 他不願意幫助我們。

記憶心法 字首 a- 表「加強」,字根 vers 表「轉」,合起來是「用力轉開」,可聯想:他因為「不願」留下,所以「用力轉開」門把走出去。

avert

★★★☆☆

v. [ə'vɝt] 同prevent, prohibit

▶ 動 避免;防止

She managed to avert suspicion.

▶ 她設法避嫌。

記憶心法 字首 a- 表「加強」,字根 vert 表「轉」,合併是「把(危險)轉走」,因此便有「避免;防止」之意。

以 B 為首的單字

Track 3

ballast

★★☆☆☆

n. ['bæləst]

▶ 名 (船等)壓艙物

The ballast placed in the ship can keep the ship steady.

▶ 放在船上的壓艙物可以保持船的平穩。

記憶心法 ball 是「球」,last 是「最後的」,可以合起來聯想:壓在箱子裡面「最後的球」,就是所謂的「壓艙物」。

B

banal

★★★★★

a. [bəˈnɑl] 同commonplace

▶ **形** 陳腐的

Representation of life in his works is stupid, banal and childish.

▶ 他作品中對生活的描述是愚昧的、陳腐的而且幼稚的。

記憶心法 ban 是「禁止」，-al 是形容詞字尾，表示「……的」，可合起來聯想：那個「陳腐的」論調，差勁得應該被「禁止」閱讀。

bankruptcy

★★★★☆

n. [ˈbæŋkrəptsɪ] 同failure

▶ **名** 破產；徹底失敗

The company was on the brink of bankruptcy.

▶ 該公司到了破產的邊緣。

記憶心法 bank 意為「銀行」，字根 rupt 表「斷」，合起來是「銀行斷了財源」，因此便有「破產；徹底失敗」之意。

baroque

★☆☆☆☆

n. [bəˈrok]

▶ **名** 巴洛克風格／作品

The museum is displaying many baroques.

▶ 這個博物館正陳列著許多巴洛克作品。

記憶心法 baroque 的直接譯音就是「巴洛克」，它是十七世紀盛行於歐洲的藝術形式，以怪異、複雜為主要特色。

barren

★★★☆☆

a. [ˈbærən] 同bare, desolate 反rich, fertile

▶ **形** 貧瘠的；荒蕪的

It is a real wonder that one can tramp through this barren desert.

▶ 一個人能徒步穿越這片荒蕪的沙漠真是個奇蹟。

記憶心法 barren 是由 bar + ren 構成，bar 可看成是 bare，意為「裸的，光禿禿的」，加上形容詞字尾 -ren，就是「貧瘠的；荒蕪的」之意。

bash

★★★☆☆

v. [bæʃ] 同sock, whop

▶ 動痛擊，猛攻

He was bashed up by a drunkard.

▶ 他被一個酒鬼痛打了一頓。

記憶心法 bash 是由 ba + sh 構成，ba 可看成 bat（打），sh 諧音為「死」，合起來是「死命地打」，因此便有「痛擊，猛攻」之意。

bearish

★★★★★

a. ['bɛrɪʃ] 同rough, surly

▶ 形粗暴的；看跌的

He is bearish about the stock market.

▶ 他看跌股市。

記憶心法 bear 意為「熊」，字尾 -ish 表「……的」，合起來是「像熊一樣的」，引申為「粗暴的」；而粗暴的人常被人看輕，所以此字也有「看跌的」之意。

bedraggled

★★☆☆☆

a. [bɪ'dræɡḷd] 同shabby, sloppy

▶ 形濕且髒；破爛的

The garden looked very bedraggled after the storm.

▶ 院子在暴風雨過後看起來又濕又髒。

記憶心法 字首 be- 可表「使」，draggle 是「拖髒，拖濕」之意，因此合起來便有「又濕又髒；破爛的」之意。

beet

★★★★☆

n. [bit]

▶ 名甜菜；甜菜根

Beets sell well this year.

▶ 甜菜在今年很好賣。

記憶心法 beet 可與形似字 sweet（甜的）一起聯想記憶：beet 嚐起來很 sweet。

belie

★☆☆☆☆

v. [bɪˈlaɪ] 同misrepresent

▶ 勔 掩飾；證明為假

Her happy manner belied her real feelings.

▶ 她那高興的樣子掩飾了她真實的感情。

記憶心法 字首 be- 可表「使」，lie 是「謊言」之意，合併是「使……成謊言」，由此引申為「掩飾；證明為假」之意。

belittle

★★★★☆

v. [bɪˈlɪtl̩] 同depreciate

▶ 勔 輕視；使渺小

Don't belittle yourself unduly.

▶ 你不要妄自菲薄。

記憶心法 be 為「是」之意，little 表示「小」，合併是「使……變小」，由此引申為「使渺小；輕視」之意。

bellicose

★★☆☆☆

a. [ˈbɛləˌkos] 同battleful, combative

▶ 彤 好戰的，好鬥的

He is bellicose in nature.

▶ 他的本性是好鬥的。

記憶心法 字根 bell 表示「鐘聲」，-icose 在此作形容詞字尾，可聯想：當「鐘聲」響起，每個「好戰的」士兵拿起步槍向前衝刺。

benefactor

★★★★★

n. [ˈbɛnəˌfæktɚ] 同contributor, supporter

▶ 图 行善者；捐助者

We showed high respect to those benefactors.

▶ 我們對那些捐助者表達了崇高的敬意。

記憶心法 字首 bene- 表示「好」，字根 fact 表示「做」，字尾 -or 表示「……的人」，合起來是「做好事的人」，也就是「行善者；捐助者」。

beneficiary

★★★★★

n. [ˌbɛnəˈfɪʃərɪ] 圓receiver, successor

▶ 名 受惠者；受益人

He is the beneficiary of your generosity.

▶ 他是你慷慨解囊的受益人。

記憶心法 字首 bene- 表示「善」，字根 fic 表示「做」，-iary 是名詞字尾，表示「人」，合併起來便有「受惠者；受益人」之意。

benevolent

★★★★★

a. [bəˈnɛvələnt] 圓charitable, good-hearted

▶ 形 仁慈的；行善的

The school received a benevolent donation.

▶ 學校接受了一筆慈善捐款。

記憶心法 字首 bene- 表示「好」，字根 vol 表「意志」，-ent 在此作形容詞字尾，合起來是「好意的，善心的」，因此便有「仁慈的；行善的」之意。

benign

★★★★★

a. [bɪˈnaɪn] 圓benevolent 反malign

▶ 形 仁慈的；良性的

Don't worry. Your mother's growth is benign.

▶ 不要擔心。你母親的腫瘤是良性的。

記憶心法 字首 ben- 表示「好」，-ign 在此作形容詞字尾，合起來是「好的」，引申為「仁慈的，良性的，有利的」之意。

bequeath

★★★★★

v. [bɪˈkwið] 圓endow

▶ 動 遺贈；遺留

His collection of paintings was bequeathed to the National Gallery.

▶ 他所有的藏畫都遺贈給了國家美術館。

記憶心法 字首 be- 可表「使」，字根 queath 表「說」，可聯想：把遺囑「說」出來，「使」財產給他人，就叫做「遺贈」。

besiege

v. [bɪˈsidʒ] 同surround, circumvent　　★★★★★

▶ 動 圍攻；包圍；煩擾

The singer was besieged by crazy fans.

▶ 瘋狂的歌迷包圍了那個歌手。

記憶心法 字首 be- 可表「使」，siege 意為「圍攻」，所以合起來是「圍攻，包圍」之意，而被包圍、圍攻當然是令人煩擾的事，因此引申為「煩擾」。

---

bestow

v. [bɪˈsto] 同give, award　　★★★★☆

▶ 動 贈與；使用

The trophy was bestowed upon the winner.

▶ 獎品授給了優勝者。

記憶心法 字首 be- 可表「使」，stow 表示「裝；裝載」，合起來是「使東西裝滿載走」，由此引申為「贈與」之意。

---

bewilder

v. [bɪˈwɪldɚ] 同baffle, confuse　　★☆☆☆☆

▶ 動 使迷糊；使迷路

I was bewildered by so many questions.

▶ 這麼多問題把我弄糊塗了。

記憶心法 字首 be- 可表「使」，wilder 是動詞，表「迷惑」，所以合起來就是「使迷糊」之意。

---

bilateral

a. [baɪˈlætərəl]　　★★★☆☆

▶ 形 有兩面的；雙邊的

We are willing to offer you an opportunity to develop bilateral trade.

▶ 我們願提供您一個發展雙邊貿易的機會。

記憶心法 字首 bi- 表示「二」，lateral 表示「側面的」，合併起來便有「有兩面的，雙邊的」之意。

bizarre

★★★★★

a. [bɪˈzɑr] 同grotesque, aberrant

▶ 形奇異的；古怪的

His father is an extremely bizarre person.

▶ 他的父親是一個極為古怪的人。

記憶心法 bizarre可與形似字bazaar（小工藝品商店）一起聯想記憶：在bazaar裡面，充斥著各種bizarre商品。

blackmail

★★★★★

v. [ˈblækˌmel]

▶ 動勒索；脅迫

He was blackmailed out of the company's secrets.

▶ 他被脅迫交出公司的機密。

記憶心法 black意為「黑色的」，mail是「信件」，可聯想：歹徒寄一封「黑色的信件」，他們的用意是要「勒索」老闆。

blackout

★★★★★

n. [ˈblækˌaʊt] 同electric power cut

▶ 名燈火管制；停電

The streets were not lighted at night during the blackout.

▶ 在燈火管制期間，街道在夜晚無燈光。

記憶心法 black意為「黑暗」，out有「熄滅」之意，「黑暗」加上「熄滅」就是「燈火管制；停電」之意。

bladder

★★★★★

n. [ˈblædɚ] 同vesica

▶ 名膀胱；囊狀物

The old man suffered from inflammation of the bladder.

▶ 這個老人患有膀胱炎。

記憶心法 bladder可與形似字ladder（梯子）一起聯想記憶：他的bladder功能不佳，只要爬ladder就會尿失禁。

blandishment

★☆☆☆☆

n. [ˈblændɪʃmənt]

▶ 名 勸誘；奉承

Lucy resisted Tom's blandishments.

▶ Lucy 拒絕 Tom 的奉承。

記憶心法 此字為動詞 blandish（奉承）的名詞形式，-ment 是名詞字尾，合併起來便有「勸誘；奉承」之意。

blatant

★★★★☆

a. [ˈbletn̩t] 同vociferous; patent 反quiet

▶ 形 公然的；露骨的

She was told a blatant lie.

▶ 她聽到一個露骨的謊言。

記憶心法 字根 blat 表「閒聊」，字尾 -ant 表「……的」，合起來是「閒聊的」，可以聯想：他們在電影院裡「公然」「閒聊」，行為「露骨」。

bogus

★★☆☆☆

a. [ˈbogəs] 同fictitious, fake

▶ 形 偽造的，假貨的

She received some bogus bills.

▶ 她收到一些假鈔。

記憶心法 從前有一種機器叫做 Bogus，專門用來製造偽鈔，所以此字後來就是「偽造的，假貨的」之意。

bolster

★★★★★

v. [ˈbolstɚ] 同brace, support

▶ 動 支撐；支持；鼓勵

Her boyfriend's encouragement bolstered up her confidence.

▶ 她男朋友的鼓勵提高了她的自信心。

記憶心法 bolster 可與形似字 lobster（龍蝦）一起聯想記憶：為了 bolster 員工辛勤的工作，老闆決定請員工吃一隻 lobster。

bountiful

★★★☆★

a. [ˈbaʊntəfəl] 同abundant, generous

▶ 形 慷慨的；豐富的

The newly reclaimed land is now bringing forth bountiful crops.

▶ 此新開墾的荒地正帶來豐收。

記憶心法 字根 bount 表示「好，善」，-ful 是形容詞字尾，表示「……的」，合併起來是「好的，善的」，引申為「慷慨的；豐富的」之意。

bovine

★★★★★

a. [ˈbovaɪn] 同bovid

▶ 形 遲鈍的；牛的

This cobbler is rather bovine.

▶ 這個補鞋匠真是笨手笨腳。

記憶心法 bovine 可與形似字 bower（樹蔭處）一起聯想記憶：一個行動 bovine 的人，只要走幾步路就想去 bower 乘涼。

boxwood

★★☆☆☆

n. [ˈbɑksˌwʊd]

▶ 名 黃楊木材，黃楊木

The furniture is made of boxwood.

▶ 這些家具是由黃楊木製成的。

記憶心法 此字是由 box（盒子）+ wood（木頭）構成，可一起聯想記憶：那個「木盒」是用「黃楊木」製成的。

bracket

★★★★☆

v. [ˈbrækɪt] 同couple, join

▶ 動 固定；相提並論

Don't bracket him with his brother because they are totally different.

▶ 不要把他和他哥哥相提並論，因為他們截然不同。

記憶心法 bracket 可與形似字 jacket（夾克）一起聯想記憶：皮做的 jacket 在不穿的時候，需要把它 bracket，才不會變形。

brainstorming

★★★☆☆

n. [ˈbrenˌstɔrmɪŋ]

▶ 名 腦力激盪

The scientists had a brainstorming and solved the problem.

▶ 科學家腦力激盪並解決了問題。

記憶心法 此字為動詞 brainstorm（集體研討；腦力激盪）的名詞形式，-ing 在這裡作名詞字尾，因此意義也是「集體研討；腦力激盪」。

breach

★★★★☆

n. [britʃ] 同violation

▶ 名 違犯，違反

They sued us for breach of the contract.

▶ 他們控告我們違反合約。

記憶心法 breach 可與形似字 bleach（漂白）一起聯想記憶：你如果 bleach 那件黑襯衫，就是 breach 它的洗滌規定。

brevity

★★☆☆☆

n. [ˈbrɛvətɪ] 同briefness

▶ 名 短暫；簡潔

Her work is known for brevity of style.

▶ 她的作品以簡潔著稱。

記憶心法 字根 brev 表示「短」，-ity 是名詞字尾，表示「狀態」，合併起來是「短的狀態」，由此引申為「短暫；簡潔」。

bristle

★★★★★

v. [ˈbrɪs!] 同abound, burst 反cower

▶ 動 （毛髮）倒豎

She bristled with anger at his rude remarks.

▶ 她聽了他粗魯的話氣得毛髮倒豎。

記憶心法 bristle 可與形似字 brittle（碎的）一起聯想記憶：她男友知道她劈腿後，氣得 bristle，而且心都 brittle。

brittle

★★★★★

a. [ˈbrɪtl̩] 同brickle

▶ 形 易碎的；易生氣的

Her husband has a brittle temper.

▶ 她的丈夫很容易生氣。

記憶心法 br 可想成 break（打破），ittle 可看成 little（小），可聯想：那個東西可以被「打破」成許多「小」塊，可見相當「易碎」。

brooch

★★★★★

n. [brotʃ] 同broach, breastpin

▶ 名 胸針，領針

He bought her a gold brooch as a keepsake.

▶ 他送她一枚金胸針作紀念品。

記憶心法 brooch 與 broom（打掃）的拼寫相近，可一起聯想記憶：太太在 broom 房間時，發現她遺失許久的 brooch。

brusque

★★★★★

a. [brʌsk] 同surly, abrupt

▶ 形 唐突的；直率的

His attitude was brusque.

▶ 他的態度很唐突。

記憶心法 字根 brus 表示「野獸的」，-que 在此作形容詞字尾，合起來是「像野獸的」，由此引申為「唐突的；直率的」之意。

bully

★★★★★

v. [ˈbʊlɪ] 同threat; tease

▶ 動 恐嚇；欺侮

He bullied his classmates into giving him money each week.

▶ 他恐嚇他的同學每星期給他錢。

記憶心法 bully 在古代的意義為「情人」，古代的人們爭奪情人時，往往恃強欺弱，因此後來引申為「恐嚇；欺侮」之意。

buoy

★☆☆☆☆

v. [bɔɪ] 回encourage, support

▶ 動 使浮起；鼓勵

The whole nation was buoyed up by the good news.

▶ 全國上下聽到這個好消息時都振奮起來。

> 記憶心法 buoy 可與形似字 buy（買）一起聯想記憶：媽媽為了要 buoy 一百公斤的兒子，就去 buy 一個救生圈，讓他在游泳池能夠 buoy。

---

bureaucracy

★★★★☆

n. [bjʊˈrɑkrəsɪ] 回bureaucratism

▶ 名 官僚，官僚政治

The country has successfully rooted out a lot of bureaucracies.

▶ 這個國家成功地肅清了很多官僚機構。

> 記憶心法 bureau 表「政府的局、處」，字根 cracy 表「統治」，合起來是「政府機關的統治」，由此引申為「官僚，官僚政治」之意。

---

buzzword

★★☆☆☆

n. [ˈbʌzwɝd] 回cant

▶ 名 行話；流行詞

"Shape" is the buzzword in the cosmetics industry this fall.

▶ 「形塑」是今年秋天化妝品工業的流行語。

> 記憶心法 buzz 表示「嗡嗡叫」，word 是「言詞」，可一起聯想：「流行詞」就是大家傳播一種「言詞」，就像蜜蜂對彼此「嗡嗡叫」。

Track 4

cabal

★★★☆☆

n. [kə′bæl] 同conspiracy

▶ 名陰謀集團;陰謀

The cabal against the president found supporters exclusively in the city.

▶ 反對總統的陰謀集團僅在該市找到支持者。

記憶心法 cabal 音似中文的「叩拜兒」,可聯想記憶:愛耍「陰謀」的集團成員,喜歡聚在一起彼此「叩拜」,認對方為乾「兒」子。

cache

★★★★★

n. [kæʃ] 同hoard, stash

▶ 名貯藏所;隱藏處

The policemen have seized a cache of illegal drugs.

▶ 警員正在查封非法藥物的貯藏處。

記憶心法 此字可與形似字 cash（現金）一起聯想記憶:他在搶完銀行之後,就把大筆 cash 藏在只有他知道的 cache。

caliber

★★★★☆

n. [′kæləbɚ] 同width

▶ 名口徑;才幹

He had a 32-caliber bullet in his hand.

▶ 他手中拿著一顆三十二口徑的子彈。

記憶心法 ca 可看成 C.A.（加州）,liber 可看成 liberal（自由的）,可聯想:「加州」對槍砲管制很「自由」,民眾可申請任何「口徑」的槍。

calligraphy

★★★★☆

n. [kə′lɪgrəfɪ] 同penmanship

▶ 名書法

My sister is considering studying calligraphy or Chinese painting.

▶ 我的妹妹正在考慮要學書法還是中國畫。

記憶心法 字首 call- 可表示「美麗」,字根 graphy 表示「寫」,合併起來是「寫美麗的字」,由此引申為「書法」之意。

calumny

★☆☆☆☆

n. [ˈkæləmnɪ] 同 defamation

▶ 名 誹謗，中傷

No breath of calumny ever attainted the personal purity of Savonarola. (Henry Hart Milman)

▶ 沒有任何誹謗能夠玷污薩伏那洛拉的清白。（亨利哈特米爾曼）

記憶心法 calumny 可與形似字 column（專欄）一起聯想記憶：那個名人控告寫那篇 column 的記者 calumny。

canary

★★★★☆

n. [kəˈnɛrɪ] 同 snitch

▶ 名 告密者

He is a canary. He has betrayed his friends.

▶ 他是個告密者，他背叛了他的朋友。

記憶心法 can 表「能」，-ary 是形容詞字尾，表示「……的」，可聯想記憶：「告密者」就是有「能」力讓他人受到責罰「的」人。

candor

★★☆☆☆

n. [ˈkændɚ] 同 fairness, candidness

▶ 名 公平；坦白；真誠

She spoke about her anxiety with complete candor.

▶ 她完全坦白地說出她的憂慮。

記憶心法 字根 cand 表「白」，字尾 -or 表「……事物」，合起來是「白的事物」，因此便引申為「公平；坦白；真誠」之意。

canine

★★★★★

a. [ˈkenaɪn]

▶ 形 狗的；犬科的

The fox is a canine animal.

▶ 狐狸是犬科動物。

記憶心法 canine 是由 ca + nine 構成，其中 ca 可看成 can（能），nine 表「九個」，可聯想：一隻像「狗的」大型動物，一次可以咬「九個」人。

canvass
★★★★★

v. [ˈkænvəs] 同petition for ▸ 動遊說；拉票

We went around canvassing and collected 500 dollars for the school. ▸ 我們到處遊說，為學校募得了五百元。

記憶心法 can 表「能」，v 是「勝利」標誌，ass 是「驢子」，可聯想：在「驢子」賽跑賭博中，他為自己的驢子「遊說」，好讓他「能」得「勝」。

capricious
★★★★★

a. [kəˈprɪʃəs] 同whimsical, fickle ▸ 形善變的，任性的

Her capricious behavior has annoyed her friends. ▸ 她善變的行為惹惱了她的朋友。

記憶心法 cap 意為「帽子」，rice 意為「米飯」，用帽子裝米飯，是很任性的，所以 capricious 就有「善變的，任性的」之意。

capsize
★★★★★

v. [kæpˈsaɪz] 同upset, overturn ▸ 動使傾覆，弄翻

A sudden strong wind capsized their boat. ▸ 突然一陣強風弄翻了他們的船。

記憶心法 字首 cap- 表示「頭」，-ize 是動詞字尾，合併起來是「把頭倒過來」，引申為「使傾覆，弄翻」之意。

captivity
★★★★★

n. [kæpˈtɪvətɪ] 同constraint, bondage ▸ 名囚禁；束縛

Deliverance from captivity made him a changed man. ▸ 從囚禁獲釋讓他變了一個人。

記憶心法 字首 cap- 可表「拿，抓」，字尾 -ivity 表「有關的行為」，合起來是「把人抓起來的行為」，因此便有「囚禁；束縛」之意。

carat

★★☆☆☆

n. [ˈkærət]

▶ 名 克拉

They will be pleased to supply it to you at US$150 per carat.

▶ 他們將很高興以每克拉一百五十美金提供給你。

記憶心法 carat 翻譯後就是其諧音「克拉」，是鑽石的重量單位。

---

cardboard

★★★★☆

n. [ˈkɑrdˌbord]

▶ 名 硬紙板

We usually use cardboard boxes for toys' packaging.

▶ 我們一般都用紙盒包裝玩具。

記憶心法 card 表示「紙片，卡片」，board 表示「(厚的) 板」，合併起來便有「硬紙板，厚紙板」之意。

---

cardiac

★★☆☆☆

a. [ˈkɑrdɪˈæk]

▶ 形 心臟的，心臟病的

He suffered from a cardiac disease.

▶ 他患有心臟病。

記憶心法 字根 card 表「心臟」，-ac 是形容詞字尾，表「具有……性質的」，合起來便是「心臟的，心臟病的」之意。

---

cardinal

★★★★★

a. [ˈkɑrdnəl] 同 central, key 反 unimportant

▶ 形 重要的；基本的

You should understand this cardinal theory first.

▶ 你應該先理解這個基本理論。

記憶心法 字根 card 表「心臟」，-al 是形容詞字尾，表「像……的」，合起來是「像心臟一樣的」，由此引申為「重要的，基本的」之意。

caricature

★★★☆☆

n. [ˈkærɪkətʃɚ] 同satire

▶ 名 諷刺畫，滑稽模仿

He does very funny caricatures of famous people.

▶ 他滑稽地模仿名人。

記憶心法 caricature 來自拉丁語 caricare，意思為 overload，表示車上裝了太多的貨物，而行動地非常滑稽，所以後來引申為「滑稽模仿；諷刺畫」。

carnation

★★★★★

n. [karˈneʃən] 同gillyflower

▶ 名 康乃馨；淡紅色

He bought a bunch of carnations for his sick mother.

▶ 他為他生病的媽媽買了一束康乃馨。

記憶心法 car 意為「汽車」，nation 意為「國家」，合起來是「汽車王國」，可聯想：對母親來說，一個無情的「汽車王國」，比不上一束有愛的「康乃馨」。

carnivorous

★★★★☆

a. [karˈnɪvərəs] 同flesh-eating

▶ 形 食肉的

Carnivorous animals have long sharp tearing teeth.

▶ 肉食動物有長而銳利的牙齒。

記憶心法 字首 carn- 表示「肉」，字根 vor 表示「食」，-ous 是形容詞字尾，表示「……的」，合併起來便有「食肉的；肉食類的」之意。

cascade

★★★☆☆

n. [kæsˈked] 反cataract

▶ 名 小瀑布；一連串

A cascade of noise came from the next door.

▶ 隔壁傳來一陣陣的噪音。

記憶心法 字首 cas- = down，表「落下」，cade 在此作名詞字尾，合起來是「落下的水」，由此引申為「小瀑布；一連串」之意。

cataclysm

★★★☆☆

n. [ˈkætəˌklɪzəm] 同calamity

▶ 名大洪水；劇變

The revolutionary cataclysm destroyed old aristocratic institutions

▶ 革命性的劇變打破了舊的貴族制度。

記憶心法 字首 cata- 表示「向下」，字根 clysm 表示「洗」，合併是「大水向下洗」，由此引申為「大洪水；劇變」之意。

---

catalyst

★★★☆☆

n. [ˈkætəlɪst] 同accelerator

▶ 名催化劑；刺激因素

Your inhospitality was the catalyst that got him angry.

▶ 你的冷漠是促使他生氣的因素。

記憶心法 字首 cata- 表示「下面」，字根 lyst 表「分開，分解」，合起來是「在下面起分解作用的東西」，由此引申為「催化劑；刺激因素」之意。

---

catastrophe

★★★★★

n. [kəˈtæstrəfɪ] 同calamity, disaster

▶ 名突如其來的大災難

A big earthquake is a catastrophe for human beings.

▶ 大地震對人類來說是突如其來的大災難。

記憶心法 字首 cata- 表示「下面」，字根 strophe 表示「轉」，合併起來是「（運氣）轉到下面」，由此引申為「大災難；大災禍」。

---

cavity

★★★☆☆

n. [ˈkævətɪ] 同pit, hole

▶ 名牙洞；（身體）腔

My tooth hurts like hell because there is a cavity in one of my teeth.

▶ 我的牙疼得要命，因為我的牙齒有個洞。

記憶心法 字根 cav 表示「洞」，-ity 作名詞字尾，表示「……的東西」，合併起來便有「腔，洞」之意。

celestial

★★★★★

a. [sɪˈlɛstʃəl] 同heavenly

▶形 天體的，天上的

The stars and the moon are celestial bodies.

▶星星和月亮都是天體。

記憶心法 字根 celest 表示「天空」，-ial 作形容詞字尾，表示「……的」，合併起來便有「天體的，天上的」之意。

censor

★★★★★

v. [ˈsɛnsɚ] 同examine, inspect

▶動 檢查，審查

The book is being censored.

▶這本書正在接受審查。

記憶心法 字根 cens 表「評估」，-or 在此作動詞字尾，因此 censor 便有「檢查，審查」之意。

censorious

★★★★★

a. [sɛnˈsorɪəs] 同censuring, critical

▶形 吹毛求疵的

He is so censorious that nobody can please him.

▶他很吹毛求疵，沒有人能取悅他。

記憶心法 此字為動詞 censure（指責）的形容詞形式，-orious 是形容詞字尾，合併是「處處指責的」，因此便有「吹毛求疵的」之意。

censure

★★★★★

v. [ˈsɛnʃɚ] 同reprimand 反praise

▶動 責備，譴責

The lawyer was censured as a liar.

▶人們譴責這個律師是個說謊的人。

記憶心法 cent 意為「百」，而 cen 後面缺個 t，就是沒有一百；sure 表「確定」，合起來是「不是百分百地確定」，可聯想：當她「不是百分百地確定」專案進度時，老闆就「責備」她。

census

★ ★ ★ ★ ★

n. [ˈsɛnsəs]

▶ 图 人口普查；統計數

According to the latest census, the population in Europe has decreased.

▶ 根據最近人口普查，歐洲人口在下降。

記憶心法 字根 cens 表「評估」，us 是「我們」，合起來是「評估我們」，因此便有「人口普查，統計數（目）」之意。

---

centrist

★ ★ ★ ★ ★

n. [ˈsɛntrɪst]

▶ 图 中立派議員

He pretended to be a centrist.

▶ 他假裝是個中立派議員。

記憶心法 central 意為「中間的」，字尾 -ist 表「……的人」，合起來是「走中間路線的人」，因此便有「中立派議員」之意。

---

cerebral

★ ★ ★ ★ ★

a. [ˈsɛrəbrəl] 同 mental, thinking

▶ 图 大腦的；深思的

The man had cerebral palsy.

▶ 那個男子得了腦中風。

記憶心法 字根 cerebr 表示「腦」，-al 是形容詞字尾，表示「……的」，合併起來便有「大腦的」之意。

---

ceremonious

★ ★ ★ ★ ★

a. [ˌsɛrəˈmonjəs] 同 formal, courteous

▶ 图 儀式隆重的

Her ceremonious greeting did not seem heartfelt.

▶ 她那儀式隆重的歡迎看起來並不是真心的。

記憶心法 此字為名詞 ceremony（典禮，儀式）的形容詞形式，-ious 是形容詞字尾，表示「……的」，合併起來便有「儀式隆重的」之意。

chameleon

★★★★★

n. [kə'miljən] 同lizard

▶ 名 變色龍；善變的人

He is really a chameleon.

▶ 他真是個善變的人。

記憶心法 chame 可看成 shame（羞愧），leon 可看成 lion（獅子），合併起來是「獅子裝害羞後大張口」，因此意思是「變色龍；善變的人」。

chaotic

★★★★☆

a. [ke'ɑtɪk] 同confused 反orderly

▶ 形 混亂的

He tried to put his chaotic life in order.

▶ 他試圖調整自己混亂的生活。

記憶心法 此字為名詞 chaos（混亂）的形容詞形式，-tic 作形容詞字尾，表示「……的」，合併起來便有「混亂的」之意。

charisma

★★★★★

n. [kə'rɪzmə] 同charm

▶ 名 領導力；魅力

The girl's warm personality is her greatest charisma.

▶ 那女孩熱情的個性就是她最大的魅力。

記憶心法 在記 charisma 的時候，可以把其中的 is 和字尾的 a 省略不看，就變成 charm（魅力），意義不變。

chassis

★★★★★

n. ['ʃæsɪ]

▶ 名 底盤；底架

The room hasn't the chassis on which panels of electrical equipment may be mounted.

▶ 這間屋子沒有可安裝電氣設備的底架。

記憶心法 chass 可看成 chase（追捕），is 為「是」，可一起聯想記憶：那隻狼犬「是」拴在汽車「底盤」，所以無法「追捕」壞人。

chaste

★★★☆☆

a. [tʃest] 同pure, virtuous

▶ 形 純潔的；樸實的

The writer wrote in a chaste style.

▶ 那位作家文筆樸實。

字根 chast 表示「純的」，-e 在此作形容詞字尾，因此便有「純潔的；樸實的」之意。

chauvinist

★★★★★

n. [ˈʃovɪnɪst] 同patriot

▶ 名 沙文主義者

He is a real male chauvinist swine.

▶ 他真是個大男人主義者。

此字源自一個劇中的人名——Chauvin，因其過分的愛國主義和對拿破崙的忠誠而聞名，因此 chauvinist 就意為「沙文主義者；愛國主義者」。

checkered

★★★★☆

a. [ˈtʃɛkɚd] 同changeable

▶ 形 方格的；多變化的

He has experienced a checkered life.

▶ 他經歷了一個波折多變的人生。

此字為名詞 checker（方格花紋）的形容詞形式，-ed 為形容詞字尾，因此便有「方格的」之意，引申為「多變化的」。

circumlocution

★★★★☆

n. [ˌsɝkəmloˈkjuʃən] 同periphrasis

▶ 名 婉轉；遁辭

She always likes to use circumlocution.

▶ 她總是喜歡採用曲折婉轉的說法。

字首 circum- 表示「繞圈」，字根 locu 表示「說話」，-tion 是名詞字尾，合併是「說話繞圈子」，因此便有「婉轉；遁辭」之意。

circumscribe

★ ★ ★ ★ ★ ★

v. [ˈsɝkəmˌskraɪb] 同limit, confine

▶ 動 畫界線；限定

He always circumscribes his activities within narrow bounds.

▶ 他總把自己的活動限定在狹小的範圍內。

> **記憶心法** 字首 circum- 表示「繞圈」，字根 scribe 表示「書畫」，合併起來是「畫地為牢」，因此便有「畫界線；限定」之意。

circumspect

★ ★ ★ ★ ★ ★

a. [ˈsɝkəmˌspɛkt] 同discreet, cautious

▶ 形 小心的；慎重的

Be more circumspect or you'll get yourself talked about.

▶ 你要更謹慎，否則會成為人們的話柄。

> **記憶心法** 字首 circum- 表示「周圍」，字根 spect 表示「看」，合併起來是「環顧四周的」，由此引申為「小心的；慎重的」之意。

circumvent

★ ★ ★ ★ ★ ★

v. [ˌsɝkəmˈvɛnt] 同surround

▶ 動 圍繞，包圍

We are circumvented by danger.

▶ 我們處在危機四伏的環境中。

> **記憶心法** 字首 circum- 表示「繞圈」，字根 vent 表示「來」，合併起來是「繞著圈過來」，由此引申為「圍繞，包圍」之意。

clad

★ ★ ★ ★ ★

a. [klæd] 同clothed

▶ 形 穿衣服的

Chinese people used to be clad in red in festivals.

▶ 過去的中國人在節日的時候都穿著紅色的衣服。

> **記憶心法** clad 是 clothe（穿衣）的過去式和過去分詞，過去分詞可以作形容詞，因此 clad 有「穿……衣服的，被……覆蓋的」之意。

clemency

★★★☆☆

n. [ˈklɛmənsɪ] 同charity, kindness

▶名仁慈，寬厚

It is useless to appeal to your enemy for clemency.

▶向敵人乞求仁慈是沒有用的。

記憶心法 此字是形容詞 clement（仁慈的，寬厚的）去掉 t 之後加上 cy，成為名詞，意義不變，仍是「仁慈，寬厚」。

coagulate

★★★★☆

v. [koˈægjəˌlet] 同clot

▶動（使）凝結

Blood coagulates when it is exposed to air.

▶血液一接觸空氣就會凝結。

記憶心法 字首 co- 表示「一起」，字根 ag 表示「做」，-ate 在此作動詞字尾，合併是「做在一起」，引申為「（使）凝結」之意。

coalesce

★★★☆☆

v. [ˌkoəˈlɛs] 同unite, fuse

▶動合併，聯合，統一

The views of the party leaders have coalesced to form a coherent policy.

▶政黨領導人的觀點已統一為一致的政策。

記憶心法 字首 co- 可表示「共同」，字根 alesc 表示「長大」，合併起來是「共同長大」，由此引申為「合併，聯合，統一」之意。

coercion

★★★★★

n. [koˈɝʃən] 同suppression, constraint

▶名強制，強迫

He told the truth under coercion.

▶他被迫說了實話。

記憶心法 字首 co- 可表「完全」，字根 erc 表「約束」，合起來是「完全約束」，因此便有「強迫，強制」之意。

coexistence
★★★★☆

n. [ˈkoɪgˈzɪstəns] 同simultaneity

▶ 名共存；和平共處

Coexistence is one of our foreign policies.

▶ 和平共處是我們的外交政策之一。

記憶心法 字首 co- 表「一起」，existence 表「存在」，合起來就是「共存」之意，引申為「和平共處」。

---

coherent
★★★★★

a. [koˈhɪrənt] 同consistent反inharmonious

▶ 形一致的；有條理的

We need a coherent explanation.

▶ 我們需要有條理的解釋。

記憶心法 字首 co- 表「一起」，字根 her 表「黏接」，-ent 是形容詞字尾，表示「……的」，合起來是「黏在一起的」，引申為「一致的；有條理的」之意。

---

cohesion
★★★★☆

n. [koˈhiʒən] 同coherence

▶ 名結合；凝聚力

We must have strong national cohesion.

▶ 我們必須要有強烈的民族凝聚力。

記憶心法 字首 co- 表「一起，共同」，字根 hes 表「黏附」，-ion 作名詞字尾，合併起來是「黏附在一起」，因此便有「結合；凝聚力」之意。

---

coincide
★★★★☆

v. [ˌkoɪnˈsaɪd] 同concur

▶ 動同時發生；相符

His likes and dislikes don't coincide with those of his wife's.

▶ 他的愛好和憎惡與他妻子的都不相符。

記憶心法 字首 co- 表「一起，共同」，字根 cide 表「落下」，合起來就是「一起落在……上」，因此便有「同時發生；相符」之意。

coincidental

★★★★★

a. [ko͵ɪnsə'dɛntl]

▶ 形 符合的;巧合的

The similarity between your two essays is too great to be coincidental.

▶ 你的兩篇文章雷同地方很多,這並非巧合。

記憶心法 此字為動詞 coincide 的形容詞形式,-ntal 為形容詞字尾,因此意義是「符合的;巧合的」。

collaborate

★★★★★

v. [kə'læbə͵ret] 同cooperate, team up

▶ 動 合作;勾結

I am collaborating on the work with two of my colleagues.

▶ 我正和兩個同事合作做這份工作。

記憶心法 字首 col- 表「一起,共同」,labor 表「勞動」,-ate 是動詞字尾,合起來是「共同勞動」,因此便有「合作;勾結」之意。

collateral

★★★★★

n. [kə'lætərəl] 同circumstantial, secondary

▶ 名 旁系親屬,擔保品

All banks will insist on collateral for a loan of that size.

▶ 所有銀行對這樣大筆貸款都要求擔保品。

記憶心法 字首 col- 表「一起,共同」,字根 later 表示「邊緣」,-al 作形容詞字尾,表示「……的」,合起來是「共同的邊」,由此引申為「旁系親屬;擔保品」。

collective

★★★★★

a. [kə'lɛktɪv] 同aggregate 反individual

▶ 形 集體的,共同的

You cannot use collective wealth without any reference to your superiors.

▶ 你不能不請示主管就使用集體所有財產。

記憶心法 字首 col- 表「一起,共同」,字根 lect 表「選擇,收集」,-ive 是形容詞字尾,合起來是「一起收集的」,因此便有「集體的,共同的」之意。

colloquial

★★★★★

a. [kə'lokwɪəl] 同conversable, dialectic　▶形 口語的；會話的

Our English course places great
emphasis on colloquial skills.

▶ 我們的英語課程非常
重視口語的技能。

記憶心法 字首 col- 表「一起，共同」，字根 loqu 表「說，講」，-ial 作形容詞字尾，合併起來是「兩人一起說的」，也就是「口語的；會話的」。

collusion

★★★★★

n. [kə'luʒən] 同conspiracy　▶名 共謀，勾結

She acted in collusion with a few
corrupt officers.

▶ 她與幾個腐敗官員勾
結。

記憶心法 字首 col- 表「一起，共同」，字根 lus 表示「玩」，-ion 作名詞字尾，合併起來是「一起玩別人」，因此便有「共謀，勾結」之意。

combustible

★★★★★

a. [kəm'bʌstəbl] 同burnable, flammable　▶形 易燃的，燃燒性的

Combustible goods are strictly
forbidden in airplanes.

▶ 飛機上嚴禁易燃物。

記憶心法 字首 com- 可表「加強」，字根 bust 表「燃燒」，-ible 為形容詞字尾，因此合併就是「易燃的，燃燒性的」之意。

commemorate

★★★★★

v. [kə'mɛmə,ret] 同memorialize, celebrate　▶動 慶祝；紀念

A museum was built to commemorate
the artist.

▶ 人們建立一座博物館
以紀念這個畫家。

記憶心法 字首 com- 可表「共同」，字根 memor 表「記住」，-ate 是動詞字尾，合起來是「大家共同記住」，因此便有「紀念；慶祝」之意。

commensurate

★★☆☆☆

a. [kəˈmɛnʃərɪt] 同proportional

▶ 形 同量的；相稱的

The salary should be commensurate with the performance.

▶ 薪水應與工作表現相稱才是。

記憶心法 字首 com- 可表「一起，共同」，字根 mensur 表示「測量」，-ate 在此作形容詞字尾，合起來是「測量相同」，因此便有「同量的；相稱的」之意。

commitment

★★★★☆

n. [kəˈmɪtmənt] 同obligation, dedication

▶ 名 託付；承諾；奉獻

Her commitment to education moved thousands of people.

▶ 她對教育事業的奉獻感動了無數的人。

記憶心法 字首 com- 可表「完全」，字根 mit 表「送」，合起來是「完全送給」，而「把生命完全送給……」就是「託付；承諾；奉獻」。

communal

★★☆☆☆

a. [ˈkɑmjʊnl] 同public

▶ 形 社區的；共用的

The couple is satisfied with the flat which has four separate bedrooms and a communal kitchen.

▶ 那對夫妻對有四間臥室和一間共用的廚房的公寓很滿意。

記憶心法 字首 com- 可表「一起，共同」，字根 mun 表示「服務，公務」，-al 作形容詞字尾，合併是「共同服務的」，引申為「公有的；共用的」。

compact

★★★★★

n. [kəmˈpækt] 同agreement

▶ 名 契約，協議

The two states made a compact.

▶ 這兩國簽訂了一項協議。

記憶心法 字首 com- 可表「一起，共同」，pact 表「契約」，合起來是「一起簽契約」，因此便有「契約，協議」之意。

compatible

★★★★☆

a. [kəm'pætəbl] 同harmonious

▶彤能共存的，相容的

They are temperamentally compatible.

▶他們情趣相投。

記憶心法 字首 com- 可表「一起，共同」，pat 可看成 put，-ible 是形容詞字尾，合併起來是「可放在一起的」，由此引申為「能共存的，相容的」。

compel

★★★★☆

v. [kəm'pɛl] 同coerce, force

▶動強迫，迫使

The bad weather compelled us to cancel our plan.

▶壞天氣迫使我們取消計畫。

記憶心法 字首 com- 可表「完全」，字根 pel 表「推」，合起來是「過分地推某人」，因此便有「迫使，強迫」之意。

compelling

★★★☆☆

a. [kəm'pɛlɪŋ] 同insistent

▶彤令人注目的

A host of compelling socioeconomic problems still exist.

▶許多令人注目的社會經濟問題依然存在。

記憶心法 字首 com- 可表「加強」，字根 pel 表示「推，驅」，-ing 在這裡作形容詞字尾，合併是「強推的」，引申為「強制的；令人注目的」之意。

compensate

★★★★★

v. ['kɑmpən,set] 同make up, recompense

▶動補償，賠償

Nothing can compensate me for the harm you have done.

▶沒有什麼能補償你對我所造成的傷害。

記憶心法 字首 com- 可表「完全」，字根 pens 表「花費」，-ate 是動詞字尾，合起來是「完全花費在……」，因此便有「補償，賠償」之意。

complacent

★★★★☆

a. [kəm'plesn̩t] 同proud, satisfied

▶形 自滿的，得意的

We must not be complacent, but work harder because there is still a lot to be done.

▶ 我們絕不能自滿，而要更加努力，因為還有很多事情要做。

記憶心法 字首 com- 可表「加強」，字根 plac 表「安慰」，-ent 在此作形容詞字尾，合併是「安慰自己的」，因此便有「自滿的，得意的」之意。

complement

★★★☆☆

n. ['kɑmpləmənt] 同supplement

▶名 補足物，搭配物

A wine makes an excellent complement to a good meal.

▶ 美酒是美食絕佳的搭配物。

記憶心法 字首 com- 可表「完全」，字根 ple 表示「滿，填滿」，-ment 作名詞字尾，合併起來是「全部填滿」，由此引申為「補足物，補充物」。

compliance

★★★★☆

n. [kəm'plaɪəns] 同obedience, conformity

▶名 承諾；順從，屈從

In compliance with the president's order, all the products have been withdrawn.

▶ 遵照董事長的指示，所有的產品已經收回。

記憶心法 字首 com- 可表「完全」，pliant 表「順從的」，合起來是「完全順從的」，因此便有「順從，屈從」之意。

complicity

★★★★☆

n. [kəm'plɪsətɪ] 同complot, conspiracy

▶名 共謀，串通

He was suspected of complicity in the murder.

▶ 他是這個謀殺案的共謀嫌疑犯。

記憶心法 字首 com- 可表「一起，共同」，字根 plic 表示「重疊」，-ity 是名詞字尾，合併起來是「共同重疊」，由此引申為「共謀，串通」。

comply

★★★★★

v. [kəm'plaɪ] 同obey, follow反disobey ▶ 勔 順從，遵從

Everyone in the company should comply with its rules.

▶ 公司裡的每個人都應該遵從公司的規定。

記憶心法 字首 com- 可表「一起，共同」，字根 ply 表「重疊」，合起來是「（規定和行為）重疊在一起」，由此引申為「順從，遵從」之意。

composure

★★★★★

n. [kəm'poʒɚ] 同calmness, equanimity ▶ 名 平靜，沈著

She often wondered if she could keep her composure in the face of danger.

▶ 她常在想她能否在危險時刻保持沈著。

記憶心法 字首 com- 可表「完全」，字根 pos 表「放」，字尾 -ure 表「狀態」，合起來是「完全處於放在某地的狀態」，因此便有「平靜，沈著」之意。

compound

★★★★★

v. [kɑm'paʊnd] 同compromise ▶ 勔 混合；妥協；惡化

He compounded his problems by being lazy.

▶ 他的懶散惡化了他的問題。

記憶心法 字首 com- 可表「一起，共同」，字根 pound 表「放」，合起來是「放到一起」，因此便有「使混合」之意，可引申為「妥協；惡化」。

compromise

★★★★★

v. ['kɑmprəˌmaɪz] 同yield, concede ▶ 勔 妥協，讓步；放棄

The old man was stubborn and he would never compromise his so-called principles.

▶ 這個老人很固執，他絕不會放棄自己所謂的原則。

記憶心法 字首 com- 可表「一起，共同」，promise 意為「保證」，合起來是「共同保證」，由此引申為「妥協，讓步」之意。

compulsion

★★★★★

n. [kəmˈpʌlʃən] 同oppression, impulse

▶ 名（被）強迫；衝動

She felt a sudden compulsion to run away from the crowd.

▶ 她突然有一種想逃離人群的衝動。

記憶心法 字首 com- 可表「完全」，字根 puls 表「推」，合起來是「過份推某人」，因此便有「（被）強迫」之意，引申為「衝動」。

concede

★★★★☆

v. [kənˈsid] 同admit

▶ 動 承認，讓步，退讓

We must concede that the world has changed dramatically.

▶ 我們必須承認世界已發生很大的變化。

記憶心法 字首 con- 可表「完全」，字根 cede 表「割讓」，合起來是「完全、徹底割讓出去」，因此便有「讓步，退讓」之意。

conceit

★★★☆☆

n. [kənˈsit] 同arrogance, boastfulness

▶ 名 自負；個人意見

The conceit of the man was his downfall.

▶ 自負是那個男人失敗的原因。

記憶心法 字首 con- 可表「完全」，字根 ceit 表「拿」，合起來是「完全拿走」，可聯想：不顧別人感受，只憑「個人意見」就「完全拿走」，這是「自負」的表現。

concentric

★★★☆☆

a. [kənˈsɛntrɪk] 同homocentric

▶ 形 同中心的

I have two concentric rings on my hands.

▶ 我手上有兩個同心環。

記憶心法 字首 con- 可表「一起，共同」，字根 centr 表「中心」，-ic 作形容詞字尾，表示「……的」，合併起來便有「同中心的」之意。

concession

★★★★☆

n. [kənˈsɛʃən] 同conceding, yielding

▶ 名讓步，特許權

If you do not make mutual concessions, the problem won't be solved.

▶ 若你們不互相讓步，這個問題就得不到解決。

記憶心法 此字是動詞 concede（讓給，容許）去掉 de 加上 ssion 而形成名詞，意義也是「讓步；特許」。

conciliation

★★★★★

n. [kənˈsɪlɪˈeʃən] 同placation

▶ 名安撫，撫慰；調解

The dispute is being dealt with by a conciliation board.

▶ 這起糾紛正由一個調解委員會處理。

記憶心法 此字是動詞 conciliate（安撫，調和）去掉 e 加上 ion 而成為名詞，意義也是「安撫，撫慰；調解」。

concoct

★★★☆☆

v. [kənˈkɑkt] 同make, prepare

▶ 動調製；捏造

She gives me a tip on how to concoct a new kind of soup.

▶ 她教我調製一種新湯品的訣竅。

記憶心法 字首 con- 可表「一起，共同」，字根 coct 表示「烹調」，合併起來是「一起烹調」，因此便有「調製」之意。

concur

★★★★☆

v. [kənˈkɝ] 同consent, coincide 反disagree

▶ 動一致；同時發生

They don't concur on marriage matters.

▶ 他們在婚姻問題上意見不一致。

記憶心法 字首 con- 可表「一起，共同」，字根 cur 表「跑」，合起來是「一起跑」，因此便有「同時發生，同意，一致」之意。

condescend

★★★☆☆

v. [ˌkɑndɪ'sɛnd] 同bend, deign

▶ 動屈尊，俯就

He occasionally condescended to the junior staff in his department.

▶ 他偶爾也屈尊接近他部門裡的基層員工。

記憶心法 字首 con- 可表「一起，共同」，descend 表「下降」，合併起來是「一起下降」，引申為「屈尊；俯就」之意。

condolence

★★★★☆

n. [kən'doləns] 同commiseration

▶ 名弔辭，弔唁；慰問

The bereaved received many letters of condolence.

▶ 死者家屬收到許多弔唁。

記憶心法 字首 con- 表「一起，共同」，字根 dole 表「悲傷」，-ence 是名詞字尾，合起來是「一起悲傷」，因此便有「弔辭，弔唁；慰問」之意。

condominium

★★☆☆☆

n. ['kɑndə,mɪnɪəm]

▶ 名公寓

The good location of the condominium attracted many prospective buyers.

▶ 這套公寓的良好位置吸引許多有興趣的買主。

記憶心法 字首 con- 可表「共同」，dominium 表「絕對所有權」，合起來是「大家擁有絕對所有權」，由此引申為「各戶有產權的公寓」之意。

condone

★★★★★

v. [kən'don] 同excuse, pardon

▶ 動寬恕，赦免

She will never condone such behavior.

▶ 她永遠也不會寬恕這種行為。

記憶心法 字首 con- 可表「完全」，字根 done 表「給予」，合起來是「完全給予」，由此引申為「寬恕，赦免」之意。

conductive

★★★★★

a. [kən'dʌktɪv]

▶ 形 導熱的，導電的

Bodies are conductive.

▶ 人體是可導電的。

 字首 con- 可表「完全」，字根 duct 可表「引導」，-ive 是形容詞字尾，合起來是「完全引導的」，因此便有「導熱的，導電的」之意。

conduit

★★★★☆

n. ['kɑnduɪt]

▶ 名 導管，水管

The water will run through by means of this conduit.

▶ 水將經過這個導管流過去。

 字首 con- 可表「完全」，字根 duit 可表「引導」，合起來是「完全引導」，由此引申為「導管，水管」之意。

confiscate

★★★☆☆

v. ['kɑnfɪsˌket] 同 seize

▶ 動 沒收；充公；徵收

The government confiscated the land.

▶ 政府徵收了那片土地。

記憶心法 字首 con- 表示「一起」，fisc 表示「國庫」，-ate 作動詞字尾，合起來構成「一起放入國庫」，由此引申為「沒收；充公；徵收」之意。

confluence

★★★☆☆

n. ['kɑnfluəns] 同 assembly, collection

▶ 名 聚集；匯合

This program is a confluence of artistry, superb choreography, and stage design.

▶ 這個節目是藝術效果、優美舞蹈和舞台設計的匯合。

記憶心法 字首 con- 表示「一起」，字根 flu 表示「流」，-ence 作名詞字尾，合併起來構成「流到一起」，因此便有「聚集；匯合」之意。

conformity

★★★★★

n. [kənˈfɔrmətɪ] 同accordance

▶ 图符合,一致;遵從

We must behave in conformity with the law.

▶ 我們必須遵照法律行事。

記憶心法 字首 con- 表示「共同」,form 表示「形式」,-ity 是名詞字尾,合起來是「共同一致的形式」,由此引申為「符合,一致;遵從」。

congenial

★★★★☆

a. [kənˈdʒinjəl] 同agreeable, pleasing

▶ 形意氣相投的

I found him very congenial.

▶ 我發現他跟我意氣相投。

記憶心法 字首 con- 表示「共同」,字根 gen 表示「產生,種族」,-ial 是形容詞字尾,合起來是「共同產生的事物」,因此便有「意氣相投」之意。

congenital

★★☆☆☆

a. [kənˈdʒɛnətl̩] 同original, inborn

▶ 形先天的,天生的

He is a congenital idiot.

▶ 他是一個天生的白癡。

記憶心法 字首 con- 表示「一起」,字根 genit 表「產生」,-al 是形容詞字尾,合起來是「和生產時一起有的」,因此便有「先天的,天生的」之意。

conglomeration

★★★☆☆

n. [kənˌɡlɑməˈreʃən] 同conglobation

▶ 图聚集物,收集物

Our city, it should be explained, is two cities, or more—an urban mass or conglomerations divided by the river. (John Updike)

▶ 我們城市應被解釋成兩個城市,或者是被一條河隔開的城市塊或城市群(厄普代克)。

記憶心法 字首 con- 表示「共同」,字根 glomer 表示「球」,-ation 是名詞字尾,合併起來是「把球共同放進盒子中」,由此引申為「聚集物,收集物」。

congruence

★★★★☆

n. [ˈkɑŋgrʊəns] 同compatibility

▶ 名 適合；一致

What an extraordinary congruence of genius and era. (Rita Rack)

▶ 天才與時代是多麼驚人的一致（麗塔萊克）。

記憶心法 字首 con- 表示「共同」，字根 gru 表示「一致」，-ence 是名詞字尾，合併起來是「共同一致」，因此便有「適合；一致」之意。

conifer

★★★★★

n. [ˈkonəfɚ]

▶ 名 針葉樹

Do you like conifers?

▶ 你喜歡針葉樹嗎？

記憶心法 con 可看成 cone（圓錐，松果），字根 fer 表示「帶來」，合併起來構成「帶來松果的樹」，因此就是「針葉樹」之意。

coniferous

★★★★☆

a. [koˈnɪfərəs] 同cone-bearing

▶ 形 松類的，結毬果的

There are many coniferous trees in the forest.

▶ 在這個森林裡，有很多松類的樹。

記憶心法 con 可看成 cone「毬果」，字根 fer 表「帶來」，-ous 是形容詞字尾，合起來是「能夠帶來毬果的」，所以就是「結毬果的」之意。

conjecture

★★★★☆

v. [kənˈdʒɛktʃɚ] 同guess, suppose反reason

▶ 動 推測，臆測

The general conjectures that the enemy will launch an attack against us tonight.

▶ 將軍推測說敵人將於今天晚上突襲我們。

記憶心法 字首 con- 可表「完全」，字根 ject 表「推，扔」，-ure 在此作動詞字尾，合併起來是「完全是推測出來的」，所以就是「臆測」之意。

connoisseur

★★★★☆

n. [ˌkɑnəˈsɝ] 同expert

▶ 名 鑑賞家，行家

My grandfather is a connoisseur of antique furniture.

▶ 我的爺爺是一位古董家具鑑賞家。

記憶心法 字首 con- 可表「完全」，字根 noiss 表示「知道」，-eur 在此作名詞字尾，合併構成「什麼都知道的人」，所以就是「行家，鑑賞家」之意。

---

connotation

★★★★☆

n. [ˌkɑnəˈteʃən] 同suggestion, implication

▶ 名 言外之意；含蓄

I think "Hollywood" holds possible connotations of romance and glittering success.

▶ 我認為「好萊塢」一詞可能含有浪漫與耀眼成就的言外之意。

記憶心法 字首 con- 可表「完全」，字根 not 表示「注意」，-ation 是名詞字尾，合併起來構成「完全注意所表達的意義」，由此引申為「言外之意」。

---

conscience

★★★☆☆

n. [ˈkɑnʃəns] 同moral sense

▶ 名 良心

He told her the truth for the sake of his conscience.

▶ 為了不受良心的譴責，他告訴她真相。

記憶心法 字首 con- 可表「一起」，science 意為「科學」，可聯想：研究員「一起」從事「科學」研究時需要有「良心」。

---

consecutive

★★★★★

a. [kənˈsɛkjutɪv] 同continuous, successive

▶ 形 連續的，連貫的

She won the competition for 2 consecutive terms.

▶ 她連續兩次贏得了比賽。

記憶心法 字首 con- 可表「全部」，字根 secut 表「跟隨」，-ive 是形容詞字尾，合起來是「一個跟著一個」，因此便有「連續不斷的，連貫的」之意。

consensus

★★★★★

n. [kən'sɛnsəs] 同general agreement

▶ 名一致；合意；輿論

The consensus was to go to Italy.

▶ 大多數人的意見是去義大利。

記憶心法 字首 con- 表「共同」，字根 sens 表「感覺」，us 是「我們」，合起來是「我們有相同的感覺」，因此便有「一致」之意。

console

★★★★★

v. [kən'sol] 同comfort, solace

▶ 動安慰，撫慰，慰問

She consoled herself with the thought that all she lost was only money.

▶ 她安慰自己說，她所丟失的只是錢而已。

記憶心法 字首 con- 可表「加強」，sole 表示「單獨的」，合起來是「極為孤獨的」，可聯想：一個「極為孤獨的」人需要「安慰、撫慰」。

consolidate

★★★★★

v. [kən'salə,det] 同amalgamate, combine

▶ 動合併，聯合；鞏固

The two companies will consolidate next month.

▶ 這兩家公司將在下個月合併。

記憶心法 字首 con- 表「一起」，solid 意為「固體的」，-ate 是動詞字尾，合起來是「把固體的東西放在一起」，因此便有「合併，聯合；鞏固」之意。

consonance

★★★★★

n. ['kansənəns] 同harmoniousness

▶ 名一致，協調，調和

There was not much consonance in international affairs during those years.

▶ 在那些年期間，國際事務有很多不協調的情況。

記憶心法 字首 con- 表「共同」，字根 son 表示「聲音的」，-ance 作名詞字尾，合併起來是「有共同的聲音」，由此引申為「一致，協調，調和」。

conspicuous

★★★★☆

a. [kənˈspɪkjʊəs] 同eminent, obvious

▶形 顯而易見的

He made a conspicuous mistake but there was no one pointing it out.

▶他犯了很明顯的錯誤，但沒有人指出來。

記憶心法 字首 con- 表「一起，共同」，字根 spic 表「看」，-ous 是形容詞字尾，合起來是「大家都能看到的」，因此便有「顯而易見的，顯著的」之意。

conspiracy

★★☆☆☆

n. [kənˈspɪrəsɪ] 同collusion, intrigue

▶名 陰謀，密謀

He revealed their conspiracy to overthrow the government.

▶他揭露了他們要推翻政府的陰謀。

記憶心法 字首 con- 表「一起，共同」，字根 spir 表「呼吸」，-acy 作名詞字尾，合併起來構成「共同呼吸」，由此引申為「陰謀，密謀」。

constituency

★★★☆☆

n. [kənˈstɪtʃʊənsɪ]

▶名 選民；擁護者

The party has a wide French constituency.

▶該黨有一大批法國擁護者。

記憶心法 字首 con- 表「一起，共同」，字根 stit 表「站」，-ency 是名詞字尾，合起來是「大家站在一起去支持」，因此便有「擁護者」之意。

constituent

★★★★★

a. [kənˈstɪtʃʊənt] 同component, elemental

▶形 組成的，構成的

Can you analyze the sentence into its constituent parts?

▶你能不能分析這個句子的各個組成成分？

記憶心法 字首 con- 表「一起」，字根 stitu 表「放」，-ent 作形容詞字尾，合併起來是「放在一起（以組成東西）」，因此便有「組成的」之意。

constraint

★★★★★

n. [kənˈstrent] 同bondage, restrain

▶ 名約束;強制;拘束

During the interview, she showed constraint.

▶ 在面試過程中,她表現得相當拘束。

記憶心法 字首 con- 表「加強」,字根 straint 表「拉緊」,合起來是「拉得太緊」,因此便有「約束;強制;拘束」之意。

contagious

★★★★★

a. [kənˈtedʒəs] 同catching, infectious

▶ 形傳染性的

She got a contagious cold.

▶ 她得了傳染性感冒。

記憶心法 字首con-表「一起,共同」,字根tag表「接觸」,合起來是「一起接觸……」,可聯想:許多人「一起接觸」某東西,就可能「傳染」疾病。

contaminate

★★★★★

v. [kənˈtæməˌnet] 同infect, pollute

▶ 動污染;毒害

The air has been contaminated by exhaust fumes.

▶ 空氣已被廢氣污染。

記憶心法 字首 con- 可表「相互」,字根 tamin 表「接觸」,-ate 作動詞字尾,合併起來是「相互接觸」,由此引申為「污染;毒害」之意。

contemporary

★★★★★

a. [kənˈtɛmpəˌrɛrɪ] 同coetaneous, present

▶ 形當代的;同時代的

He thinks contemporary art is not so popular.

▶ 他認為當代藝術不是那麼受歡迎。

記憶心法 字首 con- 表「一起,共同」,temporary 意為「一時的」,合起來是「處在同一時期的」,因此便有「當代的;同時代的」之意。

contempt

★★★★☆

n. [kən'tɛmpt] 同disdain, disrespect

▶ 名 蔑視；輕視

She gave a smile of contempt to such behavior.

▶ 她對這種行為給了輕蔑的一笑。

記憶心法 字首 con- 表「一起」，字根 tempt 表「嘗試」，合起來是「大家都能試」，所以不是什麼了不起的事情，便有「輕視，蔑視」之意。

contend

★★★☆☆

v. [kən'tɛnd] 同compete

▶ 動 競爭；辯論

Four directors contended for the prize.

▶ 四個導演競爭該獎項。

記憶心法 字首 con- 表「共同，一起」，字根 tend 表「伸展」，合起來是「對某事物一起伸長手臂奪取」，因此便有「競爭，爭奪」之意。

contentious

★★★★★

a. [kən'tɛnʃəs] 同quarrelsome

▶ 形 好辯的，有爭議的

There is a contentious clause in the treaty.

▶ 這條約中有一條有爭議的條款。

記憶心法 字首 con- 表「一起」，字根 tent 表「延伸」，-ious 作形容詞字尾，合併起來是「一起把手臂往彼此方向延伸」，由此引申為「好辯的」。

contingency

★★★★☆

n. [kən'tɪndʒənsɪ] 同eventuality

▶ 名 偶然事件；可能性

We'd better consider seriously any contingency.

▶ 我們最好認真考慮任何可能性。

記憶心法 字首 con- 表「共同，一起」，字根 ting 表「接觸」，-ent 是名詞字尾，合起來是「突然一起接觸」，因此便有「偶然事件；可能性」。

contingent ★★★★★★

a. [kənˈtɪndʒnt] 同conditional, depending ▶形 視情況而定的

That is a contingent proposition.

▶ 那是一個條件式命題。

記憶心法 字首 con- 表「共同，一起」，字根 ting 表「接觸」，-ent 是形容詞字尾，合併是「有可能接觸到一起的」，由此引申為「視情況而定的」。

contraband ★★★★★★

n. [ˈkɑntrəˌbænd] 同smuggled goods ▶名 違禁品，走私貨

The customs officials confiscated the contraband.

▶ 海關官員沒收了走私貨。

記憶心法 字首 contra- 表「反對，違反」，字根 ban 表「禁令」，合併起來是「違反禁令的東西」，因此便有「違禁品，走私貨」之意。

contravene ★★★★★★

v. [ˌkɑntrəˈvin] 同disobey, infringe ▶動 違背

Your actions contravene the rules.

▶ 你們的行為違反了規定。

記憶心法 字首 contra- 表「反」，字根 ven 表示「來」，合併起來是「反著來」，由此引申為「違背」之意。

contrite ★★★★★

a. [ˈkɑntraɪt] 同remorseful, ruthful ▶形 悔罪的，痛悔的

She was contrite after her angry outburst the whole night.

▶ 她發了脾氣之後，整個晚上都後悔莫及。

記憶心法 字首 con- 表「加強」，字根 trite 表「摩擦」，合併起來是「(心靈)處於摩擦的狀態」，因此便有「悔罪的，痛悔的」之意。

controversial

★★☆☆☆

a. [͵kɑntrəˈvɝʃəl] 同debatable

▶形 爭議的；可疑的

This controversial book sold well.

▶這本有爭議的書很暢銷。

記憶心法 字首 contro- 表「相反」，字根 vers 表「轉」，-ial 是形容詞字尾，合起來是「（意見）朝反方向轉」，因此便有「爭議的；可疑的」之意。

controvert

★★★★☆

v. [ˈkɑntrə͵vɝt] 同debate, dispute

▶動 爭論，辯論，辯駁

Almost nothing could controvert her testimony that the driver was drunk.

▶她有關司機喝醉的證詞幾乎無可辯駁。

記憶心法 字首 contro- 表「相反」，字根 vert 表示「轉」，合併起來是「（意見）反轉」，因此便有「爭論，辯論，辯駁」之意。

convene

★★☆☆☆

v. [kənˈvin] 同assemble, gather

▶動 集會；召集；傳喚

The president would convene a press conference to announce the bankruptcy.

▶董事長將召開記者會宣布破產。

記憶心法 字首 con- 可表「一起」，字根 ven 表「來」，合起來是「大家一起來」，因此便有「集會；召集」之意。

converge

★★★★☆

v. [kənˈvɝdʒ] 同meet, centre

▶動 會合；聚集

All attention converged on the poor girl.

▶大家把所有注意力集中在可憐的女孩身上。

記憶心法 字首 con- 表「一起」，字根 verge 表「轉」，合起來是「轉在一起」，因此便有「會合；聚集」之意。

converse

★★★★☆

v. [kənˈvɝs] 同communicate with, talk ▶ 動交談，談話

After conversing with her teacher, she found she was no longer puzzled. ▶ 在和老師交談後，她發現不再迷惘了。

記憶心法 字首con-表「一起，共同」，字根vers表「轉」，合起來是「一起轉轉腦筋、交換思想」，由此引申為「交談，談話」之意。

conviction

★★★★★

n. [kənˈvɪkʃən] 同belief, faith ▶ 名信念；確信

Her life conviction encourages her to work hard. ▶ 她的人生信念鼓勵她努力工作。

記憶心法 字首 con- 可表「完全」，字根 vict 表「征服」，合起來是「徹底征服」，可聯想：若要「徹底征服」難事，要有堅強「信念」，「確信」自己會成功。

copious

★★★☆☆

a. [ˈkopɪəs] 同abundant, surplus ▶ 形豐富的，多產的

The poor girl cast envious glances at the copious quantities of food. ▶ 貧苦女孩以羨慕的眼光看著豐富的食品。

記憶心法 字首 co- 表示「一起」， 字根 opi 表示「財富」，-ous 是形容詞字尾，表示「……的」，合併起來便有「豐富的」之意。

corroborate

★★★★☆

v. [kəˈrɑbəˌret] 同verify, ratify ▶ 動證實；鞏固；堅定

A witness of the accident corroborated the driver's statement. ▶ 事故目擊者證實了那位司機的說法屬實。

記憶心法 字首 cor- 表「加強」，字根 robor 表「力量」，-ate 作動詞字尾，合起來是「加強力量」，因此便有「鞏固；堅定」之意，引申為「證實」。

corrosive

★★★☆☆

a. [kə'rosɪv] 同caustic

▶ 形 腐蝕的，腐蝕性的

Rust is corrosive.

▶ 鐵鏽是有腐蝕性的。

記憶心法 字首 cor- 表「加強」，字根 ros 表「咬」，-ive 作形容詞字尾，合併起來是「一直咬」，由此引申為「腐蝕的，腐蝕性的」之意。

corrugated

★★★★☆

a. ['kɔrə,getɪd]

▶ 形 起皺紋的

Her brows corrugated with the effort she made to think hard.

▶ 她皺著眉頭用心思考。

記憶心法 字首 cor- 表「一起」，字根 rug 表「皺」，合在一起是「皺在一起」，因此便有「起皺紋的」之意。

cosmic

★★☆☆☆

a. ['kɑzmɪk]

▶ 形 宇宙的；廣大的

Under cosmic pressure, what a man can do is beyond his own imagination.

▶ 在極大的壓力下，一個人所能做的事會超過他自己的想像。

記憶心法 字根 cosm 表「宇宙」，-ic 是形容詞字尾，表示「……的」，合起來就是「宇宙的」，引申為「廣大的」之意。

counterfeit

★★★★★

v. ['kauntɚ,fɪt] 同forge, fake

▶ 動 偽造，仿造；假裝

He counterfeited surprise when his wife told him the good news.

▶ 當他妻子告訴他好消息時，他假裝驚訝。

記憶心法 字首 counter- 表「反」，字根 feit 表「製作」，合起來是「製作跟真的相反的東西」，因此便有「偽造，仿造；假裝」之意。

countermeasure ★★★★★

n. [ˈkaʊntɚˌmɛʒɚ]

▶ 图 對策；手段

Could you please advise me of your possible countermeasure?

▶ 能否告訴我你有何良策？

記憶心法 字首 counter- 表示「反」，measure 表示「策略，手段」，合併起來是「反抗的手段」，因此便有「對策；手段」之意。

counterpart ★★★★★

n. [ˈkaʊntɚˌpart] 同copy, equivalent

▶ 图 極像的物；相應物

I racked my memory in vain for its counterpart in literature.

▶ 我想不出文學中有什麼可以跟它相對應。

記憶心法 字首 counter- 可表示「相對」，part 表示「部分」，合併起來是「相對應的部分」，因此便有「極像的物；相應物」之意。

covenant ★★★★★

v. [ˈkʌvɪnənt]

▶ 動 立約承諾

I've covenanted that I'll donate 10,000 dollars every year.

▶ 我立約承諾每年將捐款 10,000 元。

記憶心法 字首 co- 表示「一起」，字根 ven 表示「來」，-ant 在此作動詞字尾，合併起來構成「一起來（簽約）」，由此引申為「立約承諾」。

crane ★★★★★

v. [kren]

▶ 動 伸（頸）

Everyone craned their necks, trying to find out what had happened.

▶ 每個人都伸長脖子，想看看發生了什麼事。

記憶心法 crane 與 crave（渴望）的拼寫接近，可聯想記憶：當一個人 crave 看到某事物時，往往就會 crane。

crater

★★★★☆

n. ['kretɚ]

▶ 名 火山口；彈坑

The scientist reached the dangerous crater to do research.

▶ 那個科學家爬到危險的火山口做研究。

記憶心法 字根 crat 表「統治者」，可聯想：國家若有貪污腐敗的「統治者」，百姓的生活就會像在「火山口」旁，非常危險。

credence

★★★☆☆

n. ['kridəns]

▶ 名 信用；憑證

She gave little credence to what he had said.

▶ 她不相信他所說的話。

記憶心法 字根 cred 表「相信」，-ence 是名詞字尾，表示「性質、狀態」，合起來是「相信的狀態」，因此便有「信用；憑證」之意。

credentials

★★★☆☆

n. [krɪ'dɛnʃəlz] 同certificate, certification ▶ 名 證件；證明書

He was asked to show his credentials. ▶ 他被要求出示證件。

記憶心法 字根 cred 表「相信」，-tials 在此作名詞字尾，合起來是「使人相信的東西」，因此便有「證件；證明書」之意。

credibility

★★★☆☆

n. [ˌkrɛdə'bɪlətɪ]

▶ 名 可信性，確實性

She began to lose credibility when she kept telling lies.

▶ 她不停說謊，所以開始失去別人對她的信任。

記憶心法 字根 cred 表「相信」，加上名詞字尾 -ibility，因此合起來就是「可信性，確實性」的意思。

creditor

★★★★★

n. [ˈkrɛdɪtɚ] 同lender, loaner

▶ 名債權人

Creditors have better memories than debtors.

▶ 債主的記性往往比負債人來得好。

記憶心法 credit 表「信用，賒帳」，字尾 -or 意為「……的人」，合起來是「信任別人，且把東西賒借給他人的人」，因此便是「債權人」之意。

credo

★★★★★

n. [ˈkrido] 同creed

▶ 名信條，信仰

Do you have your political credo?

▶ 你有政治信條嗎？

記憶心法 字根 cred 表「相信」，-o 在此作名詞字尾，表示「……東西」，合起來是「相信的事物」，引申為「信條，信仰」之意。

credulity

★★★★★

n. [krɪˈdjulətɪ] 同blind faith

▶ 名輕信，易受騙

The son practiced on his father's credulity and stole the money.

▶ 兒子利用父親輕信的弱點，偷走了錢。

記憶心法 字根 cred 表「相信」，字尾 -ulity 表「多的事物」，合起來是「相信過多」，因此便有「輕信，易受騙」之意。

creed

★★★★★

n. [krid] 同belief, faith

▶ 名信仰，信條

People of all creeds have come here to celebrate the holiday.

▶ 各種宗教信仰的人聚集在這裡歡度節日。

記憶心法 creed 源自字首 cred，原義為「相信」，後來引申為「信仰，信條」之意。

crescendo

★★★☆☆

n. [krɪ'ʃɛn,do]

▶ 图 音樂漸強

The crescendo in the last movement led up to a grand climax.

▶ 最後樂章的強度慢慢引到了頂點。

記憶心法 字首 cre- 表「增長」，字根 scend 表「上浮」，-o 在此作名詞字尾，因此該字就表示「音樂漸次加強」之意。

---

crescent

★★★★☆

n. ['krɛsn̩t]

▶ 图 新月；新月狀物

They decided to build a crescent of houses in that street.

▶ 他們決定在這條街建築一排新月形房子。

記憶心法 字首 cre- 表「增長」，字根 scent 表「爬，攀」，合起來是「逐漸增大」，可聯想：月圓的周期從「新月」開始「逐漸增大」，後來又逐漸變小。

---

crevice

★★☆☆☆

n. ['krɛvɪs] 同crack

▶ 图 缺口，裂縫

Look! There is a crevice in the wall.

▶ 看！牆上有個裂縫。

記憶心法 字根 crev 表示「裂縫」，-ice 在此作名詞字尾，因此該字就是「缺口，裂縫」之意。

---

crimson

★★★★★

a. ['krɪmzn̩] 同red, reddish

▶ 圈 深紅色的，通紅的

The mother looked at her children's crimson face and smiled.

▶ 母親看著孩子們通紅的臉蛋就笑了。

記憶心法 crim 可看成 crime（犯罪），son 意為「兒子」，可以合起來聯想：家裡有個「犯罪」的「兒子」，這是件讓人羞恥、臉頰「通紅的」事。

criterion

★★★★★★

n. [kraɪˈtɪrɪən] 同standard

▶ 名 標準，準則

What is the criteria for success?

▶ 成功的標準是什麼？

記憶心法 字根 crit 表「判斷」，er 可看成 err（錯誤），-ion 在此作名詞字尾，合起來是「判斷對錯的事物」，因此便有「標準，準則」之意。

cryptic

★★★★★

a. [ˈkrɪptɪk] 同mysterious, obscure

▶ 形 秘密的，神秘的

There were cryptic lights at night in the empty house.

▶ 那間空房子在晚上有神秘的亮光。

記憶心法 字根 crypt 表示「秘密」，-ic 作形容詞字尾，表示「……的」，合併起來便有「秘密的；難解的」之意。

cubicle

★★★★★

n. [ˈkjubɪkl̩]

▶ 名 小隔間；小臥室

Although it's small, I love my cubicle.

▶ 我愛我的小臥室，雖然它很小。

記憶心法 字根 cub 表示「躺」，字尾 -icle 表示「小東西」，合在一起是「可以躺在裡面的小東西」，因此引申為「小隔間；小臥室」之意。

culpable

★★★★★

a. [ˈkʌlpəbl̩] 同guilty, blamable

▶ 形 有罪的；該譴責的

I cannot be held culpable for your mistakes.

▶ 不能把你們的錯誤都歸咎於我。

記憶心法 字根 culp 表示「罪行」，-able 是形容詞字尾，表示「有……的」，合併起來是「有罪行的」，引申為「有罪的；該譴責的」。

culprit

★★★★☆

n. [ˈkʌlprɪt] 同criminal

▶ 名犯人，罪犯

The police finally caught the culprit.

▶ 警方終於抓住了罪犯。

記憶心法 字根 culp 表示「罪；過錯」，-it 在此作名詞字尾，表示「……的人」，合併起來便有「犯人，罪犯」之意。

cumbersome

★☆☆☆☆

a. [ˈkʌmbɚsəm] 同bulky, awkward

▶ 形笨重的；累贅的

The man got tired of all the cumbersome obligations.

▶ 那個人厭倦了所有繁重的義務。

記憶心法 cumber 是「妨害，拖累」的意思，-some 是形容詞字尾，表示「易於……的」，合起來是「會拖累的」，因此便有「笨重的；累贅的」之意。

cupidity

★★★☆☆

n. [kjuˈpɪdətɪ] 同avarice, covetousness

▶ 名貪心，貪婪

Cupidity makes rich people want to become even richer.

▶ 貪婪使富人想要更富有。

記憶心法 cupidity 源自 Cupid（丘比特），丘比特是羅馬神話中的愛神，而愛神會引起人們對愛情的「貪婪」。

curator

★★★☆☆

n. [kjʊˈretɚ] 同administer, manager

▶ 名館長，管理者

The curator has made several new rules.

▶ 館長制訂了幾項新的規定。

記憶心法 字根 cur 表「關心」，at 可看成 art（藝術），字尾 -or 表「……的人」，合起來是「關心藝術的人」，由此引申為「館長」之意。

cursory

★★★★★

a. ['kɝsərɪ] 同superficial

▶ 形 匆忙的，粗略的

The manager gave the report a cursory glance and went into the meeting room.

▶ 經理粗略地看了報告後，就走進會議室。

記憶心法 字根 cur 表「關心」，sory 可看成 sorry（遺憾），合起來是「一種讓人感到遺憾的關心」，也就是關心得不夠細心，引申為「匆忙的，粗略的」。

curtail

★★★★☆

v. [kɝ'tel] 同cut back, abbreviate

▶ 動 縮減，縮短，省略

She has to curtail her spending on clothes next month.

▶ 她下個月必須減少在衣服上的開銷。

記憶心法 cur 可看成 cut，意為「剪斷」，tail 是「尾巴」，合起來是「剪掉尾巴」，因此便有「縮減，縮短，省略」之意。

以 D 為首的單字

Track 5

deadlock

★★★☆☆

n. ['dɛdˌlɑk] 同impasse, stalemate

▶ 名 僵局；不分勝負

It's very difficult to break the deadlock right now.

▶ 現在想打破僵局是很困難的事。

記憶心法 dead 意為「死的」，lock 意為「鎖」，合起來是「鎖死」，因此 deadlock 便引申為「僵局；不分勝負」之意。

debacle

★★★★☆

n. [de'bɑkl] 同disruption, ruin

▶ 名崩潰；瓦解

Their first performance was a debacle and the audience booed them off the stage.

▶ 他們的首場演出潰敗之後，觀眾發出噓聲把他們轟下台。

記憶心法 字首 de- 可表示「不」，字根 bac 表示「阻擋，阻礙」，-le 作名詞字尾，合併起來構成「阻擋不住（失敗）」，引申為「崩潰；瓦解」。

debase

★★☆☆☆

n. [dɪ'bes] 同abase, lower

▶ 名貶低，貶損

You debase yourself by telling such lies.

▶ 你說這些謊話就貶低了自己的身分。

記憶心法 字首 de- 可表示「降低」，base 表示「底」，合併起來是「降到底下」，由此引申為「貶低，貶損」之意。

debilitate

★★★★★

v. [dɪ'bɪlə,tet] 同weaken, exhaust

▶ 動使衰弱

He was debilitated by a long illness.

▶ 他因長期患病而身體衰弱。

記憶心法 字首 de- 可表「降低」，字根 bil 表「強」，-ate 作動詞字尾，合併起來是「強度不斷降低」，由此引申為「使衰弱」。

debris

★★★☆☆

n. [də'bri] 同wreckage, rubble

▶ 名廢墟，殘骸

The rescue team was cleaning the debris of the plane.

▶ 救援隊在清理飛機殘骸。

記憶心法 deb 可看成 debt（債），ris 可看成 rise（上升），可以合起來聯想：他的「債」不斷「上升」，所以傾家蕩產還債，最後他的家形同「廢墟」。

debutante

★★★★★

n. [ˌdɛbjʊˈtɑnt] 同avarice, covetousness ▶ 名 初入社交界的女子

There will be a rush of debutante parties next week. ▶ 下週將有爲初入社交界的女士辦的晚會。

記憶心法 debut 表示「初進社交界」，字尾 -ante 表示「……的女子」，因此合併就是「初入社交界的女子」之意。

decay

★★★☆☆

v. [dɪˈke] 同decompose ▶ 動 腐朽；衰敗，衰退

Why did the Roman Empire decay? ▶ 羅馬帝國衰敗的原因爲何？

記憶心法 字首 de- 表「向下」，字根 cad 表「落下」，合起來是「向下落」，因此引申爲「衰敗，衰退」之意。

decelerate

★★☆☆☆

v. [diˈsɛləˌret] 同slow down ▶ 動 （使）減速

Can we decelerate and walk for a bit? I'm getting a stitch. ▶ 我們可以放慢速度並走一下嗎？我肋部突然痛了起來。

記憶心法 字首 de- 表「向下」，字根 celer 表「速度」，-ate 作動詞字尾，合併起來便有「（使）減速」之意。

decry

★★☆☆☆

v. [dɪˈkraɪ] 同belittle ▶ 動 責難；誹謗

The famous poet decried the mediocrity of today's writing. ▶ 那位著名詩人抨擊現代文體平庸無奇。

記憶心法 字首 de- 表「向下」，cry 表示「叫喊」，合併起來是「從高往下叫罵」，因此便有「責難；誹謗」之意。

deduce

★★★★★

v. [dɪ'djus] 同infer, draw

▶ 動演繹，推論

From this fact we may deduce that Tom is sick.

▶ 從這個事實我們可推斷 Tom 生病了。

記憶心法 字首 de- 表「向下」，字根 duce 表「引導」，合併起來是「向下引導下去」，由此引申為「演繹，推論」之意。

deduct

★★★★☆

v. [dɪ'dʌkt] 同subtract, remove

▶ 動減去，扣除

Tax is deducted from your salary.

▶ 稅金從你的薪水中扣除。

記憶心法 字首 de- 可表「除去」，字根 duct 表示「引導」，合併起來構成「引導至除去」，因此便有「減去，扣除」之意。

defame

★★☆☆☆

v. [dɪ'fem] 同slander, denigrate

▶ 動誹謗，破壞名譽

She defamed her good friend due to jealousy.

▶ 由於嫉妒，她誹謗她的好朋友。

記憶心法 字首 de- 可表「離開，取走」，fame 是「名聲，名譽」之意，合起來是「取走別人的好名聲」，因此便有「誹謗，破壞名譽」之意。

default

★★★☆☆

n. [dɪ'fɔlt] 同delinquency

▶ 名違約，拖欠；缺席

The team lost a game by default.

▶ 那個隊因缺席而輸掉了比賽。

記憶心法 字首 de- 可表「加強」，fault 表示「欺騙，錯誤」，合併起來構成「錯誤下去」，由此引申為「違約，拖欠；缺席」之意。

deference

★★★★★

n. [ˈdɛfərəns] 同obedience

▶ 图服從，遵從；敬意

I went to Italy in deference to my mother's opinion.

▶ 我遵從母親的意見而去了義大利。

> 記憶心法 defer意為「聽從，順從」，-ence是名詞字尾，表示「行為的性質或狀態」，所以合起來就意為「服從，遵從」。

defiance

★★★★★

n. [dɪˈfaɪəns] 同disobedience, challenge

▶ 图反抗，藐視；挑戰

The little girl showed defiance by silence.

▶ 這個小女孩以沈默來表達反抗。

> 記憶心法 defi 可看成 defy（公然反抗，蔑視），- ance 是名詞字尾，合在一起成為名詞，意義就是「反抗，藐視；挑戰」。

definitive

★★★★★

a. [dɪˈfɪnətɪv] 同conclusive, decisive

▶ 圈決定性的，最後的

Who makes definitive decisions in your family?

▶ 你們家是誰做最後的決定？

> 記憶心法 字首 de- 表示「向下」，字根 fin 表「結束，範圍」，合起來是「向下界定範圍」的意思，由此引申為「決定性的，最後的」之意。

degenerate

★★★★★

v. [dɪˈdʒɛnəˌret] 反develop

▶ 動退步；墮落；惡化

The old man's health degenerated rapidly.

▶ 那位老人的健康狀況迅速惡化。

> 記憶心法 字首 de- 表示「向下」，字根 gener 表示「生長」，-ate 作動詞字尾，合併起來是「向下長」，由此引申為「墮落；惡化」之意。

degradation

★☆☆☆☆

n. [ˌdɛgrəˈdeʃən] 同demote, downgrade

▶ 名 降級；墮落；衰變

They live in utter degradation.

▶ 他們的生活非常墮落。

記憶心法 字首 de- 表示「向下」，字根 grad 表示「走，步」，-ation 作名詞字尾，合併起來是「走下坡路」，由此引申為「降級；墮落；衰變」。

---

degrade

★★★★☆

v. [dɪˈgred] 同demote, downgrade

▶ 動 使降低；使丟臉

She degraded herself by stealing money.

▶ 她因偷錢而降低了自己的人格。

記憶心法 字首 de- 表示「向下」，grade 表「級別」，合起來是「降低級別」，因此便有「使降低」之意，引申為「使丟臉」。

---

deliberate

★★☆☆☆

a. [dɪˈlɪbərɪt] 同premeditated 反hasty

▶ 形 慎重的；故意的

The company is taking deliberate action to reduce its staff.

▶ 公司正在採取裁員的慎重措施。

記憶心法 字首 de- 可表「離開」，字根 liber 表「自由」，合起來是「離開自由」，可聯想：做重大決定時，思考必須「離開自由」，才能「慎重」考慮。

---

delineate

★★★★★

v. [dɪˈlɪnɪˌet] 同draw, depict

▶ 動 描畫，描繪

She is good at delineating paintings of horses and hunters.

▶ 她擅長描繪馬和獵人的畫。

記憶心法 字首 de- 可表「加強」，line 表示「線條」，-ate 作動詞字尾，合併起來構成「加強線條」，引申為「描畫，描繪」之意。

delude

★★★★★

v. [dɪ'lud] 同deceive, beguile

▶ 動 欺騙，哄騙

Don't be deluded by her appearance.

▶ 不要被她的外表所欺騙。

記憶心法 字首 de- 可表「加強」，字根 lud 表示「戲，玩」，合併起來是「玩弄別人」，由此引申為「欺騙」之意。

deluge

★★★★★

n. ['dɛljudʒ] 同flood, torrent

▶ 名 大洪水；暴雨

The heavy deluge washed everything away.

▶ 那一場暴雨沖走所有的東西。

記憶心法 字首 de- 可表「加強」，字根 luge 表示「沖洗」，合併起來是「沖掉」，由此引申為「大洪水；暴雨」之意。

demolition

★★★★★

n. [ˌdɛmə'lɪʃən] 同destruction, wipeout

▶ 名 破壞，毀壞；拆除

Those are demolition contractors.

▶ 那些人是做拆除工作的承包商。

記憶心法 字根 demol 表示「破壞」，-ition 作名詞字尾，使該字成為名詞，因此便有「破壞，毀壞」之意，引申為「拆除」。

denounce

★★★★★

v. [dɪ'naʊns] 同censure, accuse

▶ 動 指責，譴責；指控

The entire world is denouncing the brutal action of the terrorist.

▶ 全世界都譴責恐怖主義者的殘暴行為。

記憶心法 字首 de- 可表「向下」，字根 nounce 表「報告」，合起來是「不好的報告」，因此便引申為「指責，譴責；指控」之意。

depict

★★★★☆

v. [dɪˈpɪkt] 圓describe, illustrate

▶圓描繪，描述，描畫

Her novels depict life of young ladies in rural areas.

▶她的小說描述農村年輕姑娘的生活。

記憶心法 字首 de- 可表「完全」，字根 pict 表「描寫」，因此合起來就是「描繪，描述，描畫」的意思。

---

deplete

★★☆☆☆

v. [dɪˈplit] 圓consume, use up

▶圓倒空；耗盡

He depleted the fortune his father left him in less than a year.

▶不到一年，他就花光父親留下來的錢財。

記憶心法 字首 de- 可表「離，不」，字根 plete 表「滿」，合起來是「不滿」，因此便有「倒空」的意思，引申為「耗盡」。

---

deplore

★★★☆☆

v. [dɪˈplor] 圓lament, bemoan

▶圓哀嘆；悲悼；譴責

The poet deeply deplored the death of his dear wife.

▶那個詩人對親愛妻子的逝去深感悲痛。

記憶心法 字首 de- 可表示「向下」，字根 plore 表示「哭喊」，可聯想：人在極度「悲悼」的時候，都會「向下哭喊」。

---

deploy

★★★☆☆

v. [dɪˈplɔɪ]

▶圓展開；部署；施展

He deployed all the forces of his genius to solve the problem.

▶他施展所有的才能以解決這個問題。

記憶心法 字首 de- 可表「不，離」，字根 ply 表「重疊，折疊」，合起來是「不重疊」，可聯想：若要「展開」每一張撲克牌，就要使它們「不重疊」。

deposition

★★★★★

n. [ˌdɛpəˈzɪʃən] 同deprivation

▶ 图 罷免；宣誓作證

Mario made a deposition that he had witnessed the car accident yesterday.

▶ Mario 宣誓作證自己昨天目睹了那起事故。

記憶心法 字首 de- 表「離開」，position 是「位置」，合起來是「離開王位」，因此便有「罷免」之意；此外，證人必須「離開座位」站起來才能「宣示作證」。

depravity

★★★★★

n. [dɪˈprævətɪ] 同criminality

▶ 图 墮落，邪惡

How can your father support such depravity?

▶ 你的父親怎能支持這樣的邪惡？

記憶心法 字首 de- 可表「向下」，字根 prav 表示「壞」，合起來是「向下變壞」，由此引申為「墮落，邪惡」之意。

depreciate

★★★★★

v. [dɪˈpriʃɪˌet] 反appreciate

▶ 勔 貶值；輕視，貶低

Don't depreciate his efforts to help.

▶ 不要輕視他為幫忙所付出的努力。

記憶心法 字首 de- 可表「向下」，字根 preci 表「價值」，-ate 在此作動詞字尾，合起來是「價值向下掉」，由此引申為「貶值；輕視，貶低」。

deride

★★★★★

v. [dɪˈraɪd] 同ridicule

▶ 勔 嘲笑，嘲弄

Andrew derided my efforts as childish.

▶ Andrew 嘲笑我的努力是幼稚的舉動。

記憶心法 字首 de- 可表「向下」，字根 rid 表示「笑」，合起來是「從高處向下笑」，由此引申為「嘲笑，嘲弄」之意。

derivative

★★★★☆

a. [dəˋrɪvətɪv] 同unoriginal, secondary

▶ 形引出的；衍生的

This kind of modern music is derivative of ragtime and blues.

▶ 這種現代音樂是從雷鬼及藍調所衍生的。

記憶心法 字首 de- 可表「離開」，字根 riv 表「河流」，-tive 作形容詞字尾，可一起聯想：小溪從大「河流」「離開」後，就「衍生」成為支流。

derive

★★☆☆☆

v. [dɪˋraɪv] 同originate

▶ 動取得；衍生；導出

She derives great joy from seeing movies.

▶ 她從看電影中獲取無窮的樂趣。

記憶心法 de 音似中文的「的」，rive 可看成 arrive（到來的），可聯想成「從哪裡到來的」，由此就引申為「衍生；導出；取得」。

descend

★★★★★

v. [dɪˋsɛnd] 同decline, fall 反ascend, rise

▶ 動下降；傳下來

The custom has descended from the Qing Dynasty to our day.

▶ 這個習俗從清朝傳到現在。

記憶心法 字首 de- 表「下」，字根 scend 表「爬，攀」，合起來是「向下爬」，因此便有「下降；傳下來」之意。

desolate

★★★☆☆

a. [ˋdɛsḷɪt] 同bleak, barren

▶ 形荒蕪的，無人煙的

Three outlaws lived in the desolate valley.

▶ 三個歹徒棲身在這荒涼的山谷裡。

記憶心法 字首 de- 可表「完全」，字根 sol 表「單獨」，-ate 作動詞字尾，可一起聯想：他「完全」「單獨」一人住在那個「荒涼」的小島。

desperate ★★★★☆

a. [ˈdɛspərɪt] 同despairing 反hopeful ▶ 形絕望的；渴望的

The company is desperate for financial help. ▶ 這家公司極度渴望經濟援助。

記憶心法 字首de-可表「離，取消」，字根sper表「希望」，-ate在此作形容詞字尾，合起來是「去掉希望的」，因此便有「絕望的」之意。

despise ★★★★★

v. [dɪˈspaɪz] 同contemn, disdain ▶ 動鄙視，看不起

I despised her refusing to apologize. ▶ 她拒絕道歉，所以我鄙視她。

記憶心法 字首de-表「向下」，字根spic表「看」，合起來是「向下看別人」，由此引申為「鄙視，看不起」之意。

despondent ★★★★★

a. [dɪˈspɑndənt] 同cheerless, depressed ▶ 形沮喪的；灰心的

Albert is despondent over his mother's illness. ▶ Albert 對母親的病情感到沮喪。

記憶心法 字首de-可表「不，離」，字根spond表「許諾」，-ent在此作形容詞字尾，合起來是「不許諾的」，由此引申為「沮喪的」。

despot ★★★★☆

n. [ˈdɛspɑt] 同tyrant, dictator ▶ 名專制君主，暴君

Emperor Qin was a cruel despot who burned books and had scholars put to death. ▶ 秦始皇是個焚書坑儒的殘酷暴君。

記憶心法 字首des-可表「出現」，字根pot表示「力量」，合起來是「把力量展現出來的人」，由此引申為「暴君」之意。

destitute

★★★★☆

a. [ˈdɛstəˌtjut] 同deficient 反rich

▶ 圈 缺乏的；窮困的

These farmers are destitute of scientific common sense.

▶ 這些農民缺乏科學常識。

記憶心法 字首 de- 可表「不，離」，字根 stitut 表「樹立，建立」，合起來是「沒有什麼東西可建立的」，由此引申為「缺乏的；窮困的」之意。

detain

★★★☆☆

v. [dɪˈten] 同delay; restrain

▶ 勔 使耽擱；扣押

We were detained at home by the sudden heavy rain.

▶ 我們被突如其來的大雨耽擱在家裡。

記憶心法 字首 de- 可表「強調」，字根 tain 表「拿，抓」，合起來是「強制拿下」，因此就有「扣押」之意，引申為「使耽擱」。

detergent

★★★☆☆

n. [dɪˈtɝdʒənt] 同abstergent, detersive

▶ 图 洗潔劑，洗衣粉

You'd better rinse the detergent from these dishes.

▶ 你最好把盤子上的洗潔劑沖洗乾淨。

記憶心法 字首 de- 可表「完全」，字根 terg 表「擦」，字尾 -ent 表示「……東西」，合起來是「可完全擦乾淨的東西」，因此便有「洗潔劑，洗衣粉」之意。

deterrent

★★★★★

n. [dɪˈtɝrənt] 同crossing, obstacle

▶ 图 威懾力量；制止物

Do you believe that punishment is a strong deterrent?

▶ 你相信處罰有強大的威懾力量嗎？

記憶心法 字首 de- 可表「完全」，字根 terr 表「恐嚇」，合起來是「使完全嚇倒的東西」，由此引申為「威懾力量，制止物」。

detrimental

★★★★★

a. [dɛtrə'mɛntl̩] 同damaging, adverse

Smoking is detrimental to health.

▶ 形 有害的，不利的

▶ 吸煙對健康是有害的。

記憶心法 detriment 表示「損害，傷害」，-al 是形容詞字尾，表示「……的」，因此合起來便有「有害的，不利的」之意。

devastate

★★★★★

v. ['dɛvəs,tet] 同damage, ravage

The family was devastated by the news that he was arrested.

▶ 動 蹂躪；使垮掉

▶ 這個家一聽到他被捕的消息後就垮掉了。

記憶心法 字首 de- 表「向下」，vast 意為「大量的」，字尾 -ate 表示「使成為」，合起來是「使大量向下沉淪」，因此便有「蹂躪；使垮掉」之意。

deviate

★★★★★

v. ['divɪ,et] 同deflect

Don't deviate from the rules.

▶ 動 背離，偏離

▶ 不要背離規則。

記憶心法 字首 de- 表「離開」，字根 via 表「道路」，字尾 -ate 表「使……」，合起來是「使離開道路」，因此便有「背離，偏離」之意。

devious

★★★★★

a. ['divɪəs] 同aberrant, indirect

There is something devious about Curtis.

▶ 形 迂迴的；欺詐的

▶ Curtis 為人有點欺詐。

記憶心法 字首 de- 表「離開」，字根 vi 表「道路」，字尾 -ous 表「……的」，合起來是「離開正道的」，因此便有「彎曲的；欺詐的」之意。

D

devoid

★★☆☆☆

a. [dɪˋvɔɪd] 同empty, lacking 反rich

▶ 形 缺乏的，沒有的

She doesn't like a man who is devoid of humor.

▶ 她不喜歡缺乏幽默感的男人。

記憶心法 字首 de- 可表「完全」，字根 void 表「空的」，合起來是「完全空的」，因此便有「沒有的，缺乏的」之意。

dexterous

★★★★★

a. [ˋdɛkstərəs] 同adroit, skillful 反awkward

▶ 形 靈巧的，熟練的

Our new boss was dexterous in handling his staff.

▶ 我們這位新老闆善於調派他的職員。

記憶心法 dexter 表示「右手的」，-ous 在此作形容詞字尾，可聯想：「右手」經常做事情，所以變得十分「靈巧」。

diarrhea

★★★☆☆

n. [ˌdaɪəˋriə]

▶ 名 痢疾，腹瀉

He has diarrhea after eating something bad.

▶ 他吃了一些壞掉的東西之後就腹瀉。

記憶心法 dia 可看成 diet（飲食），hea 可看成 heal（治療），合起來可聯想：「飲食」不正常而導致的「腹瀉」，就要找醫生「治療」。

didactic

★★☆☆☆

a. [dɪˋdæktɪk] 同didactical

▶ 形 教誨的，說教的

Her didactic way of teaching is not so popular.

▶ 她說教式的教學方式不是那麼受歡迎。

記憶心法 did 意為「做」，act 意為「行動」，-ic 是形容詞字尾，合起來是「教人如何行動的」，因此便有「教誨的，說教的」之意。

diffuse

★★★☆☆

v. [dɪˈfjuz] 同scatter, spread

▶ 動 四散，擴散；傳播

He thinks a teacher's responsibility is to diffuse knowledge.

▶ 他認為教師的職責就是傳播知識。

記憶心法 字首 dif- 表「不同」，字根 fuse 表「流」，合起來是「向不同的方向流動」，因此便有「四散，擴散；傳播」之意。

digression

★★★★★

n. [daɪˈgrɛʃən] 同abnormality

▶ 名 離題；脫軌

After a short break, let's return from the digression.

▶ 短暫休息後，讓我們言歸正傳，不要離題。

記憶心法 字首 di- 表「離開」，字根 gress 表「走」，合併起來是「行走離開」，由此引申為「離題；脫軌」之意。

dilemma

★★★★☆

n. [dəˈlɛmə] 同knot, plight

▶ 名 困境，進退兩難

Blair faces the dilemma of obeying his mother or marrying the girl he loves.

▶ 要服從母親還是娶其所愛，是 Blair 面臨的困境。

記憶心法 字首 di- 可表「兩個」，字根 lemma 表示「定理」，可一起聯想記憶：這「兩個定理」各自有其道理，所以會使人「進退兩難」。

diligence

★★★☆☆

n. [ˈdɪlədʒəns] 同industry 反laziness

▶ 名 勤奮，勤勉

Perseverance combined with diligence is essential to success.

▶ 要想成功，堅持不懈和勤奮是必須的。

記憶心法 dili 可唸成「地裡」，gence 可看成 gene（基因），可一起聯想記憶：「勤奮」的農民身上有在田「地裡」持續耕耘的「基因」。

dilute

★★★☆☆

v. [daɪˈlut] 同water down 反concentrate

▶ 動稀釋；削弱；降低

The minister is looking for some way to dilute the President's influence.

▶ 部長正尋找某種方法削弱總統的影響力。

記憶心法 字首 di- 可表「向下」，字根 lute 表「清洗」，合起來是「把東西放在水下面清洗」，因此便有「稀釋」之意，引申為「削弱；降低」。

diminution

★★★☆☆

n. [ˌdɪməˈnjuʃən] 同decrease 反increase

▶ 名縮小，減少，降低

The diminution in income has worried the whole family.

▶ 收入的減少讓整個家庭擔心起來。

記憶心法 字首 di- 可表「加強」，字根 minu 表「變小，減少」，-tion 是名詞字尾，因此合起來就有「縮小，減少，降低」的意思。

disband

★★★★★

v. [dɪsˈbænd] 同dismiss

▶ 動解散

The club disbanded after the manager left.

▶ 在經理離開後，那個俱樂部就解散了。

記憶心法 字首 dis- 可表「分開」，字根 band 表「捆住」，而「把捆住的東西分解開來」就是「解散」之意。

discerning

★★☆☆☆

a. [dɪˈzɝnɪŋ] 同discriminative, penetrating

▶ 形有洞察力的

She is a discerning movie critic.

▶ 她是一位有洞察力的影評人。

記憶心法 字首 dis- 可表「分開」，字根 cern 表「切開」，合起來是「把混雜的事物切分開來」，因此便有「有洞察力的」之意。

discordant

★★★★☆

a. [dɪsˈkɔrdn̩t] 反harmonious ▶形不一致的

The views between my father and my mother are often discordant. ▶我父親與母親的觀點常常不一致。

記憶心法 字首 dis- 可表「不」，字根 cord 可表「一致」，-ant 在此作形容詞字尾，因此便有「不一致的」之意。

discredit

★★★★★

v. [dɪsˈkrɛdɪt] 同disgrace 反credit ▶動敗壞名聲；懷疑

The President was discredited by the scandal. ▶總統因這樁醜聞而敗壞名聲。

記憶心法 字首 dis- 可表「不」，字根 credit 表「相信」，所以合併起來就是「懷疑」之意，引申為「敗壞名聲」。

discrepancy

★★★★☆

n. [dɪˈskrɛpənsɪ] 同difference, disparity ▶名矛盾之處；不一致

How do you explain the discrepancy in the two reports of the accident? ▶你如何解釋那事故兩篇報告的矛盾之處？

記憶心法 字首 dis- 表「分開」，字根 crep 表「破裂」，-ancy 在此作名詞字尾，合起來是「東西分開來而破裂」，由此引申為「不一致；矛盾之處」。

discrete

★★☆☆☆

a. [dɪˈskrit] 同separate 反continuous ▶形分離的；不連續的

The developing bee passes through several discrete stages. ▶蜜蜂的生長要經過幾個不連續的階段。

記憶心法 discrete 可與形似字 discreet（小心的、謹慎的）一起聯想記憶：那段階梯是 discrete，所以在爬的時候必須 discreet。

discretion

★★★★★

n. [dɪ'skrɛʃən] 同caution, chariness

▶ 名 謹慎，考慮周到

Discretion is the better part of valour.

▶ 勇敢貴在謹慎。

記憶心法 此字為形容詞 discreet（謹慎的）去掉 et 加上 tion 而成為名詞，意義是「謹慎，考慮周到」。

discriminating

★★★☆☆

a. [dɪ'skrɪmə,netɪŋ] 同discriminative

▶ 形 識別的；有差異的

He is discriminating in his choice of wine.

▶ 他對選酒很有識別能力。

記憶心法 字首 dis- 表「分開」，字根 crimin 表「分辨」，合起來是「把不同的東西分辨開來」，因此便有「識別的；有差異的」之意。

disdain

★★☆☆☆

v. [dɪs'den] 同despise 反respect

▶ 動 蔑視，鄙視

She disdains those who tell lies.

▶ 她鄙視那些說謊的人。

記憶心法 字首 dis- 表「不，分開」，字根 dain 表「高貴」，合起來是「不覺得一個人有多高貴」，因此便有「蔑視，鄙視」之意。

disinclination

★★☆☆☆

n. [,dɪsɪnklə'neʃən] 同dislike

▶ 名 厭惡；不起勁

Bill has a disinclination for taking music lessons.

▶ Bill 上音樂課不起勁。

記憶心法 字首 dis- 表「不，分開」，字根 inclin 表「傾向，愛好」，合起來是「不愛好」，因此便有「厭惡；不起勁」之意。

123

disinterested
★★★★★★

a. [dɪsˈɪntərɪstɪd] 同unprejudiced　　▶彫無私欲的；公平的

A judge should be disinterested.　　▶法官應該公平無私。

記憶心法 字首 dis- 可表「離開」，interested 是「有成見的」，合起來是「離開成見的」，因此便有「無私欲的；公平的」之意。

dismal
★★★★★

a. [ˈdɪzml̩] 同blue, depressing　　▶彫憂鬱的；淒涼的

She looks rather dismal today. What happened?　　▶她今天看起來相當憂鬱，發生了什麼事？

記憶心法 字首 dis- 可表「離開」，字根 mal 表「不正常」，可聯想：他的父母「離」異，自己的生活也「不正常」，所以心情「憂鬱」。

dismantle
★★★★★★

v. [dɪsˈmæntl̩] 同tear down, take apart　　▶動拆解；解散

He was forced to dismantle his private army.　　▶他被迫解散他的私人軍隊。

記憶心法 字首 dis- 可表「除去」，字根 mantle 表「覆蓋物」，合起來是「去掉覆蓋物」，由此引申為「拆解；解散」之意。

disparage
★★★★★

v. [dɪˈspærɪdʒ] 同belittle, denigrate　　▶動貶低，輕蔑

Carl always disparages his friends' work.　　▶Carl 總是貶低他朋友們的作品。

記憶心法 字首 dis- 可表「除去」，字根 par 表「平等」，合起來是「剝奪他人受到平等的權利」，由此引申為「貶低，輕蔑」。

disparity

★★★★☆

n. [dɪsˈpærətɪ] 同difference, inequality ▸ 名不同，不等，差異

We still see the disparity between the rich and the poor at present. ▸ 我們仍看到當前貧富之間的懸殊差異。

記憶心法 字首 dis- 可表「不」，字根 par 表「平等」，-ity 在此作名詞字尾，因此便有「不同，不等」之意。

dispassionate

★★★★★

a. [dɪsˈpæʃənɪt] 同apathetic 反passionate ▸ 形冷靜的

A journalist should be a dispassionate reporter of fact. ▸ 記者應當是對事實做冷靜報導的人。

記憶心法 字首 dis- 可表「不」，passionate 是「激情的」之意，合起來是「不激情的」，由此引申為「冷靜的，不帶感情的」。

dispatch

★★★★★

v. [dɪˈspætʃ] 同act quickly ▸ 動迅速處理或吃完

They soon dispatched the mooncakes. ▸ 他們很快就吃完月餅。

記憶心法 字首 dis- 可表「除去」，patch 是「補釘」，可一起聯想：裁縫師在很短的時間內就「迅速處理」「除去補釘」的工作。

dispel

★★★★☆

v. [dɪˈspɛl] 同disperse, scatter ▸ 動驅散；消除

The sun soon dispelled the mist in the morning. ▸ 太陽在清晨時很快地驅散了薄霧。

記憶心法 字首 dis- 可表「分開」，字根 pel 表示「推」，合起來是「把東西推開來」，因此便有「驅散；消除」之意。

disperse

★★★☆☆

v. [dɪˈspɝs] 同scatter, spread out

▶ 動驅散，分散；傳播

You can drive until the dense fog disperses.

▶ 直到大霧散了，你才可以開車。

記憶心法 字首 di- 可表「分開」，字根 spers 表「散開」，合起來是「分散開」，因此便有「驅散，分散；傳播」的意思。

disposal

★★★★☆

n. [dɪˈspozl̩] 同disposition

▶ 名處理，處置

He left his car at my disposal during the weekend.

▶ 他在週末把他的車留給我處置。

記憶心法 dispos(e)表示「配置，布置」，-al在此作名詞字尾，因此合起來就是「處理，處置」之意。

disputatious

★★☆☆☆

a. [ˌdɪspjʊˈteʃəs] 同argumentative

▶ 形好爭論的

When Bill was in college, he was a disputatious young man.

▶ 當Bill上大學時，是一位好爭論的年輕人。

記憶心法 字首 dis- 可表「離開」，字根 pute 表「思考」，-ious 是形容詞字尾，合起來是「彼此思考離開共識的」，由此引申為「好爭論的」之意。

disruption

★★★★★

n. [dɪsˈrʌpʃən] 同collapse, crash

▶ 名分裂，崩潰，瓦解

The empire came to disruption in the 5th century.

▶ 該帝國在西元五世紀走向瓦解。

記憶心法 此字是動詞 disrupt（使分裂，使瓦解）加上 ion 變為名詞，意為「分裂，崩潰，瓦解」。

disseminate

★★★☆☆

v. [dɪˈsɛməˌnet] 同scatter, spread

▶ 勔 散播，宣傳

Some medical students use the press to disseminate information about the disease.

▶ 一些醫科學生利用報刊來宣傳有關這種疾病的知識。

記憶心法 字首 dis- 可表「分開」，字根 semin 表「種子」，-ate 在此作動詞字尾，合起來是「把種子撥分開來」，引申為「散播，宣傳」。

dissent

★★☆☆☆

v. [dɪˈsɛnt] 同demur, disagree

▶ 勔 不同意，持異議

They all dissented from what the manager said.

▶ 他們全都不同意經理所說的話。

記憶心法 字首 dis- 可表「不同」，字根 sent 表「感覺」，合起來是「有不同的感覺」，因此便有「不同意，持異議」之意。

dissertation

★★☆☆☆

n. [ˌdɪsɚˈteʃən] 同thesis

▶ 图 論文；學術演講

Judy will write her master's dissertation tomorrow.

▶ Judy 明天就寫她的碩士論文。

記憶心法 字首 dis- 可表「加強」，字根 sert 表「斷言」，-ation 在此作名詞字尾，合併是「加強言論的論述」，由此引申為「論文；學術演講」。

dissident

★★★★★

n. [ˈdɪsədənt] 同dissentient, dissenting

▶ 图 異議者，不贊成者

I was surprised that he would dine with the dissident.

▶ 我很驚訝他會和他意見不同的人吃飯。

記憶心法 字首 dis- 表「分開」，字根 sid 表「坐」，字尾 -ent 表示「……者」，合起來是「分開坐的人」，由此引申為「異議者，不贊成者」。

dissipate

★★★★☆

v. [ˈdɪsəˌpet] 同scatter; waste　▶ 勔使消散；浪費

My boyfriend's letter dissipated all my anxiety.　▶ 我男友的信使我的焦慮全部消散。

記憶心法 字首 dis- 可表「加強」，sip 是「喝，飲」，-ate 在此作動詞字尾，可聯想：他為了使煩惱「消散」，就到處「吃喝」，「浪費」金錢。

dissolution

★★★★★

n. [ˌdɪsəˈluʃən] 同dismissal, separation　▶ 图分解；解散；崩潰

He was very interested in the reasons of the dissolution of the Roman Empire.　▶ 他對羅馬帝國崩潰的原因很感興趣。

記憶心法 字首 dis- 表「分開」，solute 表「溶解」，-ion 是名詞字尾，合起來是「分開溶解」，引申為「分解；解散；崩潰」。

dissonance

★★★★★

n. [ˈdɪsənəns] 同discordance 反consonance　▶ 图不和諧音；不一致

Their dissonance marred the discussions yesterday afternoon.　▶ 昨天下午他們的意見不一致破壞討論。

記憶心法 字首 dis- 表「分開」，字根 son 表「聲音」，-ance 在此作名詞字尾，合起來是「大家的聲音分散開來」，引申為「不和諧音；不一致」。

distend

★★★★☆

v. [dɪˈstɛnd] 同stretch, widen　▶ 勔膨脹；擴張

The stomachs of starving African children often distend.　▶ 非洲飢餓兒童的腹部常常膨脹得大大的。

記憶心法 字首 dis- 可表「加強」，字根 tend 表「拉」，合起來是「一直用力拉開」，所以意思是「膨脹；擴張」。

distill

★☆☆☆☆

v. [dɪs'tɪl] ▶ 動 蒸餾；滴下

Water can be made pure by distilling it. ▶ 水可以藉由蒸餾來達到純淨化。

記憶心法 字根 di- 可表「分開」，字根 still 表「小水滴」，合起來是「把整灘水分成小水滴」，引申為「蒸餾；滴下」。

distress

★★★★☆

v. [dɪ'strɛs] 同afflict, anguish ▶ 動 使苦惱，使痛苦

Her dear mother's death distressed Ann greatly. ▶ 她親愛的母親去世使 Ann 很痛苦。

記憶心法 字首 dis- 可表「加強」，stress 表示「壓力」，合併起來是「壓力很大」，引申為「使苦惱，使痛苦」之意。

diverge

★★☆☆☆

v. [daɪ'vɝdʒ] 同deviate, differ ▶ 動 分歧

Tom and Luke's opinions diverge. ▶ Tom 與 Luke 的觀點分歧。

記憶心法 字首 di- 表「離開」，字根 verg 表「轉向」，合起來是「轉向而離開」，因此引申為「分歧」之意。

divergent

★★★★★

a. [daɪ'vɝdʒənt] 同diverging, different ▶ 形 分歧的；發散的

The official cared too much about the divergent opinions. ▶ 這個官員過分關切與他分歧的意見。

記憶心法 字首 di- 可表「二」，字根 verg 表「傾斜」，-ent 在此作形容詞字尾，合起來是「向兩邊傾斜的」，由此引申為「分歧的」之意。

diverse

★★★★☆

a. [daɪˋvɝs] 同different, various

▶ 形多種多樣的

New York is a very diverse city culturally.

▶ 紐約是一座多文化的城市。

記憶心法 字首 di- 表「離開」，字根 vers 表「轉」，合併起來是「轉而離開的」，也就是「歧異」的，由此引申爲「多種多樣的」。

diversion

★★★★☆

n. [daɪˋvɝʒən] 同deflection

▶ 名轉向

This morning Judy was late as there was a diversion.

▶ Judy 今天早上遲到，因爲道路轉向。

記憶心法 字首 di- 表「離開」，字根 vers 表「轉」，-ion 是名詞字尾，合併起來是「轉而離開的」，因此引申爲「轉向」。

diversity

★★★☆☆

n. [daɪˋvɝsətɪ] 同variety

▶ 名差異，多樣性

Diversity leads to prosperity.

▶ 窮則變，變則通。

記憶心法 字首 di- 表「離開」，字根 vers 表「轉」，合併起來是「轉而離開的」，也就是「歧異」，因此便有「差異，多樣性」之意。

divert

★★★☆☆

v. [daɪˋvɝt] 同distract; amuse

▶ 動轉移；娛樂；戲逗

Little children are easily diverted.

▶ 逗小孩子開心是很容易的。

記憶心法 字首 di- 表「離開」，字根 vert 表「轉」，合起來就是「轉而離開」，引申爲「轉移」。此外，轉移悲傷者的注意力，就是「娛樂」。

dividend

★★★★★

n. ['dɪvə,dɛnd] 同bonus

▶ 图 紅利；被除數

In "32 ÷ 4", 4 is the dividend.

▶ 在三十二除以四中，四是被除數。

 divide 意為「分發」，加上 nd 變為名詞，合起來是「分發的東西」，引申為「紅利」，在數學裡則稱為「被除數」。

dogmatic

★★☆☆☆

a. [dɔg'mætɪk] 同doctrinal, arbitrary

▶ 形 教條的；武斷的

You cannot force others to accept your dogmatic opinions.

▶ 你不能強迫其他人接受你武斷的意見。

 dogma 是名詞，意為「教條，信條」，加 tic 變為形容詞，意為「教條的」，而固守教條的人一般也是「武斷的」。

domain

★★★★☆

n. [do'men] 同area; property

▶ 图 領土；地產；領域

Chemistry is really out of my domain.

▶ 我對化學真的是一竅不通。

字根 dom 表「統治」，字尾 ain 表示「與……相關事物」，合起來是「與統治相關的事物」，因此便有「領土；地產；領域」之意。

doom

★★☆☆☆

v. [dum] 同destine

▶ 動 注定；判決

They are doomed to separate.

▶ 他們注定要分開。

 doom與room（房間）的拼寫相近，可一起聯想記憶：他doom要在這個room死去。

dorsal
★★★★★

a. [ˈdɔrsḷ] 同back ▶ 形 背部的；背側的

To serve his guests a wonderful dinner, Carl cut off the shark's dorsal fin last night.
▶ 為了招待客人們享用晚餐，Carl 昨晚把鯊魚的背鰭割下來。

記憶心法 字根 dors 表示「背」，-al 是形容詞字尾，表示「……的」，所以合併起來就是「背部的；背側的」之意。

drone
★★★★★

v. [dron] ▶ 動 低沈單調地說

The stingy little old man always drones on about his problems.
▶ 吝嗇的小老頭總是低沈單調地訴說自己的麻煩。

記憶心法 drone 可與形似字 done（做完）一起聯想記憶：這項任務很困難，他一直 drone 什麼時候可以把它 done。

drudgery
★★★★★

n. [ˈdrʌdʒərɪ] 同labour, toil ▶ 名 苦工；賤役

Washing machines take the drudgery out of laundry.
▶ 洗衣機把洗衣的苦工帶出了洗衣房。

記憶心法 此字為動詞 drudge（做苦工）加上 ry 而成為名詞，因此意義就是「苦工；賤役」。

dubious
★★★★★

a. [ˈdjubɪəs] 同doubtful, in question ▶ 形 懷疑的；可疑的

His wife is dubious about his faithfulness.
▶ 他的妻子懷疑他的忠誠。

記憶心法 字首 du- 表「二，雙」，加 -ious 變為形容詞，合起來是「處於兩種想法的」，因此便有「半信半疑的；可疑的」之意。

duplicity

★★★★★

n. [dju'plɪsətɪ] 同deceit, dishonesty ▶ 名欺騙，口是心非

Bill and Paul were accused of duplicity in their dealings. ▶ Bill 與 Paul 在他們的買賣中被控欺騙。

 字首 du- 表「二，雙」，字根 plic 表「重疊」，-ity 在此作名詞字尾，合起來是「有二層（態度）」，由此引申為「欺騙，口是心非」。

dynamic

★★★★★

a. [daɪ'næmɪk] 同energetic 反static ▶ 形動態的；有活力的

They need someone who is dynamic. ▶ 他們需要一個有活力的人。

 字根 dynam 表「力量」，-ic 是形容詞字尾，合起來是「有力量的」，因此便有「有活力的，動態的」之意。

dynamics

★★★★★

n. [daɪ'næmɪks] 同kinetics ▶ 名動力學；動力

The dynamics of working for him is to make money. ▶ 賺錢是他工作的動力。

 字根 dynam 表「力量」，字尾 -ics 表「……學」，合起來就是「動力學；動力」的意思。

earthy

★★★★★

a. [ˈɝθɪ] 同rough 反sophisticated

▶ 形 土氣的；粗俗的

Judy has an earthy sense of humour.

▶ Judy 有種粗俗的幽默感。

記憶心法 earth 表「土地」，-y 在此作形容詞字尾，表示「……的」，合起來是「土地的」，由此引申為「土氣的；粗俗的」之意。

ebb

★★★★★

n. [ɛb] 同decrease

▶ 名 退潮；衰退

Public confidence in the President is at a low ebb.

▶ 民眾對總統的信心在衰退。

記憶心法 ebb 音似中文的「二步」，可聯想：這個賽跑選手每跑「二步」就退一步，難怪民眾對他的信心在「衰退」。

eccentric

★★★★★

a. [ɪkˈsɛntrɪk] 同odd, abnormal

▶ 形 古怪的，反常的

She is an eccentric girl and often does something unusual.

▶ 她是古怪的女孩，常做不尋常的事情。

記憶心法 字首ec-表「出」，字根centr表「中心」，-ic是形容詞字尾，合起來是「從核心偏離出來的」，由此引申為「古怪的，反常的」之意。

eclectic

★★★★★

a. [ɛkˈlɛktɪk]

▶ 形 折衷的；不拘的

She has an eclectic taste in books.

▶ 她對書籍的品味不拘一格。

記憶心法 字首ec-表「出」，字根lect表「選」，-ic是形容詞字尾，合起來是「選出的」，可聯想：在「選出」要買的東西前，往往會在各種考量中「折衷」。

ecologist

★☆☆☆☆

n. [ɪˈkɑlədʒɪst] 同environmentalist

▶ 名生態學家

Ecologists held a demonstration to call people's attention to protect the earth.

▶ 為了喚起人們對保護地球的注意力，生態學家舉行了遊行。

記憶心法 字首 eco- 表「家」，字尾 -logist 表「……人」，合起來是「研究地球之家的人」，因此便有「生態學家」之意。

ecstasy

★★★★☆

n. [ˈɛkstəsɪ] 同delight 反sadness

▶ 名狂喜；入迷

The pupils were in ecstasy at the thought of having a holiday.

▶ 一想到放假，學生們就狂喜。

記憶心法 字首 ec- 表「出，出自」，字根 sta 表「站立」，合起來是「站出來」，可聯想：一個人在「狂喜」時，就會「站出來」瘋狂地跳舞。

eel

★★★☆☆

n. [il]

▶ 名鰻魚；蛇形魚類

It's difficult to catch eels.

▶ 鰻魚是很難抓的。

記憶心法 eel 就是 steel（鋼鐵）去掉前面的 st，而字根 st 表「站立」，可聯想：「鋼鐵」不能「站立」，就變成軟趴趴的「鰻魚」。

effervescent

★★★★★

a. [ˌɛfɚˈvɛsṇt] 同sparkling; cheerful

▶ 形冒泡的；歡騰的

If a liquid is effervescent, it produces small bubbles.

▶ 若一種液體是冒泡的，它會產生小氣泡。

記憶心法 字首 ef- 表示「出」，字根 ferv 表示「熱」，-ent 在此作形容詞字尾，可聯想：地熱谷不斷釋放「出熱」能，所以水會「冒泡」。

eggplant

★★★★★

n. [ˈɛɡˌplænt]

▶ 名茄子

It was impossible to eat eggplants in this season in ancient times.

▶ 在古時候的這個季節，不可能吃到茄子。

記憶心法 egg 意為「蛋」，plant 意為「植物」，合起來可聯想：那個小孩認為「茄子」是長得像「蛋」一樣的「植物」。

egoism

★★★★★

n. [ˈigoˌɪzəm] 同self-love 反altruism

▶ 名自我主義；自負

The egoism of a little child sometimes seems natural.

▶ 一個小孩子的自負有時似乎是自然的。

記憶心法 字首 ego- 表示「自己」，字尾 -ism 表示「主義」，合起來是「以自我為中心的主義」，因此便有「自我主義；自負」之意。

elaborate

★★★★★

a. [ɪˈlæbərɪt] 同detailed, complicated

▶ 形精心製作的

The porcelain has an elaborate pattern of flowers.

▶ 這個瓷器上繪有精美的花卉圖案。

記憶心法 字首 e- 表「出」，labor 意為「勞動」，-ate 在此作形容詞字尾，合起來是「出自辛勤勞動的」，引申為「精心製作的；詳盡的」之意。

elapse

★★★★★

v. [ɪˈlæps] 同pass, glide by

▶ 動消逝

Two years have elapsed since he left home.

▶ 自從他離開家，兩年已經過去了。

記憶心法 lapse 是名詞，意為「（時間的）流逝」，前面加 e 變為動詞，就是「（時間）過去，消逝」的意思。

elastic

★★★★☆

a. [ɪˈlæstɪk] 同flexible, pliable

▶ 形 靈活的；開朗的

Our plans are fairly elastic.

▶ 我們的計畫非常靈活。

記憶心法 字首 e- 表「出」，last 意為「持續」，合起來是「持續彈出」，因此便有「有彈性的，靈活的」之意，引申為「開朗的」。

elated

★★★★★

a. [ɪˈletɪd] 同gleeful, jubilant 反sad

▶ 形 高興的

The students were elated at the news that they were going on a picnic.

▶ 學生們聽到要去野餐的消息都很高興。

記憶心法 elate 是動詞，意為「使興奮，使得意洋洋」，加上 -ed 變為形容詞，意為「得意洋洋的，興高采烈的」。

elusive

★★★★☆

a. [ɪˈlusɪv] 同elusory, impalpable

▶ 形 逃避的

The police have not caught that elusive criminal.

▶ 警方尚未抓到該逃犯。

記憶心法 字首 e- 表「出」，lus 可看成 lust（光，照亮），可一起聯想記憶：囚犯為了看到「陽光」，就「逃」「出」監獄。

emaciated

★★★★☆

a. [ɪˈmeʃɪˌetɪd] 同weak 反strong

▶ 形 消瘦的；憔悴的

Those starving African children look ill and emaciated.

▶ 非洲飢餓的兒童看上去病奄奄且消瘦。

記憶心法 字首 e- 表「出」，字根 maci 表「瘦」，-ed 為形容詞字尾，合起來是「瘦出去的」，由此引申為「消瘦的；憔悴的」之意。

emanate

★☆☆☆☆

v. [ˈɛməˌnet] 同emit, send out

The idea emanated from our teacher.

▶ 動散發，發出

▶ 那個主意是由我們老師提出。

記憶心法 字首 e- 表「出」，字根 man 表「手」，-ate 在此作動詞字尾，合起來是「用手散發出」，因此便有「散發，發出」之意。

emancipate

★★★☆☆

v. [ɪˈmænsəˌpet] 同free, release

Lincoln emancipated the black slaves.

▶ 動釋放，解放

▶ 林肯解放了黑奴。

記憶心法 字首 e- 表「出」，字根 man 表「手」，字根 cip 表「落下」，合起來是「手銬落下，雙手伸出」，因此便有「釋放，解放」之意。

embark

★★★☆☆

v. [ɪmˈbɑrk] 同board; undertake

She embarked on a trip to Africa by herself.

▶ 動上船；著手；投資

▶ 她自己著手進行前往非洲的旅行。

記憶心法 字首 em- 表「使置於」，字根 bark 表「船」，合起來是「使置於船上」，因此便有「上船」之意，引申為「著手；投資」。

embed

★★★★★

v. [ɪmˈbɛd] 同bed

The thorn is still embedded in Little Tom's thumb.

▶ 動埋置；把……嵌進

▶ 那根刺還嵌在小 Tom 的拇指裡。

記憶心法 字首 em- 可表「陷入」，bed 是「床」，合在一起是「深深陷在床裡面」，由此引申為「埋置；把……嵌進」。

embellish

v. [ɪm'bɛlɪʃ] 同beautify, adorn　▶ **動** 修飾，裝飾

Mama taught me how to embellish a room with flowers.
▶ 媽媽教我怎樣用花來裝飾房間。

> 記憶心法　字首 em- 可表「使……」，字根 bell 表示「美」，-ish 在此作動詞字尾，合起來是「使美化」，因此便有「修飾，裝飾」之意。

embezzle

v. [ɪm'bɛzl] 同steal, pirate　▶ **動** 盜用，侵佔

The mayor was dismissed for embezzling enormous funds.
▶ 市長因盜用巨額資金而被免職。

> 記憶心法　字首 em- 可表「使……」，bezzle 可看成 bezzant（金銀幣），合起來是「使金銀幣置於自己的口袋中」，因此便有「盜用，侵佔」之意。

embryonic

a. ['ɛmbrɪ'ɑnɪk] 同initial　▶ **形** 胚胎的；初期的

Her career is still in its embryonic stage.
▶ 她的事業仍在初期階段。

> 記憶心法　embryo 是名詞，意為「胚胎」，-ic 在此作形容詞字尾，表示「……的」，所以合起來便是「胚胎的」之意，引申為「初期的」。

empirical

a. [ɛm'pɪrɪkl] 同experimental 反theoretical　▶ **形** 經驗主義的

Inquiry into the nature of things is based on logical reasoning rather than empirical methods.
▶ 探究事物的本質必須基於邏輯推理而不是憑經驗主義的方法。

> 記憶心法　empiric 原指「單憑經驗而行醫的醫生」，-ical 在此作形容詞字尾，因此合起來便有「經驗主義的」之意。

encompass

★★★★★

v. [ɪn'kʌmpəs] 同circle

▶動圍繞；包圍

Kinmen was encompassed with a thick fog this morning.

▶今天早上金門被濃霧團團圍繞。

記憶心法 字首en-表「進入」，compass表「羅盤，範圍」，合起來是「進入範圍」，由此引申為「圍繞；包圍」之意。

encroachment

★★★★★

n. [ɪn'krotʃmənt] 同invasion

▶名侵入，侵佔

My boyfriend resents any encroachment on his valuable time.

▶我的男友討厭別人侵佔他寶貴的時間。

記憶心法 字首en-表「進入」，croach音似中文的「鉤」，合起來是「用力鉤進去」，因此便有「侵入，侵佔」之意。

endemic

★★★★★

a. [ɛn'dɛmɪk] 同local 反exotic, foreign

▶形某地特有的

The kind of dog is a species endemic to Siberia.

▶這種狗是西伯利亞特有的品種。

記憶心法 字首en-表「進入」，字根dem表「人民」，-ic在此作形容詞字尾，合起來是「進入人民的區域範圍內」，由此引申為「某地特有的」。

endorse

★★★★★

v. [ɪn'dɔrs] 同certify, approve

▶動背書；批准

The president has already endorsed the check.

▶董事長已經在支票上背書。

記憶心法 字首en-可表「使置於」，dorse意為「書或文件的背面」，合起來是「使置於書或文件的背面」，因此便有「背書，批准」之意。

enervate

★★☆☆☆

v. [ˈɛnɚ͵vet] 同tire, weaken

▶動 使衰弱，使無力

The hot sun enervated Paul to the point of collapse.

▶ 烈日把Paul曬得衰弱無力，都快要崩潰了。

記憶心法 字首 e- 表「出」，字根 nerv 表示「力量；神經」，-ate 在此作動詞字尾，合起來是「把全部的力量都使出去了」，因此便有「使衰弱，使無力」之意。

engaging

★★★★★

a. [ɪnˈgedʒɪŋ] 同appealing, enchanting

▶形 有魅力的；可愛的

Lily is an engaging young girl.

▶ Lily 是個可愛的年輕女孩。

記憶心法 engag(e)表示「吸引」，-ing 在此作形容詞字尾，表示「……的」，合起來是「吸引的」，因此便有「有魅力的；可愛的」之意。

engender

★★★★☆

v. [ɪnˈdʒɛndɚ] 同generate, produce

▶動 使產生；引起

Some people believe sympathy often engenders love.

▶ 有些人認爲同情經常引發愛情。

記憶心法 字首 en- 可表示「使……」，字根 gen 表示「產生」，因此合起來就是「使產生；引起」之意。

engross

★★★☆☆

v. [ɪnˈgros] 同preoccupy

▶動 使全神貫注

My niece was engrossed in her book this afternoon.

▶ 今天下午我侄女全神貫注地看書。

記憶心法 字首 en- 可表示「使……」，gross 表示「總的」，合起來是「使全部的精力投注在……」，因此便有「使全神貫注」之意。

enmity

★★★★☆

n. [ˈɛnmətɪ] 同hostility, antagonism

▶ 名敵意，不和

The little boy felt great enmity towards his teacher.

▶ 這個小男孩對他的老師滿懷敵意。

記憶心法 enmi 可看成 enemy（敵人），字尾 -ty 表示「狀態、性質或事實」，合起來是「成為敵人的狀態」，因此便有「敵意，不和」之意。

entice

★★★☆☆

v. [ɪnˈtaɪs] 同lure, attract

▶ 動誘騙，引誘

Many people believe advertisements are designed to entice people into spending money.

▶ 許多人相信廣告宣傳的目的是誘使人花錢。

記憶心法 ent 可看做 enter（進入），ice 表示「冰」，可一起聯想：在炎炎夏日，最大的「引誘」莫過於跳「進」「冰」涼的游泳池中。

entity

★★★★★

n. [ˈɛntətɪ] 同existence

▶ 名實體；存在；本質

Tom's teacher tells him to try to preserve his entity and individuality.

▶ Tom 的老師告訴他要設法保持自己的本質和個性。

記憶心法 ent 可看成 ant（螞蟻），名詞字尾 -ity 表示「狀態」，可聯想：「螞蟻」成群結隊地在一起工作，看過去就是一個很大的「實體」。

entomology

★★☆☆☆

n. [ˌɛntəˈmɑlədʒɪ]

▶ 名昆蟲學

Jennifer's major is entomology.

▶ Jennifer 的主修是昆蟲學。

記憶心法 en 音似「一」，tom 可看成人名 Tom，字尾 -ology 表「……學問」，可聯想：「一」個叫 Tom 的人所做的「學問」就是「昆蟲學」。

entrepreneur

★★★★☆

n. [ˌɑntrəprəˈnɝ]

▶ 名 企業家

The entrepreneur donated a lot of money to the hospital.

▶ 這位企業家捐很多錢給醫院。

記憶心法 entrepren 可看成 enterprise（企業），名詞字尾 -eur 表示「……的人」，合起來是「企業的人」，因此便有「企業家」之意。

enumerate

★☆☆☆☆

v. [ɪˈnjuməˌret] 同count; list

▶ 動 數；列舉

The new teacher enumerated many examples and facts on the subject to his students.

▶ 新老師為學生列舉很多有關該主題的例子和事實。

記憶心法 字首 e- 表「出」，字根 numer 表「數」，-ate 在此作動詞字尾，合起來是「把數字數出來」，因此便有「數；列舉」之意。

enzyme

★★★★☆

n. [ˈɛnzaɪm]

▶ 名 酶

This washing powder contains enzymes.

▶ 這種洗衣粉含有酶。

記憶心法 字首 en- 表「使置於」，zyme 意為「酵素」，合起來是「使酵素置於……」，因此便有「酶」之意。

ephemeral

★★☆☆☆

a. [ɪˈfɛmərəl] 同fleeting, momentary

▶ 形 短暫的

Such rumor enjoys ephemeral popularity only.

▶ 這樣的謠言只是曇花一現的東西而已。

記憶心法 字首 e- 表「出」，字根 phem 表「出現」，合起來可記成「出現後就消失」，因此便有「短暫的」之意。

epicenter

★★★★★

n. [ˈɛpɪˌsɛntɚ]

▶ 图 中心；集中點

Shanghai has become the epicentre of the world fashion industry now.

▶ 如今上海成了世界時尚工業中心。

記憶心法 字首 epi- 表（在……上），center 表「中心」，合起來是「在中心的上面」，因此便有「中心；集中點」之意。

epilogue

★★★☆☆

n. [ˈɛpəˌlɔg]

▶ 图 結語；跋

Please write an epilogue at the end of this book.

▶ 請寫一下這本書的結語。

記憶心法 字首 epi- 可表「外」，字根 log 表「說話」，合起來可記成「在本文之外說話」，因此便有「結語；尾聲；跋」之意。

equilibrium

★★☆☆☆

n. [ˌikwəˈlɪbrɪəm] 同 balance

▶ 图 平衡，均衡

Ann struggled to recover her equilibrium.

▶ Ann 努力恢復她內心的平衡。

記憶心法 字首 equi- 表「相當」，字根 libr 表「平衡」，-ium 在此作名詞字尾，因此便有「平衡，均衡」之意。

equine

★★★★☆

a. [ˈikwaɪn]

▶ 圈 馬的，似馬的

This picture shows Peter's grandpa with a long equine face.

▶ 這張相片顯示 Peter 的祖父有一張長馬臉。

記憶心法 equitation 是「騎馬術」，把該字去掉 tation 後加上 ne，就是「馬的，似馬的」之意。

equivocal

★★★★★

a. [ɪˈkwɪvəkḷ] ▣ambiguous, obscure

▶️形模稜兩可的

We were puzzled by his equivocal answer.

▶️我們被他模稜兩可的回答弄糊塗了。

記憶心法 字首 equi- 表「相等，平等」，字根 voc 表「聲音」，-al 是形容詞字尾，合起來是「發出相等的聲音」，因此便有「模稜兩可的」之意。

eradicate

★★★★☆

v. [ɪˈrædɪˌket] ▣eliminate, exterminate

▶️動根絕，消滅

He said it was impossible to eradicate crime.

▶️他說要根除犯罪是不可能的。

記憶心法 字首 e- 表「出」，字根 radic 表「根」，-ate 是動詞字尾，合起來是「把……的根拔出」，因此便有「根絕，消滅」之意。

erratic

★☆☆☆☆

a. [ɪˈrætɪk] ▣eccentric, fickle

▶️形古怪的；不穩定的

My watch is not so erratic.

▶️我的手錶不是那麼不準。

記憶心法 字首 err- 表「犯錯誤」，-ic 是形容詞字尾，合起來是「犯了錯的」，因此便有「古怪的；不穩定的」之意。

erroneous

★★★☆☆

a. [ɪˈronɪəs] ▣untrue, incorrect ▣right

▶️形錯誤的，不正確的

This generation is infected greatly by erroneous ideas.

▶️這一代受到錯誤想法的嚴重影響。

記憶心法 字首 err- 表「犯錯誤」，-eous 是形容詞字尾，表「……的」，合起來就是「錯誤的，不正確的」之意。

erudite

★★★★☆

a. [ˈɛruˌdaɪt] 同educated, learned

▶ 形 博學的

Professor Li is a scholarly and erudite person.

▶ 李教授是位具有學者氣質的博學者。

記憶心法 字首 e- 表「出」，字根 rud 表「原始、無知」，-ite 在此作形容詞字尾，合起來可記成「走出無知的」，因此就是「博學的」之意。

esoteric

★★★★★

a. [ˌɛsəˈtɛrɪk] 同abstruse, enigmatic

▶ 形 難理解的

Our teacher told us not to learn those esoteric words.

▶ 我們老師告訴我們目前不必學習那些太難理解的字。

記憶心法 字首 es- 表「出」，oter 可看做 outer（外面的），合起來可記成：考試題目太「難理解」，所以學生都跑「出」教室「外面」。

espionage

★★★★★

n. [ˈɛspɪəˌnɑʒ] 同spying

▶ 名 諜報，間諜活動

Peter was involved in espionage on missile sites.

▶ Peter 參與了導彈基地的間諜活動。

記憶心法 字首 e- 表「出」，字根 spi 表「看」，-age 在此作名詞字尾，合起來可記成「出去四處看」，由此引申為「間諜活動」。

espouse

★★★★☆

v. [ɪsˈpauz] 同advocate

▶ 動 支持，贊成

My grandpa in the U.S.A espouses the socialist philosophy.

▶ 我住在美國的爺爺支持社會主義哲學。

記憶心法 字首 es- 表「出」，字根 spo 意為「許諾」，合起來可記成「彼此許諾出生入死」，由此引申為「支持，贊成」之意。

ethnology

★☆☆☆☆

n. [εθ'nɑləʤɪ]

▶ 图 人種學

He majored in ethnology in college.

▶ 他在大學裡主修人種學。

> 記憶心法 字根ethn表「種族」，字尾-ology表「學科」，合起來是「研究種族的學科」，因此便有「人種學」之意。

etymology

★★★★☆

n. [ˌɛtə'mɑləʤɪ]

▶ 图 詞源學；詞形變化

My new dictionary does not give etymologies.

▶ 我的新字典不介紹詞形變化。

> 記憶心法 etymon 意為「詞源」，字尾 -logy 表示「學科」，合起來就是「詞源學；詞形變化」之意。

eulogy

★★☆☆☆

n. ['juləʤɪ] 同eulogium, panegyric

▶ 图 頌詞；讚頌

The chairman chanted the eulogy of his own achievements again.

▶ 主席又在讚頌他自己所取得的成就。

> 記憶心法 字首 eu- 表「好」，字根 log 表「說」，合起來是「說好話的行為」，因此便有「讚頌」之意。

euphemism

★★★★★

n. ['jufəmɪzəm]

▶ 图 婉轉說法

"Pass water" is a euphemism for "urinate".

▶ 「小便」是「排尿」的婉轉說法。

> 記憶心法 字首 eu- 表「好」，字根 phem 表「出現」，-ism 是名詞字尾，合起來是「以好的語言出現」，也就是「委婉的說法」。

euphonious

★★★★★

a. [juˈfonɪəs] 同consonant, fluent

▶ 形 悅耳的

That singer has a very euphonious voice.

▶ 那位歌手有極悅耳的嗓音。

記憶心法 字首 eu- 表「好」，字根 phon 表「聲音」，-ious 是形容詞字尾，合起來是「聲音好聽的」，也就是「悅耳的，聲音和諧的」。

euphoria

★★★★★

n. [juˈforɪə]

▶ 名 興奮，心情愉快

This drug tends to produce euphoria.

▶ 這種藥物可導致興奮。

記憶心法 字首 eu- 表「好」，字根 phor 表「帶來」，合起來是「帶來好處的」，由此引申為「心情愉快，興奮」。

euthanasia

★★★★★

n. [ˌjuθəˈneʒɪə]

▶ 名 安樂死

Euthanasia is still illegal in most countries.

▶ 安樂死在多數國家仍然是不合法的。

記憶心法 字首 eu- 表「好」，than 表「比……」，asia 是「亞洲」，合起來可想成：「比亞洲好的」去處就是「安樂死」。

evasion

★★★★★

n. [ɪˈveʒən] 同escape; excuse

▶ 名 逃避；藉口

He was put in prison due to tax evasion.

▶ 他因逃稅而被判入獄。

記憶心法 字首 e- 表「出」，字根 vas 表「走」，合起來是「走出去」，因此 evasion 便有「逃避；藉口」之意。

evergreen

★★★★☆

a. ['ɛvɚ,grin]

▶ 形 經久不衰的

These evergreen movies are still very popular.

▶ 這些經久不衰的電影仍然很受歡迎。

記憶心法 ever 意爲「永久的」，green 意爲「綠色的」，合起來便是「常綠的」之意。

evoke

★★★☆☆

v. [ɪ'vok] 同 effect, induce

▶ 動 喚起；引起

Those old songs often evoke memories of Mum's youth.

▶ 老歌常常喚起我媽媽對年輕時的回憶。

記憶心法 字首 e- 表「出」，字根 voc 表「叫聲」，合起來是「叫出來」，因此便有「喚起；引起」之意。

exacerbate

★★★☆☆

v. [ɪg'zæsɚ,bet] 同 worsen, exasperate

▶ 動 使惡化，使加重

The financial crisis has exacerbated the difficulties of the country.

▶ 經濟危機加重了該國家所面臨的困難。

記憶心法 字首 ex- 表「出」，字根 acerb 表「苦澀」，-ate 是動詞字尾，合起來是「出現了苦澀」，因此便有「使惡化」之意。

exacting

★★★☆☆

a. [ɪg'zæktɪŋ] 同 rigid, fussy

▶ 形 嚴苛的；吃力的

Peter's parents are very exacting.

▶ Peter 的父母非常嚴苛。

記憶心法 exact 表「精確的」，-ing 在此作形容詞字尾，合起來可聯想：那個主管要求太過「精確」，已經到了「嚴苛的」地步。

exalt

★★★☆☆

v. [ɪgˈzɔlt] 同extol; promote

▶ 勔 讚揚；提升

Our teacher was exalted when he retired.

▶ 我們的老師在退休時受到讚揚。

記憶心法 字首 ex- 表「外面」，字根 alt 表「高，高度」，合起來可聯想：他的評價「高」到連「外面」的人都進來「讚揚」。

exasperate

★★★★★

v. [ɪgˈzæspəˌret] 同annoy; aggravate

▶ 勔 激怒；惡化

My boyfriend's pet parrot exasperated me yesterday!

▶ 昨天我男友的寵物鸚鵡激怒了我。

記憶心法 字首 ex- 表「出」，字根 asper 表「粗魯」，合起來可聯想：學生表現「出」「粗魯」的舉止，所以「激怒」了老師。

exemplary

★★★★★

a. [ɪgˈzɛmplərɪ]

▶ 彫 可仿效的，模範的

Our company has an exemplary record on environmental issues.

▶ 我們公司在環境保護問題上堪作楷模。

記憶心法 exempla 可看成 example（範例，典範），-ry 在此作形容詞字尾，所以合起來就是「可仿效的，模範的」之意。

exemplify

★★★★★

v. [ɪgˈzɛmpləˌfaɪ] 同illustrate, instance

▶ 勔 例證，例示

His success exemplified his diligence.

▶ 他的成功例證了他的勤奮。

記憶心法 exempl 可看成 example（範例），-ify 是動詞字尾，表「使成為」，合起來是「使成為例子」，因此便有「例證，例示」之意。

exert

★★★★☆

v. [ɪg'zɝt] 同exercise, put forth

▶ 動 盡力；發揮，行使

It's difficult for her to exert control over her anger.

▶ 要她抑制她的憤怒是很困難的。

記憶心法 字首ex-表「出」，字根ert表「力」，合起來是「出力」，因此便有「盡力，發揮」之意。

exhaustive

★★★★☆

a. [ɪg'zɔstɪv] 同thorough

▶ 形 徹底的，詳盡的

Scientists decided to do an exhaustive research to prove their point.

▶ 科學家們決定做徹底的研究來證明論點。

記憶心法 字首ex-表「出」，字根haust表「抽」，合起來可記成「把全部的東西抽出」，由此引申為「徹底的，詳盡的」。

exile

★★★☆☆

v. ['ɛksaɪl] 同expatriate, deport

▶ 動 流放，放逐

The queen was exiled from her country for life.

▶ 這個女王被終生放逐於她的國度之外。

記憶心法 字首ex-表「外，出」，-ile在此作動詞字尾，表示「使……」，合起來是「使外出」，由此引申為「流放，放逐」之意。

exodus

★★★★★

n. ['ɛksədəs] 同hegira, exit反influx

▶ 名 外移；移居國外

Nowadays there has been a mass exodus of workers from the villages to the towns in China.

▶ 如今中國有大批民工從鄉村外移至城市裡。

記憶心法 字首ex-表「外」，us意為「我們」，合起來是「我們走到外面去」，由此引申為「外移；移居國外」之意。

exonerate

★★★☆☆

v. [ɪgˋzɑnəˏret] 同acquit

▶ 動免除責任；使無罪

Paul was totally exonerated by a grand jury.

▶ Paul 被大陪審團宣判完全無罪。

記憶心法 字首 ex- 表「外」，字根 oner 表「負擔」，-ate 在此作動詞字尾，合起來是「把負擔往外面推」，由此引申為「免除責任；使無罪」。

exorcise

★★★★★

v. [ˋɛksɔrˏsaɪz] 同get rid of, expel

▶ 動驅除；驅邪

It's said that the old priest can exorcise the ghost from the house.

▶ 據說那個老教士能驅除房子裡面的鬼。

記憶心法 字首 ex- 表「外」，orc 意為「妖魔」，-ise 為動詞字尾，合起來是「把妖魔趕到外面」，由此引申為「驅除；驅邪」之意。

exotic

★★★☆☆

a. [ɛgˋzɑtɪk] 同foreign 反native

▶ 形異國的，外來的

There are some exotic birds from New Guinea in our zoo.

▶ 我們動物園引進一些外來的鳥，牠們來自新幾內亞。

記憶心法 字首 ex- 表「外」，-tic 是形容詞字尾，合起來是「從外面來的」，由此引申為「異國的，外來的」之意。

expedient

★★★★★

a. [ɪkˋspidɪənt] 同convenient, helpful

▶ 形方便的；有利的

Carl thought it expedient to tell his wife the truth.

▶ Carl 認為將真相告訴妻子比較有利。

記憶心法 字首 ex- 表「外」，字根 ped 表「腳，走」，-ient 在此作形容詞字尾，合起來可聯想：他「走」到「外面」，看看能不能找到「方便的」方法。

expedite

★★★★☆

v. [ˈɛkspɪˌdaɪt] 同hasten 反lower

▶ 動加快；促進

Their boss asked them to expedite their work.

▶ 老闆要求他們加快工作。

 字首 ex- 表「外，出」，字根 ped 表「腳，走」，合起來是「向外走」，由此引申為「加快；促進」之意。

expel

★☆☆☆☆

v. [ɪkˈspɛl] 同eject, kick out

▶ 動驅逐；開除

The student was expelled from the university.

▶ 該學生被大學開除了。

 字首 ex- 表「外，出」，字根 pel 表「推」，合起來是「向外推」，因此便有「驅逐；開除」之意。

expertise

★★★☆☆

n. [ˌɛkspɚˈtiz] 同special skill

▶ 名專門知識或技能

The audience was surprised at her expertise in dancing.

▶ 觀眾為她跳舞的專業技能感到驚訝。

 expert 是名詞，意為「專家」，加上表「事物」的字尾 -ise，就形成「專門知識；專業技能」之意。

expiration

★★★☆☆

n. [ˌɛkspəˈreʃən] 同termination

▶ 名終結；期滿；過期

His driving license has passed its expiration date.

▶ 他的駕駛執照已經過期了。

 動詞 expire 意為「期滿，死亡」，去掉 e 加上 ation 就成為名詞，即是「終結；期滿；過期」的意思。

exploit

★★★★★

v. [ˈɛksplɔɪt] 同utilize

▶ 動 剝削;利用;開採

The country has successfully exploited oil under the sea.

▶ 該國已成功從海底開採石油。

記憶心法 字首ex-表「外,出」,字根ploit表「利用」,合起來是「從裡到外都利用」,因此便有「剝削;利用;開採」的意思。

exquisite

★★★★★

a. [ˈɛkskwɪzɪt] 同delicate, superb

▶ 形 精緻的;敏銳的

She is a girl of exquisite sensitivity so be careful not to hurt her feelings.

▶ 她是個極為敏銳的女孩,所以小心不要傷害到她。

記憶心法 字首ex-表「外,出」,字根quis表「尋找」,合起來是「從……中挑尋出來的」,因此便有「精緻的」之意,引申為「敏銳的」。

extemporaneous

★★★★★

a. [ɛkˌstɛmpəˈrenɪəs] 同improvised

▶ 形 即席的;無準備的

Our headmaster made some extemporaneous remarks before the award ceremony.

▶ 我們校長在頒獎大會前發表了即席談話。

記憶心法 字首ex-表「外」,字根tempor表「時間」,-aneous作形容詞字尾,合起來是「在安排時間之外的」,因此便有「即席的,無準備的」之意。

extol

★★★★★

v. [ɪkˈstol] 同laud, glorify

▶ 動 讚揚,讚頌

The young mother kept extolling the cleverness of her boy.

▶ 這個年輕媽媽不停讚揚她兒子的聰慧。

記憶心法 字首ex-表「出」,字根tol表「舉起」,合起來是「抬舉起來」,因此便有「讚揚,讚頌」之意。

extort

★★★★☆

v. [ɪkˈstɔrt] 同blackmail

▶ 動敲詐，勒索

He failed to extort money from the old lady.

▶ 他想勒索老太太的錢財，但沒有得逞。

記憶心法 字首 ex- 表「出」，字根 tort 表「扭」，合起來是「強扭出來」，由此引申為「敲詐，勒索」之意。

extraneous

★★★★☆

a. [ɛkˈstrenɪəs] 同irrelevant

▶ 形外來的，無關的

Tom's dissertation contains too many extraneous details.

▶ Tom 的論文存在著太多無關緊要的細節。

記憶心法 字首 extra- 表「超出之外」，字尾 -aneous 表「有特點的」，合起來是「超出特點之外」，由此引申為「外來的，無關的」之意。

extricate

★★★★★

v. [ˈɛkstrɪˌket] 同loosen, release

▶ 動使解脫；救出

How can little Mike extricate the bird from the netting?

▶ 小 Mike 該如何把小鳥從網中救出？

記憶心法 字首 ex- 表「出」，字根 tric 表「複雜，迷惑」，-ate 是動詞字尾，合起來是「從複雜中逃脫出來」，因此便有「使解脫；救出」之意。

extravagant

★★★☆☆

a. [ɪkˈstrævəgənt] 同prodigal, luxurious

▶ 形奢侈的；過度的

The man is extravagant when it comes to eating.

▶ 這個男子吃東西會過度。

記憶心法 字首 extra- 表「超出之外」，字根 va 表「走」，-ant 是形容詞字尾，合起來是「走出界線之外」，因此便有「過度的，奢侈的」之意。

extrovert

★★★★★

n. [ˈɛkstrovɝt] 反introvert

▶ 名性格外向的人

I believe most sales people are extroverts.

▶ 我認為大多數的銷售人員都是性格外向的人。

記憶心法 字首 extro- 表示「外」，字根 vert 表「轉」，合起來是「喜歡向外轉的人」，也就是「性格外向者」。

extrude

★★★★★

v. [ɛkˈstrud] 同squeeze out 反intrude

▶ 動擠出；壓出；突出

This afternoon I saw a snail extrude its horns on the corner of our garden.

▶ 今天下午我在家的花園角落看見蝸牛突出觸角。

記憶心法 字首 ex- 表「向外」，字根 trud 表「推」，合起來是「向外推出」，因此便有「擠出；壓出；突出」之意。

exuberance

★★★★★

n. [ɪgˈzjubərəns] 同plenty

▶ 名茂盛；生氣勃勃

Peter seems full of exuberance.

▶ Peter 看上去生氣勃勃。

記憶心法 此字為形容詞 exuberant（繁茂的）去掉 t 加上 ce 而成為名詞，意義為「茂盛」，引申為「生氣勃勃」之意。

facet

★★★☆☆

n. [ˈfæsɪt] 同aspect

▶ 名面；方面；面向

There are many facets to the complex issue.

▶ 這個複雜的問題有很多面向。

記憶心法 face 意為「面部」，字尾 -t 表「……事物」，合起來就是「面；方面；面向」的意思。

facsimile

★★★★☆

n. [fækˈsɪməlɪ] 同copy, replica

▶ 名摹寫，傳真

A facsimile is also a fax.

▶ facsimile 和 fax 一樣，都是傳真的意思。

記憶心法 字根 fac 表「做」，字根 simil 表「相似的」，合起來是「做得很相似」，由此引申為「摹寫，傳真」之意。

faction

★★★☆☆

n. [ˈfækʃən] 同section, party

▶ 名派別，小集團

Each faction held a different opinion.

▶ 每個派別都持不同的意見。

記憶心法 fact 意為「事實」，-ion 在此作名詞字尾，合起來可聯想：每個人對於「事實」都有主觀的看法，因此就會各自形成「派別」。

fallible

★★★★★

a. [ˈfæləbḷ] 同errant

▶ 形可能犯錯的

Everybody is fallible.

▶ 人人都有可能犯錯。

記憶心法 字根 fall 表「犯錯誤」，字尾 -ble 表「有……傾向的」，合起來是「有犯錯傾向的」，因此便有「易錯的，可能犯錯的」之意。

fanaticism

★★★☆☆

n. [fəˈnætəˌsɪzəm] 同zealotry

▶ 名狂熱；著迷

He held great fanaticism for music.

▶ 他對音樂很狂熱。

記憶心法 fanatic 意為「狂熱者」，-ism 是名詞字尾，表「性質或狀態」，合起來是「狂熱者的性質」，因此便有「狂熱；著迷」之意。

fastidious

★★★★☆

a. [fæsˈtɪdɪəs] 同particular, picky

▶ 形挑剔的；苛求的

Sophie is fastidious about her dress, manners and taste.

▶ Sophie 對於穿著、舉止和品味都很挑剔。

記憶心法 fast 意為「禁食」，idious 可看成 tedious（乏味的），合起來是「因為東西乏味就禁食」，由此引申為「挑剔的；苛求的」之意。

fatalism

★★☆☆☆

n. [ˈfetḷˌɪzəm]

▶ 名宿命論

Some oriental philosophies lean towards fatalism.

▶ 有些東方哲學傾向於宿命論。

記憶心法 fatal 意為「命運的」，-ism 表「……論或主義」，所以合在一起便有「宿命論」之意。

feint

★★☆☆☆

v. [fent] 同pretend

▶ 動假裝，偽裝；佯擊

Louis made a feint of studying hard, though actually he was listening to pop songs.

▶ Louis 假裝在用功，其實是在聽流行歌曲。

記憶心法 此字可與形似字 faint（昏倒）一起聯想記憶：為了博取同情，她 feint 走路時 faint。

ferment

v. ['fɝmɛnt] 同ruffle 反tranquility ★★★★★

▶ 動 醞釀；使騷動

Discrimination ferments hatred.

▶ 歧視會醞釀仇恨。

> 記憶心法 字根 ferm 表示「熱」，-ent 在此作動詞字尾，合起來是「熱情得過火」，由此引申為「醞釀；使騷動」。

fertilizer

n. ['fɝtl͵aɪzɚ] 同compost, manure ★★★★☆

▶ 名 肥料

Crushed bones make one of the best fertilizers.

▶ 骨粉是最好的肥料之一。

> 記憶心法 此字為動詞 fertilize（施肥）加上 r 而成為名詞，表示「施肥的東西」，也就是「肥料」。

fervent

a. ['fɝvənt] 同zealous 反apathetic ★★★★☆

▶ 形 熱的；狂熱的

Some of my friends are fervent believers in free speech.

▶ 我的一些朋友是言論自由的狂熱信仰者。

> 記憶心法 字根 ferv 表「煮沸，熱烈」，-ent 是形容詞字尾，合起來是「熱烈的」，因此便有「熱的；狂熱的」之意。

fervor

n. ['fɝvɚ] 同ardor, fervidness ★★★☆☆

▶ 名 熱烈，熱情

The speaker's fervor affected all the entire audience.

▶ 演說者的熱情影響了所有的聽眾。

> 記憶心法 字根 ferv 表「煮沸，熱烈」，字尾 -or 在此表示「刺激物」，合起來是「激起熱烈的事物」，因此便有「熱烈，熱情」之意。

festive

★★★☆☆

a. [ˈfɛstɪv] 同 joyous, happy

▶ 形 慶祝的；歡樂的

When Spring Festival is about to come, my hometown is in a festive mood.

▶ 當春節即將來臨時，我的家鄉沈浸在歡樂的氛圍之中。

記憶心法 字根 fest 表「歡樂的」，-ive 是形容詞字尾，因此該字是「慶祝的；歡樂的」之意。

fetch

★★★★★

v. [fɛtʃ] 同 bring

▶ 動 接來，取來，帶來

Please fetch a doctor for my mother at once.

▶ 請快去為我母親帶醫生來。

記憶心法 此字可與形似字 fitch（艾鼬）一起聯想記憶：小愛上學 fetch 一隻 fitch，結果牠放一個屁，燻死全班。

fete

★★☆☆☆

n. [fet]

▶ 名 喜慶日；遊樂會

The village fete will take place on Sunday, rain or shine.

▶ 村莊遊樂會定於星期日舉行，風雨無阻。

記憶心法 此字可與形似字 feast（盛宴）一起聯想記憶：學校為傑出校友舉辦 fete，並提供他們一場 feast。

feudal

★★★★☆

a. [ˈfjudl̩] 同 feudalistic

▶ 形 封建的

Women weren't allowed to work in feudal society.

▶ 在封建社會，婦女不被允許工作。

記憶心法 feud 意為「封地，采邑」，-al 是形容詞字尾，合起來是「有封地性質的」，由此引申為「封建的」之意。

fiasco

★★★★☆

n. [fɪ'æsko] 同failure

▶ 名慘敗

The first lecture I ever gave was a complete fiasco because I almost forgot what I wanted to say.

▶ 我第一次的演講完全慘敗，因爲我幾乎忘了台詞。

> **記憶心法** 此字可與形似字fresco（壁畫）一起聯想記憶：那個眼高手低的畫家第一次嘗試畫 fresco 就不幸 fiasco。

fictitious

★★★★☆

a. [fɪk'tɪʃəs] 同fabricated

▶ 形假想的，編造的

A fictitious name that is assumed by an author is called a pen name.

▶ 作者採用的假名稱爲筆名。

> **記憶心法** 字根fic表「做」，字尾-ious表「具有……性質的」，合起來是「做出來的」，也就是「做作的」，因此便有「假想的，編造的」之意。

fidelity

★★★★★

n. [fɪ'dɛlətɪ] 同faithfulness, loyalty

▶ 名忠實，誠實，忠誠

Fidelity is a virtue.

▶ 誠實是一種美德。

> **記憶心法** 字根fid表「信任、相信」，字尾-lity表示「性質」，合起來是「相信的性質」，由此引申爲「忠實，誠實，忠誠」之意。

fig

★★★★★

v. [fɪg]

▶ 動盛裝打扮

The richly figged out young lady was quite eye-catching at the party.

▶ 盛裝打扮的年輕女子在宴會上引人注目。

> **記憶心法** fig 可與形似字 fit（適合）一起聯想記憶：在夜市中 fig 並不 fit。

fingerprint

★★★★☆

n. ['fɪŋgɚ,prɪnt]

▶ 图 指紋

It surprised the detective that he couldn't find any fingerprint in the house.

▶ 在房間裡找不到指紋，讓偵探很吃驚。

🔳 finger 意為「手指」，print 意為「印痕，印記」，合起來是「手指的印痕」，因此便是「指紋」之意。

finite

★★☆☆☆

a. ['fɪnət] 同bounded, limited 反infinite

▶ 图 有限的

Human knowledge is finite.

▶ 人類的知識是有限的。

🔳 字根 fin 表「範圍，結束」，-ite 在此作形容詞字尾，合起來是「有範圍的」，因此便是「有限的」之意。

fiscal

★★☆☆☆

a. ['fɪskl] 同financial, monetary

▶ 图 財政的，國庫的

The government decided to make a change to its fiscal policy.

▶ 政府決定改變財政政策。

🔳 字根 fisc 表「國庫」，-al 是形容詞字尾，合起來就是「財政的，國庫的」之意。

fission

★★★★☆

n. ['fɪʃən]

▶ 图 裂開，分裂

The discovery of nuclear fission is a new departure in physics.

▶ 核分子分裂的發現是物理學的新起點。

🔳 字根 fis 表「分裂，分開」，-ion 是名詞字尾，所以合併起來就是「裂開，分裂」之意。

flagrant

★★★★☆

a. ['fleɡrənt] 同disgraceful, notorious ▶ 形 公然的

Poison gas was used in flagrant disregard of the Geneva Convention. ▶ 毒氣的使用是對日內瓦公約的公然藐視。

 flagrant 可與形似字 fragrant（芳香的）一起聯想記憶：花商把他所深藏最 fragrant 的花朵 flagrant 拿出來販賣。

---

flammable

★★★★☆

a. ['flæməb!] 同combustible, inflammable ▶ 形 易燃的，可燃的

Smoking is forbidden here for the house is full of flammable goods. ▶ 因為房間充滿易燃物品，所以不允許在這裡吸煙。

 字根 flam 表「火焰」，-able 是形容詞字尾，所以合併起來就是「易燃的，可燃的」之意。

---

flora

★★★☆☆

n. ['florə] 同vegetation ▶ 名 植物群

My uncle studies the flora and fauna of North America. ▶ 我叔叔研究北美的動植物群。

 字根 flor 表「花草，花朵」，字尾 -a 在此表示「群體」，所以合併起來就有「植物群」之意。

---

fluctuate

★★★☆☆

v. ['flʌktʃʊˌet] 同swing ▶ 動 變動；波動；動搖

The price of fish fluctuates between 5 and 6 pounds. ▶ 魚價在五英鎊與六英鎊之間波動。

 字根 flu 表示「流動，流的」，字尾 -uate 表示「使……」，所以合併起來便有「變動；波動；動搖」之意。

fluorescence

★★★★★

n. [fluəˈrɛsn̩s]

▶ 名 發射螢光，螢光

Fluorescence lighting is not suitable for reading.

▶ 螢光不適合閱讀。

記憶心法 字根 fluor 表示「螢光」，字尾 -escent 表示「發生……的」，所以合併起來就是「發射螢光，螢光」之意。

flux

★★★★★

n. [flʌks] 同 movement, tide

▶ 名 流出；漲潮；變遷

All things are in a state of flux.

▶ 萬物都在不斷地變遷。

記憶心法 字根 flu 表示「流動，流的」，-x 在此作名詞字尾，所以合起來是「流出」，引申為「漲潮；變遷」。

fodder

★★★★★

n. [ˈfɑdɚ] 同 forage, hay

▶ 名 飼料，糧秣

Food and fodder should go ahead of troops and horses.

▶ 兵馬未動，糧秣先行。

記憶心法 字根 fod 意為「食物、食品、吃的」，-er 在此作名詞字尾，表示「……事物」，合起來是「吃的事物」，引申為「飼料，糧秣」。

foe

★★★★★

n. [fo] 同 adversary, antagonist

▶ 名 敵人，敵軍

He pardoned his foe which surprised all his friends.

▶ 他赦免他的敵人，這讓他的朋友吃驚。

記憶心法 foe 與 for（為了）的拼寫接近，可一起聯想記憶：身為軍人，for 國家和人民，必須不惜一切代價地打敗 foe。

forbearance

★★★★☆

n. [fɔrˈbɛrəns] 反impatience

▶ 名克制;耐心

She showed great forbearance in taking care of the naughty child.

▶ 在照顧調皮小孩時,她表現巨大的耐心。

記憶心法 字首 for- 表「前」,bear 表「忍受」,字尾 -ance 表「行為」,合起來是「忍受在前的行為」,因此便有「克制;耐心」之意。

foresight

★★☆☆☆

n. [ˈforˌsaɪt] 同prevision

▶ 名遠見;深思熟慮

As a man of foresight, he has saved lots of money for emergencies.

▶ 作為有遠見的人,他存了很多錢,以備不測。

記憶心法 字首 fore- 表「預先」,sight 意為「見解,看法」,合起來是「預先的看法」,因此便有「遠見,深思熟慮」之意。

forge

★★★★★

v. [fɔrdʒ] 同make, fabricate

▶ 動鍛造;偽造

Donald was accused of forging their manager's signature on the check.

▶ Donald 被指控在支票上偽造經理的簽名。

記憶心法 forge 源自拉丁語 fabrica(工廠),而工廠就是「鍛造」鋼鐵的地方,所以便有「鍛造」之意,引申為「偽造」。

formidable

★★★☆☆

a. [ˈfɔrmɪdəbl] 同dreadful, frightening

▶ 形難以克服的

The company is confronted with formidable difficulties.

▶ 這個公司面臨著難以克服的困難。

記憶心法 字首 for- 表「前」,字根 mid 表「中間」,合起來可聯想:因為前方有「可怕的」、「難以克服的」困難,所以就在「前面和中間」徘徊著。

forsake
★★★★★

v. [fɚˈsek] 同abandon, quit

The man has forsaken his family.

▶ 動 放棄，拋棄

▶ 那男子拋棄了他的家。

記憶心法 字首 for- 可表「出去」，sake 表「緣故」，合起來是「因為某種緣故而走出去」，由此引申為「放棄，拋棄」之意。

forte
★★★★★

n. [fort] 同speciality, strong point

Cooking is my girlfriend's forte.

▶ 名 長處（特長，優點）

▶ 烹飪是我女友的特長。

記憶心法 字根 fort 表示「強大，力量」，-e 在此作名詞字尾，合起來是「強大的力量」，由此引申為「特長，優點」之意。

fortitude
★★★★★

n. [ˈfɔrtəˌtjud] 同endurance

Fortitude is distinct from valor.

▶ 名 剛毅，堅毅

▶ 剛毅與勇猛不同。

記憶心法 字根 fort 表示「強大，力量」，字尾 -itude 表「狀態」，合起來是「強大的狀態」，由此引申為「剛毅，堅毅」之意。

fraudulent
★★★★★

a. [ˈfrɔdʒələnt] 同deceitful, dishonest

Sophie entered the U.S.A. with a fraudulent passport.

▶ 形 欺詐的；虛假的

▶ Sophie 用假護照入境美國。

記憶心法 frau 是德語「妻子」之意，-ent 在此作形容詞字尾，可聯想：若「妻子」勾搭別的男人，就是對婚姻「欺詐」。

freight

★★★☆☆

n. [fret] 同cargo, load

▶ 名貨物；運費

They refused to send the goods by air freight.

▶ 他們拒絕用空運運送貨物。

記憶心法 freight 與 flight（航空）的拼寫接近，可一起聯想記憶：目前台灣與大陸的 freight 往來都是用 flight 運輸。

---

frenetic

★★★☆☆

a. [frɪˋnɛtɪk] 同fanatic

▶ 形發狂的，狂熱的

After a whole day's frenetic activity, our work was finally finished.

▶ 經過一整天的瘋狂忙碌，我們的工作終於完成。

記憶心法 字根 fren 表「心靈」，字尾 -et 表「小的」，可一起聯想記憶：一個人若「心」胸狹「小」，就很容易「發狂」。

---

frenzied

★★★☆☆

a. [ˋfrɛnzɪd] 同fanatic

▶ 形瘋狂的，激怒的

Our office was a scene of frenzied activity this afternoon.

▶ 今天下午我們辦公室是一幅瘋狂忙碌的景象。

記憶心法 此字為名詞 frenzy（瘋狂，狂怒）去掉 y 加上 ied，形成形容詞，因此意義是「瘋狂的，激怒的」。

---

fresco

★★★★★

n. [ˋfrɛsko] 同painting

▶ 名壁畫

The frescos in the Sistine Chapel are world-famous.

▶ 西斯廷教堂的壁畫舉世聞名。

記憶心法 此字可與形似字 fiasco（慘敗）一起聯想記憶：那個畫家把拿破崙最後「慘敗」的景象畫成了「壁畫」。

frigid

★★★★★

a. ['frɪgɪd] 回cold, gelid

▶ 圈 寒冷的；冷淡的

The north of China is very frigid.

▶ 中國的北方是很冷的。

記憶心法 字根 frig 表「冷」，-id 是形容詞字尾，表「有……性質的」，合起來就是「寒冷的」之意，引申為「冷淡的」。

fringe

★★★★☆

n. [frɪndʒ] 回edge, brim

▶ 名 邊緣；劉海

My niece wears her hair in a fringe.

▶ 我的侄女額前有劉海。

記憶心法 此字是由 f + ring（一圈）+ e 構成，可聯想：繞著圓圈走「一圈」，也就是繞著圓的「邊緣」而走。

frivolity

★★☆☆☆

n. [frɪ'vɑlətɪ] 回levity

▶ 名 輕浮

How could Judy tolerate the old man's frivolity?

▶ Judy 怎能忍受得了那老男人的輕浮？

記憶心法 字根 friv 表「愚蠢」，-ity 在此作名詞字尾，表「狀態或行為」，可聯想記憶：「輕浮」的行為就是「愚蠢」的行為。

frown

★★★★☆

v. [fraʊn] 回look sullen

▶ 動 皺眉，表示不滿

The teacher frowned on the students' behavior.

▶ 老師對學生們的行為表示不滿。

記憶心法 fr 可看成 fro（前），own 意為「擁有」，可聯想記憶：人往往「不滿」已經「擁有」的事物，繼續往「前」尋找新的事物。

frugal

★★★★☆

a. [ˈfruɡl̩] 反wasteful

▶ 形 節約的，儉樸的

They lived a frugal life though they were very rich.

▶ 儘管很富有，他們還是過著節儉的生活。

記憶心法 fru 可唸成「腐乳」，-al 在此作形容詞字尾，可聯想記憶：一個人若每天吃「腐乳」過日子，此人一定很「節約、儉樸」。

---

fumigate

★★★★★

v. [ˈfjuməˌɡet] 同smoke

▶ 動 煙燻

In summer, we had to fumigate our house to get rid of cockroaches.

▶ 在夏天，我們必須煙燻房子來去除蟑螂。

記憶心法 字根 fum 表示「煙」，字尾 -igate 表示「用……」，合併起來便有「煙燻」之意。

---

funnel

★★★☆☆

n. [ˈfʌnl̩]

▶ 名 漏斗

I need a funnel to pour wine into the bottle.

▶ 我需要一個漏斗把酒灌進瓶子裡。

記憶心法 字根 fu 表「湧，流」，字尾 -el 表「小的東西」，而讓水可以流過的小東西，就是「漏斗」。

---

furor

★★★★★

n. [ˈfjurɔr] 同rage, fury

▶ 名 狂怒；轟動

His speech has caused a political furor.

▶ 他的演講激起了政治上的轟動。

記憶心法 furor 是由 fury 而來，fury 是名詞，意為「狂怒」，把 y 去掉加上 or 後，也是「狂怒」之意，引申為「轟動」。

fusion

★★★★★

n. [ˈfjuʒən] 同merger, unification

▶ 图熔解；融合

People in this region are the fusion of several races.

▶ 在這個地區的民眾是幾個種族的融合體。

記憶心法 字根fus意為「熔」，加上-ion變為名詞，因此便有「熔解；融合」的意思。

futile

★★★★★

a. [ˈfjutl̩] 同useless

▶ 图無效的；沒有用的

Don't spend your time on that futile argument.

▶ 不要把你的時間花在沒有用的爭論上。

記憶心法 fu可唸成few（少的），tile意為「瓦」，可合起來聯想：一間磚「瓦」很「少」的房子，對於經常有颱風的地區來說是「沒有用的」。

以 G 為首的單字

Track 8

gainsay

★★★★★

v. [gen'se] 同deny 反admit

▶ 囫否認

There is no gainsaying about this new manager's ability.

▶ 這位新經理的能力是無可否認的。

記憶心法 gain 可看成 against（反），say 意為「說」，合起來是「反著說」，由此引申為「否認」之意。

gale

★★★☆☆

n. [gel] 反breeze

▶ 名 狂風，大風；一陣

The audience gave the speaker gales of applause.

▶ 聽眾對演說者抱以陣陣掌聲。

記憶心法 gale 與 gate（門）的拼寫接近，可一起聯想記憶：gale 的力量足以把 gate 吹倒。

---

garble

★★★★☆

v. ['gɑrbl̩] 同falsify

▶ 動 斷章取義

Local papers had some garbled version of the event.

▶ 當地報紙對此事件的報導有些斷章取義。

記憶心法 garble 與 gamble（賭博）的拼寫接近，可一起聯想記憶：gamble 的本質就是 garble 主觀猜測哪一個會贏。

---

gargantuan

★★☆☆☆

a. [gɑr'gæntʃʊən] 同elephantine, jumbo

▶ 形 巨大的，龐大的

Exercise gave her a gargantuan appetite.

▶ 運動使她有龐大的食欲。

記憶心法 gargantuan 源自法國作家拉伯雷的小說《巨人傳》，書中有個巨人就叫 Gargantua，所以後來 gargantuan 就表示「巨大的，龐大的」。

---

gargle

★★★★★

v. ['gɑrgl̩]

▶ 動 漱；漱口

The dentist suggests his patient gargle before going to bed.

▶ 牙醫建議病人在睡前漱口。

記憶心法 gargle 音似我們在漱口時，喉嚨所發出的「喀喀」聲，因此該字就是表示「漱；漱口」的意思。

garlic

★★★★★

n. [ˈgɑrlɪk]

▶ 图 大蒜，蒜頭

He hates the smell of garlic.

▶ 他討厭蒜頭的味道。

> **記憶心法** gar可看成gargle（漱口），ic是形容詞字尾，可聯想記憶：人在吃完「大蒜」後，就必須「漱口」一下，去掉臭的味道。

gastric ulcer

★★★★★

n. [ˈgæstrɪkˈʌlsɚ]

▶ 图 胃潰瘍

His mother got a gastric ulcer.

▶ 他媽媽得了胃潰瘍。

> **記憶心法** gastric 意為「胃的」，ulcer 意為「潰瘍」，合起來就是「胃潰瘍」之意。

gastronomy

★★★★★

n. [gæsˈtrɑnəmɪ]

▶ 图 烹飪法

My young colleague enjoys studying gastronomy in her spare time.

▶ 我的年輕同事在閒暇時喜歡研究烹飪法。

> **記憶心法** 字根 gastro 表示「胃」，字尾 -nomy 表示「學科」，而「烹飪法」就是有關調理胃方面的學科。

gauze

★★★★★

n. [gɔz] 同tissue

▶ 图 薄紗，紗布

He found a gauze patch in his dish. It was really very disgusting.

▶ 他發現盤子裡有一塊紗布，真的很噁心。

> **記憶心法** gauze 與 gaze（凝視）的拼寫接近，可一起聯想記憶：印度女子透著臉上的 gauze 去 gaze 那個帥哥。

generic

★★★★☆

a. [dʒɪ'nɛrɪk] 同universal

▶ 形 一般的，總稱的

The generic term for wine, spirits and beer is alcoholic beverages.

▶ 葡萄酒、烈酒和啤酒的總稱是酒類飲料。

記憶心法 gener可看成general（一般的，大體的），-ic在此作形容詞字尾，因此該字便有「一般的，總稱的」之意。

genetics

★★★★☆

n. [dʒə'nɛtɪks] 同genetic science

▶ 名 遺傳學

An expert in genetics will come to our university to give a speech next week.

▶ 下週有個遺傳學專家來我們大學演講。

記憶心法 gene 意為「基因」，字尾 -ics 表「……學」，所以合起來就是「基因學」的意思，也就是「遺傳學」。

genre

★★★★☆

n. ['ʒɑnrə] 同genus, category

▶ 名 文藝作品之類型

She doesn't like this genre of movies.

▶ 她不喜歡這一類型的電影。

記憶心法 字根 gen 表「出生，產生」，字尾 -re 表示「……東西」，合起來是「產生的東西」，引申為「類型」。

geyser

★★☆☆☆

n. ['gaɪzɚ] 同spring, steam

▶ 名 噴泉；間歇泉

Wulai is noted for its geysers.

▶ 烏來以間歇泉著稱。

記憶心法 geyser 源自冰島一溫泉名 Geysir，因此便有「噴泉；間歇泉」之意。

gist

★★★★★

n. [dʒɪst] 同significance, summary

▶ 名要點，要旨

Ann is smart enough to grasp the gist of a book very quickly.

▶ Ann很聰明以致能很快掌握一本書的要點。

記憶心法 該字可與形似字 list（列出）一起聯想記憶：他是法院書記官，每次開庭就要 list 整個訴訟的 gist。

glacial

★★★★☆

a. ['gleʃəl] 同freezing, cold

▶ 形冰的，冰河時代的

Some 95 percent of Antarctica was covered in ice during glacial periods.

▶ 在冰河時期，約百分之九十五的南極洲被冰覆蓋著。

記憶心法 字根 glaci 表「寒冷，結冰」，-al 是形容詞字尾，所以合併起來便有「冰的，冰河時代的」之意。

glimpse

★★☆☆☆

v. [glɪmps] 同glance, peep

▶ 動看一眼，瞥見

She glimpsed at my new clothes and said they were beautiful.

▶ 她瞥了一眼我的新衣服，然後說很漂亮。

記憶心法 此字是由 glim（燈火）＋ pse 構成，可聯想：視線像「燈火」一閃的就是「瞥見」

gloomy

★★★★☆

a. ['glumɪ] 同blue, dark

▶ 形陰沈的；憂鬱的

The girl was always gloomy on rainy days.

▶ 在雨天的時候，這個女孩總是憂鬱的。

記憶心法 gloom 是名詞，意為「黑暗，憂鬱」，加上 -y 變為形容詞，合起來就是「陰沈的；憂鬱的」之意。

glossary

★★☆☆☆

n. [ˈglɑsərɪ] 同dictionary, wordbook

▶ 图辭彙表

If you come across any unknown word, look it up in the glossary at the end of the book.

▶ 如果你遇到不認識的單字,請查閱書後的辭彙表。

記憶心法 字根 gloss 表「語言」,-ary 是名詞字尾,表「……的群體」,合起來是「語言的集合」,因此便有「辭彙表」之意。

glossy

★★★★★

a. [ˈglɔsɪ] 同sleek, silky

▶ 圈光滑的,有光澤的

My cousin has glossy black hair.

▶ 我表妹有一頭烏黑光滑的頭髮。

記憶心法 glo 可看成 glow(閃光),-ssy 在此作形容詞字尾,所以合併起來便有「光滑的,有光澤的」之意。

gnaw

★★★☆☆

v. [nɔ] 同gnash, chew

▶ 圖咬,啃

She could hear rats gnawing the table at night.

▶ 在夜晚,她可以聽到老鼠咬桌子的聲音。

記憶心法 g 可看成 dog(狗),naw 可看成 saw(看見),可聯想:當「狗」「看見」骨頭,就會跑上去「啃咬」。

gourmand

★★☆☆☆

n. [ˈgʊrmənd] 同gourmet

▶ 图饕客;美食者

This young gourmand is very particular about food.

▶ 這位年輕的美食者很挑食。

記憶心法 g 可看做 go(去),our 是「我們的」,man 是「人」,d 音似「地」,可聯想:瘋狂「饕客」就是會「去」「我們的」「地」上看好吃東西的「人」。

gourmet

★★★☆☆

n. [ˈɡʊrme] 同gourmand

▶ 图美食；美食家

Judy has got into gourmet cooking recently.

▶ Judy 最近對美食烹飪有興趣。

> **記憶心法** g可看做go（去），our是「我們的」，met是「會見」，可聯想：「去」看「我們的」展覽就「會見」到「美食家」。

granite

★★★★★

n. [ˈɡrænɪt] 同rock, stone

▶ 图花崗岩；冷酷無情

The killer has a heart of granite.

▶ 那個殺手有一副鐵石心腸。

> **記憶心法** 字根 gran 表示「顆粒」，字尾 -ite 表示「……物」，合起來是「顆粒狀的石頭」，引申為「花崗岩」，再引申為「冷酷無情」。

granulate

★★★☆☆

v. [ˈɡrænjəˌlet] 同grain

▶ 動 使成顆粒

Mama melted the granulated sugar with the almonds in a saucepan before dinner.

▶ 晚餐前媽媽在燉鍋裡用小顆粒的糖拌杏仁。

> **記憶心法** 字根gran表示「顆粒」，動詞字尾-ate表示「使……成」，合併起來便有「使成顆粒」之意。

graphic

★★★★☆

a. [ˈɡræfɪk] 同vivid, pictorial

▶ 形生動的；圖解的

Our local newspaper gave a graphic description of the earthquake last night.

▶ 我們的當地報紙生動地描述了昨晚地震的情況。

> **記憶心法** graph 意為「圖表，圖解」，-ic 是形容詞字尾，表示「……的」，所以合起來便有「圖解的」之意，引申為「生動的」。

grapple

★★★☆☆

v. [ˈɡræpl̩] 圓fight, struggle

▶ 囫扭打；抓住

I saw the two boys grapple with each other in the park yesterday afternoon.

▶ 昨天下午我在公園裡看見兩個男孩互相扭打。

記憶心法 gr 可看成 go（去），apple 是「蘋果」，可合在一起聯想：去抓住蘋果的動作就是 grapple，引申為「扭打」。

gratify

★★★★☆

v. [ˈɡrætəˌfaɪ] 圓satisfy, please

▶ 囫使高興，使滿意

Praise gratifies most people.

▶ 讚美使大多數人感到高興。

記憶心法 字根 grat 表「高興的，感激的」，-ify 是動詞字尾，表示「使……」，所以合併起來便有「使高興，使滿意」之意。

gratuity

★★☆☆☆

n. [ɡrəˈtjuətɪ] 圓tip

▶ 图小費；慰勞金

The retired professor received a gratuity from the university.

▶ 退休教授獲得大學給予的慰勞金。

記憶心法 字根 grat 表「高興的，感激的」，名詞字尾 -uity 表「事物」，合起來是「表示感激的事物」，由此引申為「小費；慰勞金」之意。

gregarious

★★★★★

a. [ɡrɪˈɡɛrɪəs] 圓social

▶ 圀社交的，群居的

Mary is a gregarious and outgoing sort of person.

▶ Mary 是個善於社交的外向女子。

記憶心法 字根 greg 表「聚集，集合」，-arious 在此作形容詞字尾，合起來是「聚集在一起的」，引申為「社交的，群居的」。

grievance

★★★★★

n. [ˈgrivəns] 同complaint, grief

▶ 图不滿；抱怨

Wendy's husband is too busy to listen to her endless grievance.

▶ Wendy的丈夫太忙了，沒空聽她的抱怨。

記憶心法 字根 griev 表示「重」，-ance 在此作名詞字尾，合起來是「讓心情沈重的東西」，由此引申為「不滿；抱怨」之意。

grim

★★★★★

a. [grɪm] 反gentle, mild

▶ 图嚴厲的；可怕的

The old man's expression was grim when he was told his dog died.

▶ 當被告知他的狗死去時，老人的表情十分可怕。

記憶心法 grim 與 brim（邊緣）的拼寫接近，可一起聯想記憶：行走於犯罪「邊緣」的生活是「可怕的」。

grimace

★★★★★

n. [grɪˈmes] 同wry face

▶ 图怪相；做鬼臉

Little Lily made a grimace after she had tasted the wine.

▶ 小 Lily 嚐了那杯酒後做了個鬼臉。

記憶心法 grim 意為「可怕的」，ace 可看做 face，合起來是「可怕的臉」，由此引申為「怪相；做鬼臉」之意。

groan

★★★★★

n. [gron] 同moan

▶ 图呻吟聲，哼聲

The wounded soldier groaned in pain.

▶ 受傷的士兵痛苦地呻吟著。

記憶心法 gro 可看成 grow（種植），-an 在此作名詞字尾，可聯想記憶：「種植」花草時因為太累，就會發出「呻吟聲」。

grope

★★☆☆☆

v. [grop] 同fumble, search

▶ 動摸索，探索

He groped for the flashlight in the dark.

▶ 他在黑暗中摸索手電筒。

記憶心法 g 可看成 grip（抓住），rope 意為「繩子」，合起來是「抓住繩子向前走」，因此便有「探索」之意。

grotesque

★★★★★

a. [gro'tɛsk] 同absurd, bizarre

▶ 形古怪的，怪異的

There is a grotesque painting on the wall.

▶ 牆上有一幅怪異的圖畫。

記憶心法 grot 可視為 grotto（洞穴，石室），esque 來自 picturesque（圖畫的），合起來是「洞穴裡的古怪圖畫」，因此便有「古怪的」之意。

growl

★★★☆☆

v. [graʊl] 同howl, snarl

▶ 動嗥叫；咆哮；轟鳴

The dog growled at me when I got close to him.

▶ 當我向這條狗靠近時，牠向我咆哮。

記憶心法 grow 意為「種植」，-l 在此作動詞字尾，可聯想記憶：「種植」花草時因為太累，就會忍不住「咆哮」。

gruesome

★★☆☆☆

a. ['grusəm] 同frightful, scary

▶ 形可怕的；陰森的

I was afraid to listen to the gruesome details at night.

▶ 在晚上，我害怕聽那些可怕的細節。

記憶心法 字根 grue 表（發抖），形容詞字尾 -some 表示「相當的……」，合起來是「相當可怕所以發抖」，因此便有「可怕的；陰森的」之意。

guile

★★★★★

n. [gaɪl] 同cunning反honesty

▶ 图狡猾;奸計

Harry persuaded Sara by guile to sign the document.

▶ Harry 用奸計說服 Sara 在文件上簽名。

記憶心法 gui音似中文的「貴」,le音似中文的「了」,可聯想記憶:東西買「貴了」,就覺得業務員太「狡猾」。

guise

★★★★★

n. [gaɪz] 同apparel, clothes

▶ 图外觀;假裝

Brown appears at the park gate in the guise of a policeman.

▶ Brown假裝成警察的樣子出現在公園門口。

記憶心法 該字可與形似字 guess (猜) 一起聯想記憶:guess 一下,他們哪一個有 guise。

以 H 為首的單字　　Track 9

hail

★★★★★

v. [hel] 同acclaim, cheer

▶ 動歡呼;招呼

It's difficult to hail a taxi at this time.

▶ 在這個時候很難招到計程車。

記憶心法 hail與hair (頭髮) 的拼寫接近,可一起聯想記憶:那個美女在跟別人打 hail 的時候,都會習慣地甩一下 hair。

hamper
★★★★☆

v. [ˈhæmpɚ] 同block, impede

► 動 妨礙，阻礙

The heavy rain hampered the soliders' advance.

► 大雨阻礙了士兵們的前進。

記憶心法 ham 可看成 harm（有害），per 意為「每個」，可合起來聯想：若這項重要計畫受到「阻礙」，「每個」員工都會受「害」。

hangover
★★☆☆☆

n. [ˈhæŋˌovɚ]

► 名 遺物；宿醉

He had a terrible hangover after the party.

► 在派對之後，他有嚴重的宿醉。

記憶心法 hang 意為「懸掛」，over 意為「過」，合起來可想成「懸掛在某地過了一段時間」，因此成了「遺物」。而飲酒過後的遺物就是「宿罪」。

haphazard
★★★★★

a. [ˌhæpˈhæzɚd] 同random, casual

► 形 無計畫的，隨意的

You cannot work in this haphazard manner.

► 你不能用這種隨意的態度工作。

記憶心法 字根 hap 表「運氣」，hazard 意為「冒險」，合起來是「靠運氣去冒險」，因此便有「隨意的，偶然的」之意。

harass
★★★☆☆

v. [ˈhærəs] 同disturb, bother

► 動 煩惱；騷擾

I feel harassed by all the work at the office recently.

► 最近辦公室的一切工作都令我煩惱不已。

記憶心法 har 可看做 hard（硬），ass 是「驢子」，可聯想記憶：：「硬」脾氣的「驢子」讓那個農夫很「煩惱」。

harrow

★★☆☆☆

n. ['hæro]

▶ 图 耙子

The ox is never woe, till he goes to the harrow.

▶ 牛掛上耙子去耕地才知辛苦。

記憶心法 該字可與形似字 barrow（手推車）一起聯想記憶：barrow 和 harrow 是農夫耕種的必備工具。

hatch

★★★★★

v. [hætʃ] 同brood, incubate

▶ 動 孵出；策畫

They hatched up a good plan.

▶ 他們想出一個好計畫。

記憶心法 hat 是「帽子」，ch 可看成 chair（椅子），可聯想記憶：母雞藏在「帽子」裡，站在「椅子」上「孵出」小雞。

haughtiness

★★☆☆☆

n. ['hɔtɪnɪs] 同arrogance

▶ 图 傲慢，不遜

Haughtiness is one of John's less attractive characteristics.

▶ 傲慢是 John 的一個缺點。

記憶心法 haughtiness 為形容詞 haughty（傲慢的）去掉 y 加上 iness 而形成的名詞，因此意義也是「傲慢」。

haunt

★★★★☆

v. [hɔnt] 同frequent, hang around

▶ 動 出沒；縈繞

Memories of the unhappiness in the past haunted her.

▶ 過去不愉快的回憶在她心中縈繞。

記憶心法 haunt 可與形似字 hunt（打獵）一起聯想記憶：只要當不愉快的回憶在她心中 haunt 時，她就去森林 hunt。

havoc

★★★☆☆

n. [ˈhævək] 同destruction, ruin

▶ 名大破壞；浩劫

The earthquake played havoc with this country.

▶ 這次地震對該國來說是很大的破壞。

記憶心法 可把 hav 看成 have（有），oc 可看成 occur（發生），合起來是「有大事發生」，由此引申為「大破壞；浩劫」之意。

hearth

★★★★☆

n. [hɑrθ] 同fireside

▶ 名爐邊；家庭

He will never desert his hearth and home.

▶ 他絕不會拋棄他的家庭。

記憶心法 該字是由 heart + h 構成，heart 意為「心」，可聯想記憶：「家庭」就是一個有「心」的地方。

hectic

★★★★★

a. [ˈhɛktɪk] 同busy

▶ 形忙亂的

The super star leads a hectic life.

▶ 這個巨星過著忙亂的生活。

記憶心法 字根 hect 表「許多」，-ic 是形容詞字尾，合起來是「有許多事情的」，因此便引申為「忙亂的」之意。

heed

★★★★★

v. [hid] 同notice, observe

▶ 動留心，注意

Everyone should heed traffic regulations.

▶ 每個人都應該注意交通規則。

記憶心法 heed 與 seed（種子）的拼寫接近，可一起聯想記憶：我們必須 heed 每顆正在發芽的 seed，它們才會長得又高又壯。

hefty

★★★★★

a. [ˈhɛftɪ] 同weighty ▶ 形 重的；肌肉發達的

His father earns a hefty salary. ▶ 他爸爸賺的薪水很有
份量。

記憶心法 此字結構為 he（他）+ fty，fty 就是 fly（飛）少了 l 加上 t，可聯想記憶：因為「他」太「重」，所以「飛」不起來。

hemorrhage

★★★★★

n. [ˈhɛmərɪdʒ] 同bleeding ▶ 名 出血

The old man died of cerebral
hemorrhage. ▶ 這個老人死於腦溢血。

記憶心法 字首 hemo- 表「血」，字根 rrhage 表「超量流出」，所以合起來便有「出血」的意思。

herald

★★★★★

n. [ˈhɛrəld] 同ambassador, announcer ▶ 名 使者，傳令官

In England, the cuckoo is the herald of
spring. ▶ 在英國，杜鵑鳥是報春的使者。

記憶心法 her 意為「她的」，字根 al 表「有關的」，d 音似「遞」，可聯想記憶：「使者」把「有關她的」消息傳「遞」到某地。

heredity

★★★★★

n. [həˈrɛdətɪ] 同heritage, descent ▶ 名 遺傳

I don't think heredity can determine
one's character. ▶ 我不認為遺傳能決定一個人的性格。

記憶心法 字根 her 表「繼承」，-ity 是名詞字尾，合起來是「繼承的東西」，因此便有「遺傳」之意。

herring

★★★☆☆

n. [ˈhɛrɪŋ]

▶ 名 鯡魚

He told me that herrings usually live in large shoals.

▶ 他告訴我鯡魚通常生活在大的淺水區。

記憶心法 此字是由 her（她的）＋ ring（打電話）構成，可聯想記憶：有人「打電話」叫「她的」媽媽去吃「鯡魚」。

heterogeneous

★★★★☆

a. [ˌhɛtərəˈdʒɪnɪəs] 同 diverse

▶ 形 由不同成分形成的

Switzerland is a heterogeneous confederation of 26 self-governing cantons.

▶ 瑞士是由二十六個不同的自治聯邦州所組成的。

記憶心法 字首 hetero- 表「異的，不同的」，字根 gen 表「種」，合起來是「異種的」，由此引申為「由不同成分形成的」之意。

hew

★★☆☆☆

v. [hju] 同 chop, cut

▶ 動 砍；劈出

These new soldiers hewed their way through the dense jungle.

▶ 這些新兵在茂密的叢林裡劈出一條路來。

記憶心法 hew 可與形似字 dew（露珠）一起聯想記憶：早上 hew 木材時，幾滴 dew 被震了下來。

heyday

★★★★★

n. [ˈhede] 同 glory

▶ 名 全盛時期

Steam railways had their heyday in the 19th century.

▶ 十九世紀是蒸汽火車的全盛時期。

記憶心法 此字的結構為 hey（嘿）＋ day（天），可聯想記憶：他在業績飆高的每一「天」都快樂地跟別人喊「嘿」，那陣子是他的「全盛時期」。

hibernate

★★★★☆

v. [ˈhaɪbəˌnet] 同sleep

▶ 動 過冬；冬眠

Bears and groundhogs hibernate.

▶ 熊和土撥鼠在冬眠。

記憶心法 字根hibern表「冬天」，動詞字尾-ate表「做」，合起來是「在冬天做的事」，由此引申為「過冬；冬眠」之意。

hiccup

★☆☆☆☆

n. [ˈhɪkəp]

▶ 名 打嗝

Don't drink so fast - you'll get hiccups.

▶ 不要喝得這麼快，你會打嗝的。

記憶心法 hic音為「嘻嗝」，cup是「杯子」，可聯想記憶：酒鬼喝酒時，一杯接著一「杯」地喝，所以就會「打嗝」。

hierarchy

★★★☆☆

n. [ˈhaɪəˌrɑrkɪ] 同ladder

▶ 名 等級制度

There is a hierarchy in the classification of all living creatures.

▶ 一切生物有一種等級制度可去做分類。

記憶心法 字首hier-表「神的」，字尾-archy表「統治」，可聯想記憶：在「神的統治」下有一個「等級制度」，以進行管理。

hinder

★★★☆☆

v. [ˈhɪndə] 同obstruct, impede

▶ 動 妨礙，阻礙

Mother told the boys not to hinder their father when he was working.

▶ 媽媽告訴男孩們當爸爸在工作時，不要去妨礙他。

記憶心法 字根hind表「後面」，動詞字尾-er可表「連續動作」，合起來是「不停地在後面鬧」，因此便有「阻礙」之意。

hireling

★★★★★

n. ['haɪrlɪŋ] 同employee

▶ 名雇工，雇員

The hireling works for a bookshop, and his salary is 6 pounds per day.

▶ 那個雇員在書店工作，一天薪水是六鎊。

記憶心法 此字的結構為 hire（雇用）+ ling（鱈魚），可聯想記憶：那個老闆雇用好幾個「雇員」去削「鱈魚」的鱗片。

hoist

★★☆☆☆

v. [hɔɪst] 同raise, lift

▶ 動升起；提起；舉起

He hoisted himself up from the chair and ran out.

▶ 他從椅子上站起來後就跑了出去。

記憶心法 該字可與形似字 host（主人）一起聯想記憶：那個家的 host 為了讓來作客的愛國份子感到高興，就在客廳 hoist 一面國旗。

holocaust

★★★★☆

n. ['hɑlə‚kɔst] 同slaughter

▶ 名大屠殺，大破壞

They hope that a nuclear holocaust will never occur.

▶ 他們希望核武大屠殺永遠都不會發生。

記憶心法 字首 holo- 表「全部」，字根 caust 表「燒」，合起來是「全部燒掉」，因此便有「大屠殺」之意。

homage

★★★☆☆

n. ['hɑmɪdʒ] 同respect, reverence

▶ 名敬意

We pay homage to the genius of Shakespeare.

▶ 我們對莎士比亞的天才表示敬意。

記憶心法 字根 hom 可表示「人」，-age 在此作名詞字尾，表「事物」，聯想記憶：我們對任何「人」都必須保持「敬意」。

homogeneous

★★★★☆

a. [ˌhoməˈdʒɪnɪəs] 同equivalent

▶ 形 同質的；相同的

You'd better focus on your homogeneous part.

▶ 你最好把注意力集中在你們相同的部分。

記憶心法 字根 homo 表「同類」，gene 意為「基因」，-ous 是形容詞字尾，合起來是「具有相同的基因的」，因此便有「同質的；相同的」之意。

horticulture

★★☆☆☆

n. [ˈhɔrtɪˌkʌltʃɚ] 同gardening

▶ 名 園藝學

My younger cousin graduated in 2005 with a bachelor's degree in horticulture.

▶ 我的表妹在二〇〇五年獲得園藝學學士學位。

記憶心法 字首 horti- 表「花園」，字根 culture 表「培植」，而培植花園裡的事物就是「園藝學」。

hubbub

★★★★★

n. [ˈhʌbʌb] 同uproar, bustle

▶ 名 嘈雜，喧嘩

The West Lake is a wonderful place to escape from the hubbub of Hangzhou's busy streets.

▶ 西湖是杭州避開喧嘩街市的絕佳去處。

記憶心法 hub 表示「中心」，bub 表示「小弟弟、小傢伙」，可聯想記憶：「小弟弟、小傢伙」聚集在一起玩耍的「中心」一定很「喧嘩」。

hue

★★★☆☆

n. [hju] 同color, tint

▶ 名 色彩，顏色

The vase is blue with a greenish hue.

▶ 這個花瓶藍中帶微綠色。

記憶心法 該字可與音似字 hew（砍劈）一起聯想記憶：那個政治狂熱者，只要看到敵對陣營代表的 hue，就想衝過去 hew。

humility

★★☆★☆

n. [hju'mɪlətɪ] 同humbleness

▶ 名謙卑，謙遜

Humility is a great virtue.

▶ 謙遜是很好的美德。

 字根 hum 可表「大地」，-ility 在此作名詞字尾，表「狀態、性質」，可聯想記憶：「大地」是包容和「謙虛」的象徵。

hurl

★★★★★

v. [hɝl] 同throw, fling

▶ 動猛力投擲

Hurl yourself into your career and you'll no longer feel empty.

▶ 把自己投入工作中，就不會感到空虛了。

 hurl 與 hurt（受害）的拼寫接近，可一起聯想記憶：向某人 hurl 一塊石頭，他一定會 hurt。

husbandry

★★★★★

n. ['hʌzbəndrɪ] 同agriculture, farming

▶ 名農事，耕作

A farmer's occupation is husbandry.

▶ 農民的職業就是耕種。

 husband 表示「丈夫」，名詞字尾 -ry 表示「……的工作」，可聯想記憶：在古代，「農事、耕作」就是「丈夫」要負責「的工作」。

hybrid

★★★★★

n. ['haɪbrɪd] 同compound, crossbreed

▶ 名雜種；混合物

The hybrid from a donkey and a horse is called a mule.

▶ 驢和馬交配後的雜種被稱為騾子。

 hy 音似中文的「嗨」，brid 可看做 bride（新娘），可聯想記憶：到處向女人說「嗨」，並娶很多「新娘」，就會生出很多「雜種」。

hydrangea ★★★★★

n. [haɪˈdrendʒə] ▶ 名 繡球花

My uncle's garden is dotted with hydrangeas. ▶ 我叔叔的花園裡點綴著繡球花。

記憶心法 hy 音似「嗨」，字根 drang 表「迫切要求」，可聯想記憶：那女子在婚禮結束時對新娘說聲「嗨」，並「迫切要求」把「繡球花」扔向她。

hydrogen ★★★★★

n. [ˈhaɪdrədʒən] ▶ 名 氫

Be careful when you do the experiment for hydrogen is highly explosive. ▶ 當你做實驗時要小心點，因為氫容易爆炸。

記憶心法 字首 hydro- 表「水或氫化的」，字尾 -gen 表「生成物」，合起來便有「氫」的意思。

hydrophobia ★★★★★

n. [ˌhaɪdrəˈfobɪə] 同 rabies ▶ 名 狂犬病

Hydrophobia will occur even in the coldest weather. ▶ 狂犬病即使在最冷的天氣裡也會發作。

記憶心法 字首 hydro- 表「水」，字根 phobia 表「害怕」，可聯想記憶：狗「害怕」落「水」，一落水就會瘋掉而得到「狂犬病」。

hypnosis ★★★★★

n. [hɪpˈnosɪs] ▶ 名 催眠狀態

Under deep hypnosis, Judy remembered the traumatic events of that night. ▶ 在深度催眠狀態下，Judy 憶起那晚的創傷事件。

記憶心法 hypnosis 源自羅馬「睡神」Hypnos（許普諾斯），加上表示「狀態」的字尾 -is，就是「催眠狀態」之意。

hypocrisy

★★☆☆☆

n. [hɪˈpɑkrəsɪ] ▣deception

▶ 图虛偽，偽善

People dislike him due to his hypocrisy.

▶ 因為他很虛偽，所以
人們都不喜歡他。

記憶心法 字首 hypo- 表「在……之下」，crisy 可看成 Christ，表示「基督」，可聯想記憶：「在基督之下」作怪，又假裝無辜，就是「偽善」。

hypothetical

★★★★☆

a. [ˌhaɪpəˈθɛtɪkl̩] ▣conjectural

▶ 图假設的，假定的

Don't worry for it's just a hypothetical situation.

▶ 不要擔心，那只是一
個假設的情形。

記憶心法 字首 hypo- 表「在……之下」，字根 thet 表「放置」，-ical 是形容詞字尾，可聯想記憶：那個「假設的」說法，只能「放在」檯面「之下」。

以 I 為首的單字　　　　Track 10

icicle

★★★★☆

n. [ˈaɪsɪkl̩]

▶ 图冰柱，垂冰

This winter is so cold that I often see icicles hanging from the eaves.

▶ 今年冬天很冷，所以
我常常看見屋簷上的
垂冰。

記憶心法 ici 可看成 ice（冰），字尾 -le 表示「小東西」，合起來是「冰的小東西」，引申為「冰柱，垂冰」之意。

identity

★★★★★

n. [aɪˈdɛntətɪ] 同nature

▶ 名身分，特性

The man who refused to show his identity card was arrested.

▶ 那個拒絕出示身分證的人被捕了。

字根 ident 表「相同的，同類的」，-ity 是名詞字尾，表「狀態、性質」，可聯想記憶：「身分」證件的內容必須與本人的資料「相同」。

ideology

★★★★★

n. [ˌaɪdɪˈɑlədʒɪ]

▶ 名觀念；意識形態

My parents and my older brother have different ideologies.

▶ 我父母與我哥哥的觀念不同。

字首 ideo- 表示「思想，觀念，意識」，字尾 -logy 表「學科、形態」，合起來便有「觀念；意識形態」的意思。

idiosyncrasy

★★★★★

n. [ˌɪdɪəˈsɪŋkrəsɪ] 同characteristic

▶ 名氣質，習性

One of his strange idiosyncrasies is eating a pear before lunch.

▶ 他有個奇怪的習性，就是在午飯前吃一個梨子。

字首 idio- 表「個人的」，字根 syn 表「與，共」，-crasy 在此作名詞字尾，合起來是「與個人相關的特質」，因此便有「氣質，習性」之意。

ignite

★★★★★

v. [ɪgˈnaɪt] 同burn, light

▶ 動著火；激起

Jealousy ignited his hatred for his dear brother.

▶ 嫉妒激起了他對親哥哥的仇恨。

字首 ig-表「點火」，-ite可作動詞字尾，表「使……」，合起來是「使點火」，因此便有「著火」之意，引申為「激起」。

illicit

★ ★ ★ ★ ☆

a. [ɪˈlɪsɪt] 同criminal

▶ 形 不法的，違禁的

It's said that Mark made a lot of money by trafficking illicit merchandise.

▶ 據說 Mark 靠違禁品買賣賺了許多錢。

記憶心法 字首 il- 表「不」，licit 表「正當的、合法的」，因此合併起來便有「不法的」之意，引申為「違禁的」。

illiterate

★ ★ ★ ☆ ☆ ☆

a. [ɪˈlɪtərɪt] 反literate

▶ 形 文盲的

Most peasants in the village are illiterate.

▶ 這個村子裡的大部分農民都是文盲。

記憶心法 字首 il- 表「不」，literate 意為「識字的」，因此合起來就是「不識字的，文盲的」之意。

illuminate

★ ★ ★ ★ ☆

v. [ɪˈluməˌnet] 同light, brighten

▶ 動 照亮；闡明；啟發

The professor's lectures are very illuminating.

▶ 教授的課很具有啟發性。

記憶心法 字首 il- 可表「在……上」，字根 lumin 表「光」，-ate 是動詞字尾，合起來是「在上面發光」，由此引申為「照亮；闡明；啟發」。

illusion

★ ★ ★ ☆ ☆

n. [ɪˈljuʒən] 同delusion

▶ 名 幻覺，錯覺

The old woman cherished the illusion that her son was still alive.

▶ 這個老婦人抱持著兒子仍活著的幻想。

記憶心法 字首 il- 可表「方向」，字根 lus 表「玩樂」，-ion 是名詞字尾，合起來是「整天玩樂失去方向」，因此便有「幻覺，錯覺」之意。

illusive

★★★★★

a. [ɪˈlusɪv] 同illusory

Forget it. It's very illusive.

▶ 形 幻影的，錯覺的

▶ 算了吧！那只是個錯覺。

記憶心法 字首 il- 可表「方向」，字根 lus 表「玩樂」，-ive 是形容詞字尾，合起來是「整天玩樂失去方向的」，因此便有「幻影的，錯覺的」之意。

illusory

★★★★☆

a. [ɪˈlusərɪ] 同fanciful

Your plan is illusory.

▶ 形 虛幻的；不實際的

▶ 你的計畫是不實際的。

記憶心法 字首 il- 可表「方向」，字根 lus 表「玩樂」，-ory 是形容詞字尾，合起來是「整天玩樂失去方向的」，因此便有「虛幻的；不實際的」之意。

imaginative

★★★★☆

a. [ɪˈmædʒəˌnetɪv] 同fanciful

She is an imaginative girl.

▶ 形 富於想像的

▶ 她是個富於想像的女孩。

記憶心法 imaginative 為動詞 imagine（想像）去掉 e 後加上 ative，形成形容詞，因此意義為「幻想的；富於想像的」。

imminent

★★★☆☆

a. [ˈɪmənənt] 同approaching, nearing

The weather forecast said a storm would be imminent.

▶ 形 逼近的

▶ 天氣預報說暴風雨即將來臨。

記憶心法 字首 im- 表「在內、進入」，字根 min 表「突出」，-ent 在此作形容詞字尾，合起來是「突然進來」，引申為「逼近的，即將發生的」之意。

immobility

★★★☆☆

n. [ˌɪmoˈbɪlətɪ] 同fixedness, stability

▶名不動，固定

Sophie's immobility is caused by her illness.

▶Sophie 的病使她完全不能動。

記憶心法 字首 im- 表「不、無」，字根 mobil 表「活動，機動」，合起來是「不活動」，也就是「不動，固定」的意思。

---

immutable

★★★★★

a. [ɪˈmjutəbḷ] 同changeless

▶形永遠不變的

Nothing is immutable.

▶沒有永遠不變的東西。

記憶心法 字首 im- 表「不、無」，mutable 表示「易變的」，合起來是「不易變的」，也就是「永遠不變的」之意。

---

impair

★★★★☆

v. [ɪmˈpɛr] 同harm, weaken

▶動削弱；損害；降低

Her poor health has impaired her efficiency.

▶不健康降低了她的工作效率。

記憶心法 字首 im- 可表「使」，字根 pair 表「壞去」，合起來是「使……壞去」，因此便有「削弱；損害；降低」之意。

---

impartial

★★★★☆

a. [ɪmˈpɑrʃəl] 同fair, equable

▶形公平的

People in the city know that Jack is an impartial judge.

▶市民都知道 Jack 是位公正的法官。

記憶心法 字首 im- 表「不」，partial 意為「偏見的」，合起來是「沒有偏見的」，由此引申為「公平的，不偏不倚」之意。

impassive

★★★★★

a. [ɪmˈpæsɪv] 同indifferent　　　▶ 形 無感情或感覺的

Steven kept his face impassive but his mind was racing.

▶ Steven 雖然面不改色，但內心卻在翻江倒海。

記憶心法 字首 im- 表「不」，字根 pass 表「感情」，-ive 作形容詞字尾，因此合併起來便有「無感情的，無感覺的」之意。

impeach

★★★★★

v. [ɪmˈpitʃ] 同charge, indict　　　▶ 動 告發；彈劾

The House of Representatives has the sole power to impeach an officer of the United States government.

▶ 唯有眾議院有權彈劾美國政府的官員。

記憶心法 字首 im- 表「使」，peach 意為「告發」，因此合併起來便有「告發；彈劾」之意。

impeccable

★★★★★

a. [ɪmˈpɛkəbl] 同flawless, stainless　　　▶ 形 無瑕疵的

He was proud of his wife's impeccable manners.

▶ 他為他妻子無瑕疵的端莊舉止感到驕傲。

記憶心法 字首 im- 表「不，無」，字根 pecc 表「斑點」，-able 作形容詞字尾，合起來是「無斑點的」，由此引申為「無瑕疵的」之意。

impede

★★★★★

v. [ɪmˈpid] 同hinder, obstruct　　　▶ 動 妨礙；阻止

What impedes you from going back home?

▶ 什麼事阻礙了你回家？

記憶心法 字首 im- 可表「進入」，字根 ped 表「腳」，合起來是「無緣無故插一腳進來」，由此引申為「妨礙；阻止」之意。

impending

★★★☆☆

a. [ɪm'pɛndɪŋ] 同approaching

▶形 逼迫的；逼近的

The weather forecast said that a hurricane is impending.

▶天氣預報說颱風將會逼近。

記憶心法 字首 im- 可表「進入」，字根 pend 表「掛」，-ing 作形容詞字尾，合起來是「掛進眼前的」，由此引申為「逼迫的；逼近的」之意。

---

imperative

★★☆☆☆

a. [ɪm'pɛrətɪv] 同urgent, necessary

▶形 必要的；急需的

If you want to succeed, prompt action is imperative.

▶如果你想要成功，果斷的行動是必要的。

記憶心法 字首 imper- 表「命令」，-ative 在此作形容詞字尾，合起來是「命令式的」，而命令去做的事情，通常就是「必要的；急需的」事務。

---

imperial

★★★★★

a. [ɪm'pɪrɪəl] 同supreme, majestic

▶形 威嚴的；宏大的

Tom and Mary have been to the Imperial Palace three times.

▶Tom 和 Mary 去過故宮三次。

記憶心法 字首 imper- 表「命令，統治」，-ial 在此作形容詞字尾，合起來是「有關統治的」，因此便有「帝國的」之意，引申為「威嚴的；宏大的」。

---

impermeable

★★★★☆

a. [ɪm'pɜmɪəbl̩] 反permeable

▶形 不能滲透的

No paint is impermeable to water vapour.

▶沒有一幅畫不能被水蒸汽滲透。

記憶心法 字首 im- 表「不」，permeable 意為「可滲透的」，因此合併起來便有「不能滲透的」之意。

imperturbable

★★★★★

a. [ˌɪmpɚˈtɝbəbl] 同patient, calm

▶ 形 沈著的；冷靜的

My close friend, Ann, is an imperturbable person.

▶ 我的好友 Ann 是沈著 冷靜的人。

記憶心法 字首 im- 表「不」，perturb 意為「打擾」，-able 作形容詞字尾，合起來是 「(心情) 不被打擾的」，因此便有「沈著的；冷靜的」之意。

impetus

★★★★★

n. [ˈɪmpətəs] 同momentum; push

▶ 名 推動力；促進

The financial assistance gave an impetus to the development of the company.

▶ 這項經濟援助推動了 公司的發展。

記憶心法 字首 im- 表「在……內」，字根 pet 表「追求」，合起來是「在內心追求」， 合起來可聯想：「內心」有「追求」的目標，就有做事的「推動力」。

impotent

★★★★★

a. [ˈɪmpətənt] 同weak 反potent

▶ 形 無力的，無能的

Jack felt quite impotent to resist the will of his stubborn father.

▶ Jack 對於抗拒頑固父 親無能為力。

記憶心法 字首 im- 表「不，無」，potent 意為「有力的」，因此合併起來便有「無力 的，無能的」之意。

impromptu

★★★★★

a. [ɪmˈprɑmptju] 同improvised

▶ 形 即興的；臨時的

The chairman gave an impromptu press conference yesterday.

▶ 董事長昨天臨時舉行 了記者招待會。

記憶心法 字首 im- 表「不，無」，字根 promptu 表「時間」，合起來是「不在 (安排 的) 時間」，由此引申為「即興的；臨時的」之意。

imprudent

★★★★☆

a. [ɪm'prudn̩t] 同rash, indiscreet

▶ 形 輕率的

It was imprudent of Little Lily to tell a stranger her home address.

▶ 小 Lily 把家裡的地址告訴陌生人，實在太輕率。

 字首 im- 表「不，無」，字根 pud 表「小心」，-ent 在此作形容詞字尾，合起來是「不小心的」，因此便有「輕率的」之意。

inadvertent

★★★★★

a. [ˌɪnəd'vɝtn̩t] 同unintentional, careless

▶ 形 不注意的，疏忽的

The inadvertent error will hurt us dearly.

▶ 不注意的錯誤會使我們付出巨大代價。

 字首 im- 表「不，無」，advertent 意為「注意的，留意的」，因此合併起來便有「不注意的，疏忽的」之意。

inane

★★★★☆

a. [ɪn'en] 同senseless; silly

▶ 形 空虛的；愚蠢的

Yesterday I saw an inane movie.

▶ 昨天我看了一場空洞無物的電影。

 字首 in- 表「不，無」，ane 可看成 one（一個），合起來是「一個都沒有」，由此引申為「空虛的」之意，而腦袋空空就是「愚蠢的」。

inanimate

★★★☆☆

a. [ɪn'ænəmɪt] 同lifeless

▶ 形 無生命的

A stone is an inanimate object.

▶ 石頭是無生命的物體。

 字首 in- 表「不，無」，字根 anim 表「生命」，-ate 在此作形容詞字尾，因此合併起來便有「無生命的」之意。

inarticulate
★★★★★

a. [ˌɪnɑrˈtɪkjəlɪt] 反articulate ▶ 形不能說話的

My mother becomes inarticulate when angry. ▶ 我媽媽生氣時，會說不出話來。

記憶心法 字首 in- 表「不，無」，articulate 意為「清晰地說」，因此合併起來便有「不能說話的」之意。

incarnation
★★★★★

n. [ˌɪnkɑrˈneʃən] ▶ 名典型；化身

Most of my friends say that my mother is the very incarnation of goodness. ▶ 我的許多朋友都說我母親是美德的化身。

記憶心法 字首 in- 可表「使」，字根 carn 表「肉體」，-ation 作名詞字尾，合起來是「使成為肉體」，由此引申為「化身」之意。

incentive
★★★★★

n. [ɪnˈsɛntɪv] 同motive, stimulus ▶ 名刺激；動機；動力

The man has no incentive to work hard for the one he loves most died. ▶ 這個人沒有動力好好工作，因為他的最愛已往生。

記憶心法 字首 in- 可表「使」，cent 表「百」，合起來是「使人百分之百地投入之物」，因此便有「刺激；動機；動力」之意。

inception
★★★★★

n. [ɪnˈsɛpʃən] 同opening, beginning ▶ 名開始，開端，起初

They've worked for the institution from its inception. ▶ 自從那個機構開始成立以來，他們就在那裡工作。

記憶心法 字首 in- 表「進入」，字根 cept 表「拿」，-ion 是名詞字尾，合起來是「拿進來」，可聯想記憶：老闆叫秘書把文件「拿進來」之後就「開始」會議。

incessant

★★★★☆

a. [ɪnˈsɛsn̩t] 同ceaseless, continual

▶ 形 不斷的；無盡的

Sophie's husband was greatly annoyed by the incessant phone calls.

▶ 持續不斷的電話使 Sophie 的丈夫非常厭 煩。

記憶心法 字首 in- 表「不」，字根 cess 表「停止」，-ant 是形容詞字尾，合起來是「不停止的」，因此便有「不斷的；無盡的」之意。

incidental

★★★☆☆

a. [ˌɪnsəˈdɛntl̩] 同extraneous

▶ 形 附帶的；偶然的

You should pay attention to his incidental remarks.

▶ 你應該注意他附帶的 話。

記憶心法 此字為形容詞 incident（伴隨而來的）加上 al 而成為另一個形容詞，因此便有「附帶的」之意。

incisive

★★★★☆

a. [ɪnˈsaɪsɪv] 同caustic, cutting,

▶ 形 鋒利的

I wonder how a beautiful girl like her can have such an incisive tongue.

▶ 我在想像她那麼漂亮 的女孩說話怎會如此 尖銳。

記憶心法 字首 in- 表「進入」，字根 cise 表「切」，-ive 是形容詞字尾，合起來是「一刀切進去的」，因此便有「一針見血的；鋒利的」之意。

incite

★★☆☆☆

v. [ɪnˈsaɪt] 同stir, urge

▶ 動 激勵；煽動

The man incited the workers to go on strike.

▶ 那個人煽動工人們罷 工。

記憶心法 字首 in- 可表「使」，字根 cite 表「驅策」，合起來是「使驅策」，因此便有「激勵；煽動」之意。

incompatible

★★★★★

a. [ˌɪnkəmˈpætəbl̩] 同unsuitable

▶ 形 不相容的

The two were incompatible with each other.

▶ 這兩個人合不來。

記憶心法 字首 in- 表「不，無」，compatible 意為「和諧的，相容的」，因此合併起來就是「不能和諧共存的，不相容的」之意。

incongruous

★★★★

a. [ɪnˈkɑŋgrʊəs] 同inconsistent

▶ 形 不一致的

This manager's action is incongruous with his public statements.

▶ 這位經理的行為與他公開的談話不一致。

記憶心法 字首 in- 表「不，無」，congruous 意為「一致的，符合的」，因此合併起來便有「不協調的，不一致的」之意。

incontrovertible

★★★★★

a. [ˌɪnkɑntrəˈvɝtəbl̩] 反controvertible

▶ 形 無疑的，明白的

The truth is so incontrovertible.

▶ 這個真相再明白不過了。

記憶心法 字首 in- 表「不，無」，controvertible 意為「可爭論的，可質疑的」，因此合併起來便有「無可辯駁的，無疑的，明白的」之意。

incredulous

★★★★★

a. [ɪnˈkrɛdʒələs] 同distrustful

▶ 形 懷疑的，不輕信的

Mike is incredulous of hearsay.

▶ Mike 不輕信謠傳。

記憶心法 字首 in- 表「不，無」，credulous 意為「輕信的」，因此合併起來便有「懷疑的，不輕信的」之意。

incumbent

★★★☆☆

a. [ɪnˈkʌmbənt] 同necessary, forcible

▶ 形現任的

Yesterday the incumbent mayor attended the meeting.

▶ 現任市長昨天出席了這個會議。

記憶心法 字首 in- 表「在……上」，字根 cumb 表「躺」，-ent 在此作名詞字尾，合起來是「躺在（辦公椅）上的人」，由此引申為「現任的」之意。

incur

★★★★★

v. [ɪnˈkɝ] 同result in

▶ 動招惹；導致；遭受

The company incurred a great loss.

▶ 這家公司遭受巨大的損失。

記憶心法 字首 in- 表「進入」，字根 cur 表「跑」，合起來是「跑進來」，可聯想記憶：無緣無故「跑進」別人家，自然會「招惹」別人。

indefinite

★★☆☆☆

a. [ɪnˈdɛfənɪt] 同vague

▶ 形模糊的，不確定的

Mary gave her boyfriend an indefinite answer.

▶ Mary 給她男友一個模糊的答案。

記憶心法 字首 in- 表「不，無」，definite 意為「明確的，一定的」，合起來是「不明確的，不一定的」，因此便有「模糊的，不確定的」之意。。

indifferent

★★★★☆

a. [ɪnˈdɪfərənt] 同apathetic, cool

▶ 形冷淡的，不關心的

He was indifferent to her illness.

▶ 他對她的疾病漠不關心。

記憶心法 字首 in- 表「不，無」，different 意為「不同的」，合起來是「任何事物都沒有什麼不同」，因此便有「不感興趣的，冷漠的」之意。

indigestion

★★★★★★

n. [ˌɪndəˈdʒɛstʃən] 反digestion

▶ 名 消化不良；不理解

Her indigestion resulted from over-eating.

▶ 她因為暴食而導致消化不良。

記憶心法 字首 in- 表「不，無」，digest 意為「消化，領悟」，因此合併起來便有「消化不良；不理解」之意。

indignation

★★★★★

n. [ˌɪndɪgˈneʃən] 同anger

▶ 名 憤怒，憤慨，義憤

To his mother's deep indignation, Blair had cheated her.

▶ 令 Blair 母親十分氣憤的是 Blair 欺騙了她。

記憶心法 字首 in- 表「不，無」，字根 dign 表「高貴」，-ation 作名詞字尾，可聯想記憶：他做了「不高貴」的舉止，令他女友很「憤怒」。

indignity

★★★★★

n. [ɪnˈdɪgnətɪ] 同affront, insult

▶ 名 侮辱

It's said that the highjackers inflicted all kinds of indignities on their captives.

▶ 據說劫持者對人質百般侮辱。

記憶心法 字首 in- 表「不，無」，dignity 意為「高貴」，合起來是「不高貴的言行」，由此引申為「侮辱」之意。。

indiscriminate

★★★★★

a. [ˌɪndɪˈskrɪmənɪt] 同disorderly

▶ 形 雜亂的

She is indiscriminate in shopping.

▶ 她雜亂無章地亂購物。

記憶心法 字首 in- 表「不，無」，discriminate 意為「區別」，合起來是「不加區別的」，由此引申為「雜亂的」之意。

indispensable

★★★★☆

a. [ˌɪndɪsˈpɛnsəbl̩] 同essential, necessary, ▶ 形 不可缺少的

Determination is indispensable to success. ▶ 果斷是成功不可缺少的。

記憶心法 字首 in- 表「不，無」，dispensable 意為「非必要的」，合起來是「不是非必要的」，也就是「是必要的」，因此便有「不可缺少的，必需的」之意。

indisputable

★☆☆☆☆

a. [ˌɪndɪˈspjutəbl̩] 同unquestionable ▶ 形 不容置疑的

Everyone should have the indisputable right to freedom of expression. ▶ 每個人對言論自由都有不容置疑的權利。

記憶心法 字首 in- 表「不，無」，disputable 意為「有討論餘地的」，合起來是「沒有討論餘地的」，因此便有「無可爭辯的，不容置疑的」之意。

indissoluble

★★★☆☆

a. [ˌɪndɪˈsɑljəbl̩] 同changeless ▶ 形 堅固的

Ann and I formed an indissoluble friendship many years ago. ▶ 我和 Ann 在多年前就有堅固的友誼。

記憶心法 字首 in- 表「不，無」，dissoluble 意為「可溶解的」，合起來是「不可溶解的」，由此引申為「堅固的」之意。

indolent

★★★☆☆

a. [ˈɪndələnt] 同lazy, slothful ▶ 形 懶惰的

I never make friends with indolent people. ▶ 我從不和懶惰的人交朋友。

記憶心法 字首 in- 可表「在……內」，dol 可看成 doll（洋娃娃），可聯想記憶：她每天「在」家「裡」玩「洋娃娃」，什麼事都不做，真是「懶惰」。

induce

★★★★★

v. [ɪnˈdjus] 同elicit; cause

▶ 動 引誘；引起

Nothing shall induce him to leave his motherland.

▶ 什麼也不能引誘他離開他的祖國。

記憶心法 字首 in- 可表「進入」，字根 duce 表「引導」，合起來是「把……引進」，因此便有「引誘；引起」之意。

indulge

★★★☆☆

v. [ɪnˈdʌldʒ] 反abstain

▶ 動 沈迷；縱容

He indulged himself in drugs.

▶ 他沈迷於毒品。

記憶心法 字首 in- 可表「在……裡」，dul 音似 doll（洋娃娃），-ge 在此作動詞字尾，可聯想記憶：她每天「沈迷」「在」「洋娃娃」的世界「裡」。

industrious

★★★★☆

a. [ɪnˈdʌstrɪəs] 同diligent

▶ 形 勤勉的，勤奮的

Teachers like industrious students more.

▶ 老師比較喜歡勤奮的學生。

記憶心法 industr(y) 表示「工業」，-ious 是形容詞字尾，可聯想記憶：就職於鋼鐵「工業」的工人都非常「勤奮」。

inert

★★★★☆

a. [ɪnˈɝt] 反inactive

▶ 形 呆滯的，遲緩的

He stood there inert even though his mother was calling him.

▶ 儘管他媽媽在叫他，他還是呆滯地站在那裡。

記憶心法 字首 in- 表「不，無」，字根 ert 表「動」，合起來是「不動的」，由此引申為「呆滯的，遲緩的」之意。

inertia

★★★★☆

n. [ɪnˈɝʃə] 同inactivity, inaction

▶ 名 不活動；惰性

She gets a feeling of inertia on rainy days.

▶ 她在下雨天會有種懶洋洋的感覺。

記憶心法 inert 是形容詞，意為「惰性的」，加上 ia 變成名詞，就是「惰性，不活動」的意思。

inexorable

★★☆☆☆

a. [ɪnˈɛksərəbl̩]

▶ 形 不可阻擋的

The Chinese reform resulted in inexorable progress.

▶ 中國的改革導致勢不可擋的進展。

記憶心法 字首 in- 表「不，無」，exorable 意為「易說服的」，合起來是「不可說服的」，由此引申為「不為所動的，不可阻擋的」之意。

infallible

★★★★★

a. [ɪnˈfæləbl̩] 同reliable

▶ 形 絕對正確的

Nobody is infallible, not even the President.

▶ 沒有人是絕對正確的，即使是總統也一樣。

記憶心法 字首 in- 表「不，無」，fallible 意為「易犯錯的」，合起來是「不會犯錯誤的」，由此引申為「絕對正確的」之意。

infantile

★★★☆☆

a. [ˈɪnfənˌtaɪl] 同childish, babyish

▶ 形 嬰兒的；幼稚的

Judy looked at her husband with infantile dependency.

▶ Judy 用嬰兒般的依賴眼神看著她丈夫。

記憶心法 infant 意為「嬰兒」，-ile 在此作形容詞字尾，因此合併起來便有「嬰兒的；幼稚的」之意。

infer

v. [ɪnˈfɝ] 同reason, suppose ▶ 動 推斷，推論

Can I infer that you do not believe me? ▶ 我可以推斷你不相信我嗎？

記憶心法 字首 in- 表「進入」，字根 fer 表「帶來」，合起來是「把（意思）帶進來」，由此引申為「推斷，推論」之意。

infiltrate

v. [ɪnˈfɪltret] 同permeate ▶ 動 滲透；使潛入

Caves form when water infiltrates limestone. ▶ 當水滲透石灰石時就形成了洞穴。

記憶心法 字首 in- 可表「進」，fil 可看成 fill（充滿），-ate 作動詞字尾，可聯想記憶：把水倒「進」海綿，小孔就會「充滿」水，這就叫做「滲透」。

infirmity

n. [ɪnˈfɝmɪtɪ] 同weakness ▶ 名 虛弱；疾病

Infirmity often comes with old age. ▶ 年老時就會有疾病。

記憶心法 字首 in- 表「不，無」，firm 意為「堅固」，-ty 作名詞字尾，合起來是「不堅固」，由此引申為「虛弱；疾病」之意。

inflame

v. [ɪnˈflem] 同excite, stir ▶ 動 使燃燒；使激動

His speech inflamed the students. ▶ 他的演講使同學們很激動。

記憶心法 字首 in- 可表「使」，flame 意為「火焰」，合起來是「使有火焰」，由此引申為「使燃燒；使激動」之意。

inflated

★★☆☆☆

a. [ɪnˈfletɪd] 同boastful, puffy

▶ 形 誇張的；膨脹

With a supply of compressed air, Little Dick's large balloon inflated in a matter of seconds.

▶ 小 Dick 的大氣球注入壓縮空氣後幾秒鐘就膨脹了。

記憶心法 字首 in- 可表「不，無」，flat 意為「洩氣」，-ed 作形容詞字尾，合起來是「不洩氣的」，也就是「膨脹的」，引申為「誇張的」。

inflict

★★★☆☆

v. [ɪnˈflɪkt] 同impose

▶ 動 加害；使遭受

The typhoon inflicted severe damage in Fujian Province last month.

▶ 上個月的颱風使福建省遭受重大損失。

記憶心法 字首 in- 可表「使」，字根 flict 表「打擊」，合起來是「使受打擊」，由此引申為「加害；使遭受」之意。

influx

★★★☆☆

n. [ˈɪnflʌks] 反efflux

▶ 名 流入；湧進

Iran is troubled by the great influx of refugees.

▶ 伊朗受到大批難民湧進的困擾。

記憶心法 字首 in- 可表「進入」，字根 flux 表「流動」，因此合併起來便有「流入；湧進」之意。

infraction

★★★★★

n. [ɪnˈfrækʃən] 同invasion, violation

▶ 名 違反，違法

Such an infraction will lead to a summary fine.

▶ 這類違法活動會遭到即刻的罰款。

記憶心法 字首 in- 可表「使」，字根 fract 表「破裂」，-ion 作名詞字尾，合起來是「使（法律）破裂」，由此引申為「違反，違法」之意。

infrastructure

★★☆☆☆

n. [ˈɪnfrəˌstrʌktʃɚ]

▶ 图 基礎建設

The city's infrastructure is not so consummate.

▶ 這個城市的基礎設施不是那麼完善。

記憶心法 字首 infra- 表「在下面，在內」，structure 意為「建築物」，可聯想記憶：都市的「基礎建設」包含打造「建築物」「在內」。

infringe

★★★★☆

v. [ɪnˈfrɪndʒ] 同 violate, break

▶ 勔 違反；侵犯

It's right for you to pursue your liberty, but you cannot infringe others' rights.

▶ 你追求自由是正確的，但你不能侵犯他人的權利。

記憶心法 字首 in- 可表「不，無」，fringe 表「界限，邊緣」，合起來是「行事沒有界線範圍」，由此引申為「侵犯；違反」之意。

ingenious

★★★★☆

a. [ɪnˈdʒinjəs] 同 clever, skillful

▶ 圈 有創造性的

He is an ingenious scientist.

▶ 他是個有創造性的科學家。

記憶心法 字首 in- 可表「在內」，字根 gen 表「產生」，-ous 是形容詞字尾，合起來是「自內心產生的」，由此引申為「有創造性的」之意。

ingrate

★☆☆☆☆

n. [ɪnˈgret] 同 ungrateful person

▶ 图 忘恩負義的人

He is an ingrate.

▶ 他是個忘恩負義的人。

記憶心法 字首 in- 可表「不」，字根 grat 表「感激」，合起來是「不知感激」，由此引申為「忘恩負義的人」之意。

inhibit

★★★★☆

v. [ɪn'hɪbɪt] 同restrain

▶ 動 禁止；抑制

A chemical substance is used to destroy or inhibit the growth of plants, especially weeds.

▶ 一種化學物質被用來摧毀或抑制植物生長，尤其是雜草。

記憶心法 字首 in- 可表「不」，字根 hibit 表「拿」，合起來是「不許拿」，由此引申為「禁止；抑制」之意。

inimical

★★☆☆☆

a. [ɪ'nɪmɪkl̩] 同antagonistic反friendly

▶ 形 不友善的；不利的

Smoking is a habit that is inimical to good health.

▶ 吸煙是不利於健康的習慣。

記憶心法 字根 inim 表「敵人」，-ical 作形容詞字尾，合起來是「敵人的」，由此引申為「不友善的；不利的」之意。

initiate

★★★★★

v. [ɪ'nɪʃɪˌet] 同originate, start

▶ 動 發起；使初步了解

The strike was initiated by the manager of the company.

▶ 那家公司的經理發起了這次罷工。

記憶心法 字根 init 表「開始」，-iate 作動詞字尾，合起來是「使開始」，由此引申為「發起；使初步了解」之意。

inkling

★★★☆☆

n. ['ɪŋklɪŋ] 同hint, clue

▶ 名 暗示；略知

I didn't have the slightest inkling that my boyfriend was angry with me.

▶ 我一點也不知道我男友在生我的氣。

記憶心法 ink 意為「墨水」，字尾 -ling 表「小東西」，合起來是「小墨跡」，由此引申為「暗示；略知」之意。

innate

★★★★★

a. ['ɪn'et] 同inborn

▶ 形 天生的

Aptitude is not innate.

▶ 聰明不是與生俱來的。

記憶心法 字首in-可表「內」，字根nat表「出生」，合起來是「出生時就在身體內的」，由此引申為「天生的」之意。

innocuous

★★★★★

a. [ɪ'nɑkjʊəs] 同harmless 反noxious

▶ 形 無害的；無毒的

An innocuous snake slithered across our path.

▶ 一條無毒的蛇從我們的小徑上滑過。

記憶心法 字首in-可表「無」，字根noc表「毒」，-uous作形容詞字尾，因此合併起來便有「無害的；無毒的」之意。

inscribe

★★★★★

v. [ɪn'skraɪb] 同engrave

▶ 動 刻；銘記

He gave his girlfriend a ring inscribed with her name.

▶ 他給他女友一枚刻有她名字的戒指。

記憶心法 字首in-可表「進入」，scribe表「寫」，合起來是「刻寫進去」，因此便有「刻；銘記」之意。

inscrutable

★★★★★

a. [ɪn'skrutəbl̩] 同abstruse

▶ 形 不可理解的

The riddle remains inscrutable to Tom and Jack.

▶ 那個謎對 Tom 和 Jack 仍然是不可理解的。

記憶心法 字首in-可表「不，無」，字根scrut表「理解」，-able作形容詞字尾，因此合併起來便有「不可理解的」之意。。

insecticide

★★☆☆☆

n. [ɪnˈsɛktəˌsaɪd] 同pesticide

▶ 名殺蟲劑

The insecticide I bought yesterday proves very effective.

▶ 我昨天買的殺蟲劑很有效。

 insect 意為「昆蟲」，字尾 -cide 表「殺」，合起來是「殺昆蟲的東西」，因此便有「殺蟲劑」之意。

insidious

★★☆☆☆

a. [ɪnˈsɪdɪəs] 同pernicious

▶ 形陰險的，狡猾的

The bad man is insidious enough to bad-mouth me to almost everyone.

▶ 那個壞人很陰險，幾乎見人就說我的壞話。

 字首 in- 表「內」，字根 sid 表「坐」，-ious 作形容詞字尾，合起來是「（計謀）坐在心內的」，因此便有「陰險的，狡猾的」之意。

insolent

★★★★★

a. [ˈɪnsələnt] 同rude, insulting

▶ 形傲慢的，無禮的

The employee was insolent to his boss.

▶ 這個員工對他的老闆很無禮。

 字首 in- 可表「不，無」，solent 可視為 solace（安慰），合起來是「不會安慰別人的」，由此引申為「傲慢的，無禮的」之意。

insolvent

★★★★☆

a. [ɪnˈsɑlvənt] 同bankrupt

▶ 形破產的

The company will be insolvent for some time or other.

▶ 這家公司遲早有一天會破產。

 字首 in- 可表「不，無」，solvent 意為「有償付能力的」，因此合併起來便有「無力償還的，破產的」之意。

insomnia

★★★★★

n. [ɪnˈsɑmnɪə]

▶ 图 失眠（症）

Lately my mother has been suffering from insomnia.

▶ 我媽媽近來一直被失眠困擾。

記憶心法 字首 in- 可表「不，無」，字根 somn 表「睡眠」，字尾 -ia 表「病症」，合起來是「無睡眠症」，也就是「失眠（症）」之意。

installment

★★★☆☆

n. [ɪnˈstɔlmənt]

▶ 图 分期付款

They planned to buy a car by installment.

▶ 他們計畫分期付款買一輛車。

記憶心法 字首 in- 可表「不」，stall 意為「拖延」，-ment 作名詞字尾，合起來可聯想：「分期付款」是不需一次付清，貨物運送也「不拖延」的消費方式。

insubordinate

★★★☆☆

a. [ˌɪnsəˈbɔrdn̩ɪt] 回 disobedient

▶ 形 不聽話的

My niece is an insubordinate child.

▶ 我侄女是個不聽話的孩子。

記憶心法 字首 in- 可表「不」，subordinate 意為「服從的」，合起來是「不服從的」，引申為「不聽話的」之意。

insularity

★★★★★

a. [ˌɪnsəˈlærətɪ] 回 insulation, insularism

▶ 形 島國根性；偏狹

Sophie answered this question with an air of insularity.

▶ Sophie 以偏狹的態度回答該問題。

記憶心法 字根 insular 表「島國的、孤立的」，-ity 表「特徵或狀態」，因此合併起來便有「島國根性；偏狹」之意。

intact

★★☆☆☆

a. [ɪnˈtækt] 同untouched, whole

▶形 完整的，未動過的

If you want to keep your pride intact, you should work harder.

▶若你想保有完整自尊，應更努力工作。

記憶心法 字首 in- 表「不」，字根 tact 表「接觸」，合起來是「沒有被接觸的」，因此便有「完整的，未動過的」之意。

integral

★★★★☆

a. [ˈɪntəgrəl] 同necessary

▶形 構成整體所需的

A child is an integral part of a family.

▶孩子是一個家庭必不可少的部分。

記憶心法 字根 integr 表「完整」，-al 是形容詞字尾，合起來即是「完整的」之意，引申為「構成整體所需的」。

integrate

★☆☆☆☆

v. [ˈɪntəˌgret] 同amass, combine

▶動 整合，結合

The manager integrated all the good ideas into his plan.

▶經理把所有好主意整合進他的計畫。

記憶心法 字根 integr 表「完整」，-ate 是動詞字尾，合起來是「使成整體」，由此引申為「整合，結合」之意。。

inter

★★★★☆

v. [ɪnˈtɝ] 同bury

▶動 埋葬

Henry interred his dear dog in the garden.

▶Henry 把他心愛的小狗埋在花園裡。

記憶心法 字首 in- 可表「進」，字根 ter 表「泥土」，合起來是「埋進泥土」，因此便有「埋葬」之意。

interdict

★★★★★

v. [ˌɪntɚ'dɪkt] 同forbid 反allow

▶ 動 制止；禁止

Mary's parents interdicted her marriage to Paul.

▶ Mary 的父母禁止她 和 Paul 結婚。

記憶心法 字首 inter- 表「在……內」，字根 dict 表「說」，合起來是「限定在某範圍裡面說話」，由此引申為「制止；禁止」之意。

interim

★★★★★

n. ['ɪntərɪm] 同interval, intermission

▶ 名 間歇；過渡期間

The boss is abroad. In the interim, I am in charge.

▶ 老闆出國了。在這期間，公司由我負責。

記憶心法 字首 inter- 表「在……之間」，加上 im 變成名詞，合起來是「夾在中間的東西」，由此引申為「間歇；過渡期間」之意。

interminable

★★★★★

a. [ɪn'tɝmənəbl̩] 同endless

▶ 形 無止盡的

I am tired of the interminable waiting.

▶ 我對無止盡的等待已感厭倦。

記憶心法 字首 in- 表「無」，字根 termin 表「結束」，-able 作形容詞字尾，合起來是「沒有結束的」，由此引申為「無止盡的」之意。

intermittent

★★★★★

a. [ˌɪntɚ'mɪtn̩t] 同periodic

▶ 形 間歇的；週期性的

Next week will be mostly cloudy with intermittent showers.

▶ 下週大部分是陰天，有間歇的陣雨。

記憶心法 字首 inter- 表「在……之間」，字根 mit 表「送出」，合起來是「在間隔中送出的」，由此引申為「間歇的；週期性的」之意。

intervene

v. [ˌɪntɚˈvin] 同interrupt, disturb

I will go to the party if nothing intervenes.

▶ 動干涉；打擾

▶ 若沒什麼事打擾，我就會參加派對。

字首 inter- 表「在……之間」，字根 ven 表「來」，合起來是「進行到中間時過來」，由此引申為「干涉；打擾」之意。

intestine

n. [ɪnˈtɛstɪn]

Food passes from the stomach to the small intestine.

▶ 名腸

▶ 食物經過胃後到達小腸。

字首 in- 表「內」，字根 test 表「外殼」，合起來是「在外殼內部的」，由此引申為「腸」之意。

intimidate

v. [ɪnˈtɪməˌdet] 同frighten, threaten

That little girl was intimidated into silence.

▶ 動威脅，恐嚇

▶ 那個小女孩受到威脅而不敢作聲。

字首 in- 可表「使」，timid 意為「害怕」，-ate 作動詞字尾，合起來是「使人害怕」，由此引申為「威脅，恐嚇」之意。

intoxicate

v. [ɪnˈtɑksəˌket] 同get drunk

Each of us is intoxicated by the prospect of success.

▶ 動使喝醉；使陶醉

▶ 我們每個人都在陶醉成功的前景。

字首 in- 可表「使」，toxic 意為「有毒的」，-ate 作動詞字尾，合起來是「使像中毒一樣」，由此引申為「使喝醉；使陶醉」之意。

intractable

★★★★★

a. [ɪn'træktəbl̩] 反tractable

▶ 形 倔強的；棘手的

Mary is facing an intractable problem.

▶ Mary 正面臨一個棘手的難題。

記憶心法 字首 in- 可表「不」，字根 tract 表「拉」，-able 作形容詞字尾，合起來是「拉不動的」，因此便有「倔強的」之意，引申為「棘手的」。

intricate

★★★★★

a. ['ɪntrəkɪt] 反simple

▶ 形 錯綜複雜的

She was confused by the intricate plot of the novel.

▶ 她被這本小說錯綜複雜的情節弄糊塗了。

記憶心法 字首 in- 可表「使」，字根 tric 表「複雜」，-ate 在此作形容詞字尾，合起來是「使複雜的」，因此便有「錯綜複雜的」之意。

intriguing

★★★★★

a. [ɪn'trigɪŋ] 同charming, attractive

▶ 形 吸引人的，有趣的

Ann has a really intriguing personality.

▶ Ann 具有吸引人的個性。

記憶心法 字首 in- 可表「使」，字根 trigue 表「引出」，-ing 作形容詞字尾，合起來是「引出（興趣）的」，因此便有「吸引人的，有趣的」之意。

intrinsically

★★★★★

ad. [ɪn'trɪnsɪkl̩ɪ]

▶ 副 從本質上

He was intrinsically a bad guy.

▶ 他從本質上就是壞人。

記憶心法 intrinsical 是形容詞，意為「本質的，真正的」，加上 -ly 變為副詞，因此便有「從本質上」之意。

introspective

★★★★☆

a. [ˌɪntrəˈspɛktɪv] 同contemplative ▶形內省的

My father has an introspective nature. ▶我父親有內省的特質。

記憶心法 字首 intro- 表「內」，字根 spect 表「觀察」，-ive 作形容詞字尾，合起來是「往內心觀察的」，因此便有「內省的」之意。

introverted

★★★☆☆

a. [ˈɪntrəvɜtɪd] 反extroverted ▶形（性格）內向的

My cousin is an introverted child. ▶我表妹是個性格內向的孩子。

記憶心法 字首 intro- 表「內」，字根 vert 表「翻轉」，-ed 作形容詞字尾，合起來是「（個性）向內轉的」，由此引申為「內向的」之意。

intrude

★★★★☆

v. [ɪnˈtrud] 同impose; interfere ▶動強加；侵擾

I am sorry to intrude, but somebody is looking for you. ▶我很抱歉來打擾，但有人在找你。

記憶心法 字首 in- 表「進入」，字根 trude 表「推」，合起來是「推進去」，由此引申為「強加；侵擾」之意。

inundate

★★★★☆

v. [ˈɪnʌnˌdet] 同overflow ▶動撲去，壓倒

Paris is inundated with visitors in the summer. ▶觀光客在夏天像洪水般地撲往巴黎。

記憶心法 字首 in- 表「進入」，字根 und 表「浪」，-ate 在此作名詞字尾，合在「統治入海浪之中」，也就是「氾濫」，引申為「撲去，壓倒」。

inventory

★★★★★

n. [ˈɪnvənˌtorɪ] 同list, catalogue

▶ 图 存貨清單

The manager asked him to make an inventory.

▶ 經理要他製作一份存貨清單。

記憶心法 字首 in- 表「進」，字根 vent 表「來」，-ory 是名詞字尾，合起來是「把貨品記錄進來」，由此引申為「詳細目錄，存貨清單」之意。

inverse

★★★★☆

n. [ɪnˈvɝs] 同opposite

▶ 图 相反，倒轉

The inverse of good is evil.

▶ 善的相反是惡。

記憶心法 字首 in- 可表「不，反」，字根 vers 表「轉」，合起來是「反轉」，由此引申為「相反，倒轉」之意。

invert

★★☆☆☆

v. [ɪnˈvɝt] 同reverse, turn around

▶ 勔 使反向；使顛倒

The box was inverted to show there was nothing in it.

▶ 箱子被倒置以示裡面沒有東西。

記憶心法 字首 in- 可表「不，反」，字根 vert 表「轉」，合起來是「反轉過來」，因此便有「使反向；使顛倒」之意。

invoice

★★★★☆

n. [ˈɪnvɔɪs] 同bill

▶ 图 發票

They asked for the invoice after payment.

▶ 他們在付款之後要發票。

記憶心法 invoice 是由 in（裡面）+ voice（聲音）構成，可聯想記憶：櫃臺「裡面」突然發出「聲音」：「剛剛那個人忘了拿『發票』！」

invoke

★★☆☆☆

v. [ɪn'vok] 同pray

▶ 動乞求，懇求

There is no need to invoke aid for we can solve the problem ourselves.

▶ 因為我們自己可解決問題，所以沒必要求援。

記憶心法 字首 in- 表「使」，字根 vok 表「聲音」，合起來是「使叫出聲音」，可聯想記憶：貧窮「使」他在教堂「叫出聲音」來「乞求」上蒼。

invulnerable

★★★★★

a. [ɪn'vʌlnərəbl̩] 同invincible

▶ 形無懈可擊的

This is an invulnerable argument.

▶ 這是一個無懈可擊的論點。

記憶心法 字首 in- 表「不」，vulnerable 意為「易受攻擊的」，合起來是「不易受攻擊的」，由此引申為「無懈可擊的」之意。

irate

★★★☆☆

a. ['aɪret] 同angry, mad

▶ 形發怒的，生氣的

The irate man seized the thief and kicked him downstairs.

▶ 惱怒的人抓住小偷，把他踢下樓。

記憶心法 此字的結構為 i（我）＋ rate（責罵），可聯想記憶：「我」被「責罵」所以「發怒」「

iris

★★☆☆☆

n. ['aɪrɪs]

▶ 名彩虹；光圈

She didn't know how to adjust the iris of the camera.

▶ 她不知道怎麼調整照相機的光圈。

記憶心法 iris 的拼寫與 Irish（愛爾蘭人）相近，可一起聯想記憶：Irish 所設計的照相機有設計精良的 iris。

ironic

★★★★★

a. [aɪˈrɑnɪk] 同cynical

▶ 形 諷刺的，冷嘲的

Her ironic smile made me sick.

▶ 她的冷笑讓我感覺不舒服。

記憶心法 iron 意為「鐵」，ic 是形容詞字尾，表「有⋯⋯性質的」，可聯想記憶：「冷嘲的」話語就像「鐵」一樣冷冰冰的。

irreconcilable

★★★★★

a. [ɪˈrɛkənˌsaɪləbl̩] 同incompatible

▶ 形 不能和解的

Irreconcilable differences led to their divorce.

▶ 不能和解的分歧導致他們的離婚。

記憶心法 字首 ir- 表「不」，reconcilable 意為「可協調的」，合起來是「不可協調的」，因此便有「不能和解的」之意。

irrelevant

★★★★★

a. [ɪˈrɛləvənt] 反relevant

▶ 形 無關的，不對題的

What you have said is irrelevant to our discussion.

▶ 你所說的與我們的討論無關。

記憶心法 字首 ir- 表「不，無」，relevant 意為「有關的，切題的」，合起來就是「無關的，不對題的」之意。

irremediable

★★★★★

a. [ˌɪrɪˈmidɪəbl̩] 同hopeless

▶ 形 不能補救的

We think Bill's error is irremediable.

▶ 我們認為Bill的錯誤不能挽救。

記憶心法 字首 ir- 表「不，無」，remediable 意為「可挽救的」，因此合併起來便有「不能補救的」之意。

irrepressible

★★★☆☆

a. [ɪrɪˈprɛsəbl] 同insuppressible

▶形 抑制不住的

Compared with the impulsive and irrepressible Carl, Mike was rocklike.

▶ 與易衝動且壓抑不住的 Carl 相比，Mike 顯得很冷靜。

 字首 ir- 表「不，無」，repressible 意為「可壓抑的」，因此合併起來便有「抑制不住的」之意。

irresolute

★★★☆☆

a. [ɪˈrɛzəlut] 同aimless

▶形 優柔寡斷的

Generically speaking, irresolute people make poor victors.

▶ 一般來說，優柔寡斷的人不會成為勝利者。

字首 ir- 表「不，無」，resolute 意為「堅決的」，合起來是「不堅決的」，由此引申為「優柔寡斷的」之意。

irreparable

★★★★★

a. [ɪˈrɛpərəbl] 同inexpiable

▶形 不能挽回的

He felt sorry for the irreparable damage.

▶ 他為不能挽回的損失感到遺憾。

字首 ir- 表「不，無」，reparable 意為「可修繕的」，因此合併起來便有「不能修補的，不能挽回的」之意。

irreverence

★★☆☆☆

n. [ɪˈrɛvərəns] 反respect

▶名 不敬，無禮

Paul treated his elders with complete irreverence.

▶ Paul 對長輩極其無禮。

字首 ir- 表「不，無」，reverence 意為「敬畏，尊敬」，因此合併起來便有「不敬，無禮」之意。

irrevocable

★★★★★

a. [ɪ'rɛvəkəbl] 同unalterable

▶ 形 不能變更的

My final decision about where to invest my money has been made and is irrevocable.

▶ 我已做出投資何處的
最後決定，不能變更。

記憶心法 字首 ir- 表「不，無」，revocable 意為「可取消的」，因此合併起來便有「不可取消的，不能變更的」之意。

itinerary

★★★★★

n. [aɪ'tɪnəˌrɛrɪ] 同route

▶ 名 旅程，路線

The itinerary of our visit was so full that we had no free time at all.

▶ 我們的觀光行程太緊，
完全沒有空閒時間。

記憶心法 字根 it 表「走」，iner 表「裡面」，-ary 是名詞字尾，合起來是「走在一定的計畫範圍裡」，由此引申為「旅程，路線」之意。

以 J 為首的單字

 Track 11

jargon

★★★★★

n. ['dʒɑrgən] 同dialect

▶ 名 行話；術語

As a layman, I couldn't make out the computer jargon.

▶ 身為電腦門外漢，我
搞不懂電腦術語。

記憶心法 該字可與形似字 Jaguar（積架汽車）一起聯想記憶：Jaguar 對於懂車子廠牌的人來說，並不是一個 jargon。

jeopardy

★★★★★

n. [ˈdʒɛpɚdɪ] 同peril, danger

▶ 名危險；危難

Their lives were in jeopardy during the earthquake.

▶ 在地震發生時，他們的生命處於危險中。

記憶心法 字首 jeo- 表「玩笑」，字根 pard 表「部分」，可合起來聯想：有的「玩笑」開得過頭了，就會造成「危險」。

jettison

★★★☆☆

v. [ˈdʒɛtəsn] 同abandon

▶ 動投棄

The first-stage vehicle is used to launch the rocket which is then jettisoned in the upper atmosphere.

▶ 第一級飛行器是用來發射火箭，進入上層大氣後就拋掉。

記憶心法 jet 意為「噴出」，-tison 在此作動詞字尾，合起來的原義為「噴射出去」，引申為「投棄」之意。

jolt

★★☆☆☆

v. [dʒolt] 同shake

▶ 動搖動；顛簸

The jeep jolted badly over the rough track.

▶ 吉普車在崎嶇的路上顛簸。

記憶心法 該字可與形似字 jot（一點點）一起聯想記憶：這部汽車的避震器很好，開在石子路上只感覺 jot 的 jolt。

judicious

★★★★★

a. [dʒuˈdɪʃəs] 同wise, prudent

▶ 形明智而審慎的

You have made a judicious decision.

▶ 你做了一個明智的決定。

記憶心法 字根 judic 表「判斷」，-ous 是形容詞字尾，合起來是「具有判斷力的」，因此便有「明智而審慎的」之意。

A B C D E F G H I **J** K L M N O P Q R S T U V W X Y Z

jurisdiction

★★★★★

n. [ˌdʒʊrɪsˈdɪkʃən] 同regulation

▶ 图管轄權，管轄範圍

He has no jurisdiction over this institution.

▶ 他沒有權利管轄這個機構。

> 記憶心法 字首juris-表「法律」，字根dict表「說話」，-ion是名詞字尾，合起來是「靠法律說話」，由此引申為「管轄權，管轄範圍」之意。

jurisprudence

★★★★☆

n. [ˌdʒʊrɪsˈprudn̩s]

▶ 图法律學，法學

One of my cousins' major is jurisprudence.

▶ 我的一個堂弟主修法學。

> 記憶心法 字首juris-表「法律」，prudence意為「審慎」，合起來是「在法律上審慎的研究」，由此引申為「法律學，法學」之意。

以 K 為首的單字　　Track 12

kidney

★★★☆☆

n. [ˈkɪdnɪ]

▶ 图腎臟；個性，脾氣

Everybody has two kidneys.

▶ 每個人有兩顆腎臟。

> 記憶心法 kidney原義為「腎臟」，但托福常考其引申義，也就是「氣質，個性，脾氣」。

kindle

★★★

v. [ˈkɪndḷ] 同light, ignite

▶ 動 使著火，點燃

The traveler kindled a fire with leaves and wood.

▶ 旅行者用落葉和木頭生火。

記憶心法 kindle 與 candle（蠟燭）的拼寫接近，可一起聯想記憶：如果要用 candle 照亮房間，就要用火柴去 kindle。

---

kindred

★★★★★

n. [ˈkɪndrɪd] 同blood

▶ 名 親屬關係；親屬

Most of Mary's kindred were present at her wedding.

▶ Mary 的大部分親屬都參加她的婚禮。

記憶心法 字根 kin 表「家族，宗族」，-dred 在此作名詞字尾，因此便有「親屬關係；親屬」之意。

---

knead

★★★★

v. [nid] 同massage

▶ 動 按摩；捏揉

Pizza dough must be kneaded for five minutes.

▶ 做披薩的麵團必須揉五分鐘。

記憶心法 該字可與同音字 need（需要）一起聯想記憶：肩膀酸痛就 need 按摩師 knead 一下。

---

koala

★★★★

n. [koˈɑlə]

▶ 名 無尾熊

Little Tom likes to go to the zoo to see the lovely Australian koala.

▶ 小 Tom 喜歡去動物園看可愛的澳洲無尾熊。

記憶心法 該字可與音似字 cola（可樂）一起聯想記憶：千萬不能用 cola 去餵 koala。

lace

★★★★☆

n. [les] 同tatting, lacework ▶ 名花邊，蕾絲

This dress has very beautiful delicate lace. ▶ 這條裙子有美麗精緻的蕾絲。

> 記憶心法 lace 的讀音就是中文的「蕾絲」，此字意義為英文直譯而來。

laconic

★★★★☆

a. [lə'kɑnɪk] 同brief, concise 反verbose ▶ 形簡潔的

Ann has a laconic style. ▶ Ann 有言簡意賅的風格。

> 記憶心法 此字源自古希臘王國的 Laconia（拉哥尼亞），他以說話簡潔而聞名，因此 laconic 便有「簡潔的」之意。

languish

★★☆☆☆

v. ['læŋgwɪʃ] 同fade ▶ 動衰弱；凋萎；降低

His interest in dancing has languished greatly. ▶ 他對跳舞的興趣大大降低了。

> 記憶心法 字根langu 表「鬆弛，倦怠」，-ish 作動詞字尾，合起來即有「衰弱；凋萎；降低」之意。

lagoon

★★★★★

n. [lə'gun] 同lake ▶ 名潟湖；礁湖

This lake is a tropical lagoon. ▶ 這個湖是一個熱帶礁湖。

> 記憶心法 此字的結構為 lag（落後）＋ goon（呆子），可聯想記憶：教育部在「礁湖」邊上舉辦賽跑，有個「呆子」「落後」所有選手。

lapse

★★★☆☆

n. [læps] 同past

▶ 名 流逝

After a lapse of several years, Peter came back to visit us.

▶ 數年流逝之後，Peter 回來看我們。

記憶心法 lapse 本身就是字根，表示「滑，溜，落下，溜走，掉落」，因此便有「流逝」之意。

---

larva

★★☆☆☆

n. [ˈlɑrvə] 同grub

▶ 名 幼蟲，幼體

A caterpillar is the larva of a butterfly.

▶ 毛毛蟲是蝴蝶的幼體。

記憶心法 該字可與音似字 lover（情人）一起聯想記憶：我的女 lover 一看到 larva 就會尖叫。

---

latent

★★☆☆☆

a. [ˈletn̩t] 同hidden, dormant

▶ 形 潛伏的，潛在的

If you find she has latent ability, you should hire her.

▶ 若你發現她有潛能，你就應該雇用她。

記憶心法 該字可與形似字 intent（意圖）一起聯想記憶：這個男人的 intent 不明，對你是個 latent 的危險。

---

lateral

★★★★★

a. [ˈlætərəl] 同side

▶ 形 側面的；旁邊的

The tree has many lateral branches.

▶ 這棵樹有很多側邊的分支。

記憶心法 later 意為「較晚的」，-al 是形容詞字尾，可聯想記憶：若你來得「較晚」，就只能靠「旁邊」站。

lava

★★★★☆

n. ['lɑvə] 同ash

▶ 名熔岩；火山岩

Generically, a volcano emits smoke, lava and ashes.

▶ 一般來說，火山會噴出煙、熔岩和灰。

記憶心法 該字可與形似字 larva（幼蟲）一起聯想記憶：lava 很燙，larva 不可能在裡面存活。

lax

★★★★☆

a. [læks] 同slack, loose

▶ 形鬆懈的；不檢點的

It's said that the old fellow is morally lax.

▶ 據說那個老傢伙生活不檢點。

記憶心法 lax本身就是個字根，意為「鬆弛，放鬆，鬆開」，因此便有「鬆懈的」之意，引申為「不檢點的」。

leeway

★★★☆☆

n. ['li,we] 同latitude, room

▶ 名活動餘地

Parents should give their children a lot of granulated.

▶ 父母應該給孩子充分的活動餘地。

記憶心法 lee 意為「庇護」，way 可表「狀況」，可聯想記憶：在強力人士「庇護的狀況」下，就有一些挽回的空間和「餘地」。

legacy

★★★☆☆

n. ['lɛgəsɪ]

▶ 名遺產；遺贈

Her father left her a legacy of $100,000.

▶ 她父親留給她十萬元的遺產。

記憶心法 legacy與legal（合法的）的拼寫接近，可一起聯想記憶：父母過世後把legacy贈給子女是 legal。

legitimate

★★★★★

a. [lɪˈdʒɪtəmɪt] 同lawful, rightful

His business is not legitimate.

▶ 形 合理的，合法的

▶ 他的生意是不合法的。

記憶心法 字根 leg 表「法律」，-ate 在此作形容詞字尾，合起來是「法律的」，因此便有「合法的，正當的」之意。

lenient

★★☆☆☆

a. [ˈlinjənt] 反severe, strict

Parents should not be lenient towards their naughty children.

▶ 形 寬大的，仁慈的

▶ 父母不應該對淘氣的孩子寬厚。

記憶心法 字首 len- 表「軟化」，i 意為「我」，-ent 作形容詞字尾，可聯想記憶：「我」被「軟化」之後，就變得「寬宏大量」。

leopard

★★★★☆

n. [ˈlɛpɚd] 同panther

It's impossible for a leopard to change its spots.

▶ 名 豹，美洲豹

▶ 要豹改變牠身上的豹紋是不可能的。

記憶心法 leo 可視為 Leo，pard 意為「夥伴」，可聯想記憶：Leo 是個獵人，他的好「夥伴」是一隻「豹」。

lethal

★★★★☆

a. [ˈliθəl] 同deadly

The UN should restrict the development of lethal weapons.

▶ 形 致命的；毀滅性的

▶ 聯合國應該限制毀滅性武器的發展。

記憶心法 字根 leth 表「死」，-al 在此作形容詞字尾，合起來是「死的」，因此便有「致命的」之意。

lethargic

★★★★★

a. [lɪ'θɑrdʒɪk] 同sluggish

▶ 形 遲鈍的；昏睡的

The hot weather makes people feel lethargic.

▶ 炎熱的天氣使人昏昏欲睡。

記憶心法 字根leth表「死」，-argic在此作形容詞字尾，合起來是「像死一樣睡著的」，因此便有「昏睡的」之意。

leukemia

★★★★★

n. [lu'kimɪə]

▶ 名 白血病

He died of leukemia.

▶ 他死於白血病。

記憶心法 字首leu(co)表「白」，字尾 -ia表「……病」，合起來是「白色的病」，因此便有「白血病」之意。

leverage

★★★★★

n. ['lɛvərɪdʒ] 同power

▶ 名 力量，影響力

His wisdom gives him enormous leverage in political circles.

▶ 他的智慧使他在政治圈很有影響力。

記憶心法 lever 意為「槓桿」，名詞字尾 -age 表「狀況或作用」，合起來是「槓桿作用」，可聯想記憶：「槓桿」必須一端有「力量」才有「作用」。

levity

★★★★★

n. ['lɛvətɪ] 同frivolity

▶ 名 輕率，輕浮

Don't say such words to her. She is not a girl of levity.

▶ 不要對她說那些話，她不是個輕浮的女孩。

記憶心法 字根lev表「提高，舉起，變輕」，名詞字尾 -ity表「狀態、性質」，合起來是「具有變輕的狀態」，因此便有「輕浮，輕率」之意。

levy

★★★☆☆

v. [ˈlɛvɪ] 同impose

▶ 動徵稅；發動（戰爭）

They planned to levy a war against their enemy.

▶ 他們計畫對敵人發動戰爭。

記憶心法 字根 lev 表「提高，舉起，變輕」，-y 作名詞字尾，可聯想記憶：收入「提高」了，政府就會向你「徵稅」。

lexicographer

★★☆☆☆

n. [ˌlɛksəˈkɑgrəfɚ] 同editor

▶ 名詞典編纂者

The lexicographer of the new dictionary is a smart young lady.

▶ 這本字典的編纂者是一個聰慧年輕的小姐。

記憶心法 字首 lexico- 表「詞典」，字根 graph 表「寫」，字尾 -er 表「⋯⋯人」，合起來是「寫詞典的人」，因此便有「詞典編纂者」之意。

liability

★★★★★

n. [ˌlaɪəˈbɪlətɪ] 同obligation

▶ 名責任，義務；負債

If your liabilities exceed your assets, you are insolvent.

▶ 若你的負債超過你的資產就會破產。

記憶心法 li 可看成 lie（說謊），ability 意為「能力」，可聯想記憶：每個人都有「說謊的能力」，但說了謊，就要負起「責任」。

liaison

★★★★★

n. [ˌlɪeˈzɑn] 同relation

▶ 名聯絡，聯繫

His father used to be a liaison officer.

▶ 他父親過去是個聯絡官。

記憶心法 字根 lia 表「捆」，-ison 在此作名詞字尾，合起來是「捆在一起」，因此便有「聯繫」之意，引申為「聯絡」。

limestone

★★★★☆

n. [ˈlaɪmˌston]

▶ 图 石灰岩，石灰石

Can we burn limestone to obtain lime?

▶ 我們可以燒石灰石而得到石灰嗎？

記憶心法 lime 意為「石灰」，stone 意為「石頭」，因此合起來便是「石灰岩」之意。

lineage

★★★★★

n. [ˈlɪnɪdʒ] 同blood

▶ 图 家系，血統

It's said that Tony is of an aristocratic lineage.

▶ 據說 Tony 有貴族血統。

記憶心法 line 意為「線」，age 意為「年齡」，可聯想記憶：各「年齡」的人若用「家系」圖表呈現，就像「線」一樣脈絡分明。

linear

★★★☆☆

a. [ˈlɪnɪɚ]

▶ 形 線（狀）的

Linear design in clothes is very popular this year.

▶ 衣服上有線狀圖案在今年很流行。

記憶心法 line 意為「直線」，-ar 在此作形容詞字尾，合起來是「直線的」，因此便有「線（狀）的；長度的」之意。

linguistic

★★★★★

a. [lɪnˈgwɪstɪk]

▶ 形 語言的，語言學的

His linguistic competence has improved greatly.

▶ 他的語言能力進步很多。

記憶心法 字根 lingu 表「語言」，-istic 在此作形容詞字尾，因此合併起來便有「語言的，語言學的」之意。

linguistics

★★★★★

n. [lɪŋˈgwɪstɪks]

▶ 名 語言學

He studies linguistics in college.

▶ 他在大學裡修語言學。

記憶心法 字根 lingu 表「語言」，字尾 -ics 表「學」，因此合併起來便有「語言學」之意。

lionize

★★★☆☆

v. [ˈlaɪəˌnaɪz] 同 admire

▶ 動 崇拜，看重

David said to his girlfriend that he wanted to be loved, not lionized.

▶ David 對他的女友說，他要的是愛而不是崇拜。

記憶心法 lion 意為「獅子」，-ize 在此作動詞字尾，可聯想記憶：把人看做「獅子」，就是在「崇拜」那個人。

liquidate

★★★★☆

v. [ˈlɪkwɪˌdet]

▶ 動 清除；消除；斷絕

He decided to liquidate the partnership with me.

▶ 他決定和我斷絕合作關係。

記憶心法 liquid 意為「液體，明亮的」，-ate 是動詞字尾，合起來是「使明亮」，可聯想記憶：把玻璃上的髒點「清除」，就會「使」它「明亮」。

listless

★★★★☆

a. [ˈlɪstlɪs] 同 lifeless, sluggish 反 spirited

▶ 形 無精打采的

Hot weather often makes me listless.

▶ 炎熱常常使我無精打采。

記憶心法 字根 list 可表「舉」，字尾 -less 表「不能……的」，合起來是「不能舉起來的」，因此便有「無精打采的」之意。

literacy

★★★★★

n. [ˈlɪtərəsɪ] 反illiteracy

▶ 名 識字；知識，能力

My computer literacy is very poor.

▶ 我的電腦知識很貧乏。

記憶心法 字根 liter 表「文字，字母」，-acy 在此作名詞字尾，表「能力」，合起來是「文字的能力」，由此引申為「識字；知識，能力」之意。

litigation

★★★★★

n. [ˈlɪtəˈgeʃən] 同suit

▶ 名 訴訟，起訴

The old fellow has consistently denied responsibility, but he agreed to the settlement to avoid the expense of lengthy litigation.

▶ 老傢伙拒擔責任，但為避免冗長訴訟就同意和解。

記憶心法 字根 litig 表「打官司」，-ation 在此作名詞字尾，因此便有「訴訟，起訴」之意。

loan

★★★★★

v. [lon] 同lend, give

▶ 動 借出，貸於

She loaned me 80 dollars.

▶ 她借我八十元。

記憶心法 loan 與 load（負擔，負荷）的拼寫接近，可一起聯想記憶：「借錢」給他人，在經濟上總是有「負擔」。

loath

★★★★★

a. [loθ] 同reluctant, unwilling

▶ 形 不願意的，勉強的

In winter, Mark is loath to get out of bed on cold mornings.

▶ 在冬天，寒冷的早晨使 Mark 不願起床。

記憶心法 l 可看做 leave（離開），oath 意為「誓言」，可聯想記憶：他因為「不願意」為那個老闆做事，就發「誓」要「離開」那間公司。

loathe

★★☆☆☆

v. [loð] 同dislike, hate

▶ 動 厭惡，憎惡

Some people loathe the smell of burning rubber.

▶ 有些人厭惡燒橡膠的氣味。

記憶心法 loath 表「不喜歡的」，-e 在此作動詞字尾，因此合併起來便有「厭惡，憎惡」之意。

---

lofty

★★★★★

a. ['lɔftɪ] 同proud, arrogant

▶ 形 高聳的；高傲的

He hates her lofty manners.

▶ 他討厭她高傲的舉止。

記憶心法 loft 意為「頂樓」，加上 y 變為形容詞，合起來是「頂樓的」，因此便有「高聳的」之意，引申為「高傲的」。

---

longevity

★★★★☆

n. [lɑn'dʒɛvətɪ] 同long life

▶ 名 長壽

Proper rest and enough sleep contribute to longevity.

▶ 適當的休息和充足的睡眠有助長壽。

記憶心法 long 意為「長的」，字根 ev 表「時間」，-ity 作名詞字尾，合起來是「（活）很長的時間」，因此便有「長壽」之意。

---

lope

★★★☆☆

v. [lop] 同run

▶ 動 跳躍著奔跑

The hares and rabbits lope.

▶ 野兔和家兔都跳躍著奔跑。

記憶心法 該字可與形似字 lobe（耳垂）一起聯想記憶：那個 lobe 很肥大的人，一 lope 起來，lobe 就會抖來抖去。

loquacious

★★★★★

a. [loˈkweʃəs] 同gabby, chatty

▶ 形 多話的；多嘴的

He is so loquacious that his roommates do not like him.

▶ 他真多話，所以他的室友都不喜歡他。

記憶心法 字首 loqu- 表「話語」，字尾 -acious 表「充滿……的」，因此合起來即是「多話的；多嘴的」之意。

lucid

★★★★★

a. [ˈlusɪd] 同clear

▶ 形 明晰的，清楚的

His instruction was lucid but she misunderstood him.

▶ 他的指示很清楚，但她還是誤會他了。

記憶心法 字根 luc 表「光，明亮」，-id 是形容詞字尾，表「有……性質的」，合起來是「有明亮性質的」，因此便有「明晰的，清楚的」之意。

lucrative

★★★★★

a. [ˈlukrətɪv] 同profitable, advantageous

▶ 形 有利可圖的

She wanted to find a lucrative job.

▶ 她想找一個有利可圖的工作。

記憶心法 lucr 可看成 lucre（錢，利益），-ative 是形容詞字尾，因此合併起來便是「有利可圖的」之意。

lucre

★★★★★

n. [ˈlukɚ] 同money, profit

▶ 名 金錢，財富

The lure of lucre led Tom to prison.

▶ 財富的誘惑使 Tom 坐牢。

記憶心法 該字可與形似字 lure（誘惑）一起聯想記憶：lucre 就是一種 lure。

lull

★★★☆☆

v. [lʌl] 同calm down, soothe

▶ 動 使平靜，哄

The mother lulled the crying child to sleep.

▶ 母親哄著哭叫的孩子入睡。

記憶心法 該字可與形似字 dull（愚鈍）一起聯想記憶：父母過度的 lull，會使孩子變得 dull。

lumber

★★★☆☆

n. [ˈlʌmbɚ] 同logs, wood

▶ 名 木材，木料

My uncle had a lumber-mill five years ago.

▶ 我叔叔五年前有一個鋸木廠。

記憶心法 該字可與形似字 number（數字）一起聯想記憶：剖開 lumber 會發現年輪，它代表著年齡的 number。

luminary

★★★★☆

n. [ˈlumə͵nɛrɪ] 同hero

▶ 名 發光體；傑出人物

His friends are all political luminaries.

▶ 他的朋友全是政治的傑出人物。

記憶心法 字根 lumin 表「光」，-ary 是名詞字尾，表「事物或人」，合起來是「發光的事物或人」，由此引申為「發光體；傑出人物」之意。

luminous

★★☆☆☆

a. [ˈlumənəs] 同bright, shining

▶ 形 發光的，夜光的

He bought a luminous watch for his son.

▶ 他給他兒子買了個夜光錶。

記憶心法 字根 lumin 表「光」，-ous 是形容詞字尾，合起來即是「發光的，夜光的」之意。

luster

★★★★★

n. [ˈlʌstɚ] 同brightness; honor

▶ 名 光彩，光澤；榮譽

Lily's pearls have a beautiful luster.

▶ Lily 的這些珍珠具有很美的光澤。

記憶心法 該字可與形似字 duster（撣子）一起聯想記憶：那顆珍珠不需 duster 去除灰塵，它永遠都會自己散發出 luster。

luxuriant

★★★★★

a. [lʌgˈʒʊrɪənt] 同abundant

▶ 形 繁茂的；肥沃的

There is luxuriant tropical vegetation in Malaysia.

▶ 馬來西亞有繁茂的熱帶植物。

記憶心法 字根 luxur 表「豐富」，-ious 在此作形容詞字尾，因此便有「繁茂的；肥沃的」之意。

以 M 為首的單字　Track 14

magnify

★★★★★

v. [ˈmæɡnəˌfaɪ] 同enlarge

▶ 動 放大

The microscope magnified the object one hundred times.

▶ 顯微鏡把物體放大一百倍。

記憶心法 字根 magn 表「大」，動詞字尾 -ify 表「使……」，合起來是「使變大」，因此便有「放大」之意。

magnitude

★★★★☆

n. [′mægnə‚tjud] 同greatness; importance ▶ 名巨大；重要性

People began to realize the magnitude of his discovery. ▶ 人們開始意識到他的發現的重要性。

記憶心法 字根 magn 表「大」，-tude 是名詞字尾，表「……的性質或狀態」，合起來是「有大的性質」，因此便有「巨大」之意，引申為「重要性」。

malaise

★★★★★

n. [mæ′lez] 同sickness ▶ 名不舒服

Today I felt a certain malaise as I caught a cold. ▶ 我今天因為感冒，所以感覺有些不舒服。

記憶心法 malaise 音似中文的「沒累死」，可聯想記憶：工作壓力太大，讓我很「不舒服」，差點「沒累死」。

malice

★★★★☆

n. [′mælɪs] 同ill will ▶ 名惡意，怨恨

Don't bear malice toward your strict father. ▶ 不要怨恨你嚴厲的父親。

記憶心法 字首 mal- 表「惡，壞」，字尾 -ice 表「情況、行為、性質」，因此合併起來便有「惡意，怨恨」之意。

malicious

★★★★☆

a. [mə′lɪʃəs] 同spiteful, vicious ▶ 形惡意的，懷恨的

Most people dislike malicious telltales. ▶ 大多數人們痛恨惡意的告密者。

記憶心法 malice 意為「惡意」，-ious 在此作形容詞字尾，因此便有「惡意的，懷恨的」之意。

A
B
C
D
E
F
G
H
I
J
K
L
M
N
O
P
Q
R
S
T
U
V
W
X
Y
Z

malign

★★★★☆

a. [mə'laɪn] 同baleful 反benign

▶ 形有害的，惡性的

A malign tumor was found in Mr. Blair's stomach.

▶ 在 Blair 先生的胃部發現了一個惡性腫瘤。

記憶心法 字首 mal- 表「惡，壞」，-ign 在此作形容詞字尾，因此合併起來便有「有害的，惡性的」之意。

---

malignancy

★★★★☆

n. [mə'lɪgnənsɪ]

▶ 名惡性

Malignancy is a state of being malignant.

▶ 惡性指的是一種致命的狀態。

記憶心法 malign 意為「有害的、惡意的」，名詞字尾 -ancy 表示「……的狀態或性質」，因此合併起來便有「惡性」之意。

---

mammoth

★★☆☆☆

a. ['mæməθ] 同huge, gigantic

▶ 形巨大的，龐大的

He owns a mammoth enterprise.

▶ 他擁有一個龐大的企業。

記憶心法 mam 在口語裡是「媽媽」的意思，moth 意為「蛾」，可聯想：「媽媽」很厲害，趕走了「巨大的」飛「蛾」。

---

mandate

★★★★★

v. ['mændet]

▶ 動委託管理

Our country is mandated to govern this area.

▶ 我國被委託管理這個區域。

記憶心法 字根 mand 表「命令」，-ate 在此作動詞字尾，合起來是「使命令」，由此引申為「委託管理」之意。

maneuver

★★★☆☆

v. [mə'nuvɚ] 同conduct

He maneuvered for a higher position.

▶ 動 操縱；用計謀

▶ 他用計謀得到較高的職位。

記憶心法 字首 man- 表「手」，字根 euver 表「工作」，合起來是「用手來做」，因此便有「操縱」之意，引申為「用計謀」。

maniacal

★★★★☆

a. [mə'naɪəkəl] 同crazy, mad

Monica's maniacal about football.

▶ 形 發狂的，瘋狂的

▶ Monica 對足球瘋狂。

記憶心法 mania 意為「發狂」，-cal 在此作形容詞字尾，因此便有「發狂的，瘋狂的」之意。

manifest

★★☆☆☆

v. ['mænə,fɛst] 同reveal

The evidence manifested the truth of his statement.

▶ 動 表明，顯示，顯露

▶ 證據顯露他說法的真相。

記憶心法 字首 man- 表「手」，字根 fest 表「打擊」，可聯想記憶：用「手」「打」人的這個行為「顯示」一個人的人品非常低。

manifesto

★★★☆☆

n. [,mænə'fɛsto] 同announcement

The Tories published their election manifesto yesterday.

▶ 名 宣言，聲明

▶ 保守黨昨天發表了他們的選舉宣言。

記憶心法 manifest 意為「顯然的」，o 形似「張大的嘴」，可聯想記憶：他「張大嘴巴」，「顯然」是要發表什麼「聲明」。

manifold

★★★★★

a. [ˈmænəˌfold] 同many, various

▶ 形 繁多的，多方面的

John's interests are manifold.

▶ John 的興趣很廣泛。

記憶心法 字首mani-表「許多」，字根fold表「折疊、層次」，合起來是「許多層次」，由此引申為「繁多的，多方面的」之意。

manipulate

★★★★★

v. [məˈnɪpjəˌlet] 同handle, manage

▶ 動 操縱，運用

The criminal manipulated the young boys into committing crimes.

▶ 該罪犯操縱少年犯罪。

記憶心法 字首man-表「手」，pul可看成pull（拉），-ate是動詞字尾，合起來是「用手拉」，由此引申為「操縱，運用」之意。

mannerism

★★★★★

n. [ˈmænəˌrɪzəm] 同characteristic

▶ 名 獨特格調；癖性

Dick's acquired some irritating mannerisms since he came back from the USA.

▶ Dick 從美國回來後，就有討人厭的怪癖。

記憶心法 manner表「風格、方式」，-ism表「……的主義」，合起來是「個人慣用的風格」，由此引申為「獨特格調；癖性」之意。

mantelpiece

★★★★★

n. [ˈmæntḷˌpis] 同shelf

▶ 名 壁爐架，壁爐台

There is a beautiful vase on the mantelpiece.

▶ 在壁爐架上有個漂亮的花瓶。

記憶心法 mantel意為「壁爐架」，piece意為「一塊」，因此合併起來仍是「壁爐架，壁爐台」之意。

maple

★★★☆☆

n. [ˈmepl̩]

▶ 名 楓樹

The maple leaves are very charming.

▶ 楓樹的葉子很漂亮。

記憶心法 maple與apple（蘋果）的拼寫接近，可一起聯想記憶：在maple底下吃apple非常的愜意。

marital

★★★★★

a. [ˈmærətl̩] 同wedded

▶ 形 婚姻的，夫妻的

Their marital problems are difficult to solve.

▶ 他們的婚姻問題很難解決。

記憶心法 字根 marit 表「婚姻」，-al 是形容詞字尾，合起來即是「婚姻的」之意。

maritime

★★☆☆☆

a. [ˈmærəˌtaɪm] 同oceanic

▶ 形 海的，海上的

England was a great maritime power.

▶ 英國曾是海上的強國。

記憶心法 字根 mari 表「海、湖」，time 意為「時期」，合起來是「海的時期」，由此引申為「海的，海上的」之意。

marsh

★★★★☆

n. [mɑrʃ] 同swamp

▶ 名 沼澤，濕地

There are a lot of frogs in the nearby marsh.

▶ 附近的沼澤地裡有許多青蛙。

記憶心法 該字可與形似字 march（行軍）一起聯想記憶：昨夜軍隊 march 經過一處 marsh。

marshal

★★★★★

n. ['mɑrʃəl]

▶ 图 元帥

Marshal Montgomery commanded the ground forces in the Normandy war.

▶ 蒙哥馬利元帥在諾曼第戰役中指揮地面部隊。

記憶心法 該字可與形似字 march（行軍）一起聯想記憶：那個 marshal 指揮部隊 march。

martyr

★★★★★

n. ['mɑrtɚ] 同protomartyr

▶ 图 烈士；犧牲；殉道

John is the hero and a martyr of his country.

▶ John 是為國犧牲的英雄。

記憶心法 字首 mar- 表「損傷」，tyr 可看做 tyre（輪胎），可聯想記憶：他為了「殉道」，就躺在「輪胎」下使自己的身體受「損傷」。

massacre

★★★★★

n. ['mæsəkɚ] 同slaughter, killing

▶ 图 大屠殺，殘殺

They were surprised by the news of the massacre.

▶ 大屠殺的消息使他們嚇一跳。

記憶心法 mass 表「大量」，acre 表「英畝，土地」，可聯想：殘忍的軍人為了佔據「土地」，就把「大量」的毒氣撒進村子，造成「大屠殺」。

materialism

★★★★★

n. [mə'tɪrɪəl,ɪzəm] 反idealism

▶ 图 唯物主義

It's said that materialism causes people to forget spiritual values.

▶ 有人說唯物主義使人們忘記精神的價值。

記憶心法 material 意為「物質」，字尾 -ism 表「……主義」，因此合併起來便有「唯物主義」之意。

maternal

★ ★ ★ ★ ★

a. [mə'tɜ̍n!] 同motherly

His maternal grandmother is over 70.

▶ 形 母親的，母性的

▶ 他的外婆七十多歲
了。

記憶心法 字根 matern 表「母親」，-al 是形容詞字尾，合起來即是「母親的」之意。

matrix

★ ★ ★ ★ ☆

n. ['metrɪks]

The Huang River is the matrix of
Chinese civilization.

▶ 名 母體；基礎

▶ 黃河是中國文明的基
礎。

記憶心法 字根 matr 表「母性，母親」，-ix 在此作名詞字尾，合起來即是「母體」之
意，引申為「基礎」。

mauve

★ ★ ★ ☆ ☆

a. [mov] 同pale purple

I like to wear my mauve skirt.

▶ 形 淡紫色的

▶ 我喜歡穿我那件淡紫
色的裙子。

記憶心法 mauve 可與形似字 moue（噘嘴）一起聯想記憶：她看到那件 mauve 洋裝就
一副不喜歡的 moue。

maverick

★ ★ ★ ☆ ☆

a. ['mævərɪk]

Politically, she's a bit of a maverick.

▶ 形 獨行者；異議者

▶ 在政治方面，她有點
特立獨行。

記憶心法 此字源自十九世紀德州大牧主Maverick，由於他所飼養的牲畜皆不打烙印而
顯得與眾不同，因此便有「獨行者；異議者」之意。

maxim

★★★★★

n. ['mæksɪm] 同proverb, saying

▶ 图 格言，箴言

"More haste, less speed" is a meaningful maxim.

▶ 「欲速則不達」是一個意味深長的箴言。

記憶心法 maxim 本身就是字根，表示「大」，而「格言，箴言」就是意義大到可以引領我們人生的道理。

measles

★★★★★

n. ['mizl̩z] 同rubeola

▶ 图 麻疹

We should separate the boy with measles from others.

▶ 我們應該把得麻疹的男孩隔離起來。

記憶心法 measl 可看成 meal（一餐），es 可看成名詞的複數形式，可聯想記憶：在古代，得了「麻疹」，就活不過三「餐」。

mediate

★★★★★

v. ['midɪ,et] 同settle, negotiate

▶ 励 調解，斡旋

He mediated between the two parties.

▶ 他斡旋於這兩個政黨之間。

記憶心法 字根 medi 表「中間」，-ate 是動詞字尾，表「用……處理」，合起來是「用大中之道來處理」，因此便有「調解，斡旋」之意。

mediocre

★★★★★

a. ['midɪ,okɚ] 同ordinary

▶ 形 平庸的，平凡的

My friends and I don't like that restaurant which charges fancy prices for mediocre food and poor service.

▶ 我朋友和我討厭那餐廳，因為價格高、菜色平凡、服務差勁。

記憶心法 字根 medio 表「中間」，字尾 -cre 表「狀態」，合起來是「在中間的狀態」，由此引申為「平庸的，平凡的」之意。

meditation

★★☆☆☆

n. [ˌmɛdə'teʃən] 同deliberation

▶ 图沈思，深思熟慮

He reached his decision only after much meditation.

▶ 他在深思熟慮後做出決定。

 字首 medi- 可表「在其中」，字尾 -tation 表「狀態」，合起來是「沈浸其中的狀態」，由此引申爲「沈思，深思熟慮」之意。

---

meek

★★★★☆

a. [mik] 同docile, humble

▶ 圈溫順的，謙恭的

David married a meek girl.

▶ David 娶了一個溫順的女孩子。

 該字可與形似字 meet（遇見）一起聯想記憶：他在雲南 meet 了一個 meek 女孩子。

---

melancholy

★★☆☆☆

a. ['mɛlənˌkɑlɪ] 同sad, gloomy

▶ 圈憂鬱的，鬱悶的

His wife is a melancholy woman.

▶ 他妻子是個鬱鬱寡歡的人。

 字首 melan- 表「黑色的」，字根 chol 表「膽汁」，合起來是「人的心情是黑色的，像膽汁一樣苦」，因此便有「憂鬱的，鬱悶的」之意。

---

memorialize

★★★★★

v. [mə'morɪəlˌaɪz] 同commemorate

▶ 圙紀念

A monument was built to memorialize the victory.

▶ 爲了紀念勝利，建造了一座紀念碑。

 字首 memor- 表「記憶」，-lize 在此作動詞字尾，因此合併起來便有「紀念」之意。

menace

★★★★★

n. ['mɛnɪs] 同threat

▶ 图 威脅，恐嚇

Her distrust was a menace to their marriage.

▶ 她的不信任對他們的婚姻是一個威脅。

記憶心法 字首 men- 表「威脅」，字尾 -ace 表「……言行」，合起來便是「威脅的言行」，因此便有「威脅，恐嚇」之意。

mend

★★★★★

v. [mɛnd] 同repair

▶ 動 修理；恢復；好轉

Don't worry. Your mother will soon mend.

▶ 別擔心，你母親很快就會好轉的。

記憶心法 m 可視為 machine（機器），end 是「終止」，可聯想記憶：當「機器」快要壽「終」正寢時，就要趕快去「修理」。

mercantile

★★★★★

a. ['mɝkən,taɪl] 同commercial

▶ 圈 商人的，商業的

That man has broken one of the mercantile laws.

▶ 那個人違反了一項商業法。

記憶心法 字首 merc- 表「貿易，商業」，-ile 是形容詞字尾，因此合併起來便有「商人的，商業的」之意。

mercurial

★★★★★

a. [mɝ'kjʊrɪəl] 同changeable; smart

▶ 圈 易變的；精明的

We know that our new teacher is a mercurial wit.

▶ 我們知道我們的新老師是位精明的人。

記憶心法 字根 mercur 表「水銀」，-ial 在此作形容詞字尾，由於水銀的形體易變，因此引申為「易變的」之意，又引申為「精明的」。

merger

★★★★☆

n. [ˋmɝdʒɚ] 同combination

▶ 名合併

He refused the suggestion of a merger.

▶ 他拒絕了合併的建議。

 該字是由動詞 merge（合併）加上 r 變為名詞，也是「合併」之意。

meteor

★★★☆☆

n. [ˋmitɪɚ]

▶ 名流星

I made a wish when a meteor shot across the sky.

▶ 當流星劃過天空時，我許了一個願。

 該字可與形似字 meter（計量）一起聯想記憶：meteor 劃過天際的距離無法 meter。

methodical

★★★☆☆

a. [məˋθɑdɪkəl]

▶ 形講究方法的

He is a methodical professor.

▶ 他是個講究方法的教授。

 method 意為「方法」，-ical 是形容詞字尾，合起來即有「講究方法的」之意，引申為「有條理的」。

meticulous

★★★☆☆

a. [məˋtɪkjələs] 同scrupulous

▶ 形一絲不苟的

She is very meticulous in her studies.

▶ 她在學習上非常一絲不苟。

 字根 metic 表「害怕」，字尾 -ulous 表「多的」，合起來是「經常害怕的」，可聯想：因為「經常害怕」犯錯，所以做事就「一絲不苟」。

migrate

★★★★★

v. [ˈmaɪˌgret] 同emigrate

▶ **動**遷移，移居

In developed countries, more and more people migrate to the outskirts of the city.

▶ 在已開發國家，越來越多的人移居到郊區。

記憶心法 字根migr 表「遷移」，-ate 是動詞字尾，所以合起來即是「遷移，移居」之意。

mineralogy

★★★★★

n. [ˌmɪnəˈælədʒɪ]

▶ **名**礦物學

The library has many books on mineralogy.

▶ 這間圖書館有許多關於礦物學的書籍。

記憶心法 mine 意為「礦物」，-logy 是名詞字尾，表「……學」，合起來即是「礦物學」的意思。

mirage

★★★★★

n. [məˈrɑʒ] 同delusion

▶ **名**海市蜃樓；妄想

It's only his mirage.

▶ 那僅僅是他的妄想。

記憶心法 字根mir 表「驚奇」，字尾-age 可表「狀態」，合起來是「令人驚奇的狀態」，因此便有「海市蜃樓」之意，引申為「妄想」。

miscellaneous

★★★★★

a. [ˌmɪsɪˈlenjəs] 同mixed

▶ **形**五花八門的

This newspaper has miscellaneous news.

▶ 這份報紙有五花八門的消息。

記憶心法 字首 mis(c)- 表「混合」，cell 是「細胞」，-aneous 是形容詞字尾，合起來是「所有細胞混在一起」，因此便有「混雜的，五花八門的」之意。

misconstrue

★★★★☆

v. [ˈmɪskənˈstru] 同misunderstand

▶動 誤解，曲解

Ann's boyfriend has completely misconstrued her words.

▶Ann 的男友完全誤解了她的話。

記憶心法 字首 mis- 可表「失去，錯誤」，construe 意為「解釋」，合起來是「錯誤解釋」，由此引申爲「誤解，曲解」之意。

---

mitigate

★★☆☆☆

v. [ˈmɪtəˌget] 同ease

▶動 使緩和，減輕

His encouragement has mitigated my pain.

▶他的鼓勵減輕了我的痛苦。

記憶心法 字根 miti 表「小，輕」，字尾 -gate 表「使」，合起來是「使……輕」，因此便有「減輕」之意。

---

moat

★★★★★

n. [mot] 同trench

▶名 壕溝，護城河

Xi'an was fortified with a high wall and a deep moat.

▶西安周圍建有高牆和護城河。

記憶心法 該字可與形似字 coat（外套）一起聯想記憶：可以把 moat 比喻成爲城邦防風避雨的 coat。

---

mob

★★★☆☆

v. [mɑb] 同surround

▶動 包圍；蜂擁圍住

The moment the star got off the plane, he was mobbed by his fans.

▶那個明星剛下飛機，就被影迷包圍。

記憶心法 該字可與形似字 rob（搶劫）一起聯想記憶：那群歹徒 mob 一個女子，想要 rob 她的財物。

molecule

★★☆☆☆

n. [ˈmɑləˌkjul]

▶ 图 分子

A molecule of water consists of two atoms of hydrogen and one atom of oxygen.

▶ 一個水分子含有兩個氫原子和一個氧原子。

記憶心法 字首 mol- 表「堆；球」，字尾 -cule 表「小」，合起來是「非常小的球」，由此引申為「分子」之意。

momentous

★★☆☆☆

a. [moˈmɛntəs] 同 important, great

▶ 圈 重大的，重要的

It is a momentous occasion and you should wear an evening dress.

▶ 那是個重大的場合，你應該穿晚禮服。

記憶心法 moment 意為「時刻」，-ous 為形容詞字尾，可聯想記憶：總統宣示就職是「重大的」「時刻」。

momentum

★★★★★

n. [moˈmɛntəm] 同 impetus

▶ 图 衝力；動力

The company has developed a momentum which will overcome the difficulty.

▶ 公司已產生了克服困難的動力。

記憶心法 moment 意為「時刻」，-um 在此作名詞字尾，可聯想記憶：轉動汽車鑰匙就是給汽車「動力」的「時刻」。

monarchy

★★★★☆

n. [ˈmɑnɚkɪ] 同 kingdom, majesty

▶ 图 君主政體

He used to be a supporter of the monarchy.

▶ 他過去是個君主政體的擁護者。

記憶心法 字首 mon- 表「單個」，字根 archy 表「統治」，合起來是「一個人的統治制度」，因此便有「君主政治，君主政體」之意。

monetary

★★★☆☆

a. [ˈmʌnəˌtɛrɪ] 同fiscal, financial

▶ 形 金融的，財政的

They are confronted with monetary difficulties.

▶ 他們面臨著財政困難。

> 記憶心法 此字是由名詞 money（金錢）去掉 y 加上 tary 而形成形容詞，因此便有「金融的，財政的」之意。

---

monopoly

★★★☆☆

n. [məˈnɑpḷɪ] 同control

▶ 名 壟斷

The government had a monopoly on telecommunication service.

▶ 政府過去有電信服務的壟斷權。

> 記憶心法 字首 mono- 表「單個」，字根 poly 表「運用」，合起來是「一個人用」，因此便有「壟斷」之意。

---

monotonous

★★★☆☆

a. [məˈnɑtənəs] 同boring

▶ 形 單調的，無聊的

She couldn't bear the monotonous job anymore.

▶ 她無法再忍受這單調的工作了。

> 記憶心法 字首 mono- 表「單個」，字根 ton 表「聲調」，-ous 是形容詞字尾，合起來是「只有一種聲調的」，因此便有「單調的」之意。

---

monstrosity

★★★★★

n. [mɑnsˈtrɑsətɪ] 同abnormality

▶ 名 畸形，怪物

That new car-park nearby the West Lake is an utter monstrosity!

▶ 那座靠近西湖的新停車場簡直是個怪胎！

> 記憶心法 字根 monstr 表「怪物」，-osity 在此作名詞字尾，因此便有「畸形，怪物」之意。

monumental

★★★★★

a. [͵mɑnjəˈmɛntl] 同important

▶ 形 重要的，不朽的

His monumental work was published after his death.

▶ 他的不朽之作在他死後才出版。

記憶心法 monument意為「紀念碑」，-al是形容詞字尾，合起來即是「紀念碑的」之意，由此引申為「重要的，不朽的」。

---

moratorium

★★★☆☆

n. [͵mɔrəˈtorɪəm]

▶ 名 暫停；中止

Iraq declared a moratorium on nuclear testing last year.

▶ 伊拉克去年宣布暫時停止核子試驗。

記憶心法 字根morat表「延誤」，字尾-orium可表「狀態」，合起來是「延誤的狀態」，由此引申為「暫停；中止」之意。

---

morose

★★★★☆

a. [məˈros] 同moody

▶ 形 孤僻的，陰鬱的

Daniel is a morose and gloomy man.

▶ Daniel 是一個孤僻且陰沈的男人。

記憶心法 字根moro表「愚蠢」，-se在此作形容詞字尾，可聯想記憶：在團體中要「孤僻的」個性就是「愚蠢」的表現。

---

motif

★★★☆☆

n. [moˈtif] 同theme

▶ 名 主題；動機

This new movie contains a love motif.

▶ 這部新電影有個愛情主題。

記憶心法 motif為motive（動機）的變體，因此便有「動機」之意，引申為「主題」。

muddle

★★★★☆

v. ['mʌdḷ] 同confuse

▶ 動 混淆

My friends often muddle me up with my twin sister.

▶ 我的朋友常弄混我和我的孿生姐姐。

記憶心法 mud 意為「泥巴」，-dle 在此作動詞字尾，可聯想記憶：兩個不一樣的東西裹上「泥巴」也會令人「混淆」。

multilingual

★★☆☆☆

a. ['mʌltɪ'lɪŋgwəl]

▶ 形 多語言的

India is a multilingual country.

▶ 印度是個使用多語言的國家。

記憶心法 字首 multi- 表「多」，lingual 意為「語言的」，因此合併起來便有「多語言的」之意。

mundane

★★★★★

a. ['mʌnden] 同earthly

▶ 形 世俗的

Some of my friends think Daniel's very mundane.

▶ 我的一些朋友認為 Daniel 非常庸俗。

記憶心法 mundane 源自拉丁語 mundus，原義為「世界」，後來引申為「世俗的」之意。

municipal

★★☆☆☆

a. [mju'nɪsəpḷ] 同civic

▶ 形 市立的，市政的

She teaches in a municipal college.

▶ 她在一所市立大學教書。

記憶心法 字首 muni- 表「公共的」，字根 cip 表「首」，-al 是形容詞字尾，合起來是「一個公共地區的首都」，因此便有「市立的，市政的」之意。

muse

★★☆☆☆

n. [mjuz]

▶ 名 沈思

Lily likes to lose herself in a muse about what she will do when she grows up.

▶ Lily 喜歡沈思長大後要做什麼。

記憶心法 muse 源自希臘神話中的繆斯女神 Muse，由於祂職司文藝、音樂、美術等需要思考後的創作物，因此便有「沈思」之意。

mutter

★★★☆☆

v. ['mʌtɚ] 同 mumble, complain

▶ 動 嘀咕；抱怨

The little boy always mutters to himself.

▶ 這個小男孩常常一個人嘀嘀咕咕。

記憶心法 mutter 與 butter（奶油）的拼寫接近，可一起聯想記憶：媳婦買了品質不好的 butter，婆婆就 mutter 半天。

myopic

★★★★★

a. [maɪ'ɑpɪk] 同 nearsighted

▶ 形 近視的

Daniel was too myopic to focus on the object.

▶ Daniel 由於近視過深而無法對焦於物體。

記憶心法 my 是「我的」，opic 可視為 optic（視力的），合起來是「只看見我的」，由此引申為「近視的」之意。

myriad

★★★★☆

a. ['mɪrɪəd] 同 many, numerous

▶ 形 無數的，大量的

There are myriad fish in the ocean.

▶ 海洋裡有無數的魚。

記憶心法 字根 myria 表「許多」，-d 在此作形容詞字尾，合起來就是「許多的，無數的」之意。

nadir

★★★☆☆

n. [ˈnedə˞] 反zenith, acme

▶ 图 最低點；深淵

This defeat is the nadir of Ann's career.

▶ 這次失敗是 Ann 事業的最低潮。

記憶心法 na 音似中文的「哪」，dire 意為「可怕的」，可聯想記憶：天「哪」，那「深淵」真是「可怕」。

---

narcotic

★★★☆☆

n. [nɑrˈkɑtɪk] 同drug

▶ 图 毒品；麻醉劑

He was sent to a narcotics clinic.

▶ 他被送往戒毒診所。

記憶心法 字根 narcot 表「睡眠」，字尾 -ic 表「有……性質之物」，合起來是「催眠物品」，由此引申為「毒品；麻醉劑」之意。

---

natal

★★★☆☆

a. [ˈnetl]

▶ 形 出生的，出生時的

England is his natal country.

▶ 英格蘭是他的出生地。

記憶心法 字根 nat 表「出生」，-al 是形容詞字尾，合起來便是「出生的，誕生時的」之意。

---

nausea

★★★★★

n. [ˈnɔʃɪə]

▶ 图 噁心，作嘔；憎惡

He was filled with nausea at the sight of children being mistreated.

▶ 他看到虐待小孩的情景就滿腔憎惡。

記憶心法 字首 naus- 表「船」，字尾 -ea 表「……病」，合起來是「在船上生的病」，因此便有「暈船，作嘔」之意，引申為「憎惡」。

nauseate

★★★★★

v. [ˈnɔsɪet] 同sicken

▶ 動 使作嘔;使噁心

The smell of meat cooking nauseates Dick.

▶ Dick 一聞到煮肉的氣味就噁心。

記憶心法 nausea 是名詞,意為「噁心」,-e 在此作動詞字尾,因此合併起來便有「使噁心」之意。

nautical

★★★★★

a. [ˈnɔtəkl̩] 同marine

▶ 形 海上的,航海的

England was a great nautical power.

▶ 英國曾是海上強國。

記憶心法 字首 naut- 可表「船」,-ical 在此作形容詞字尾,合起來是「船的」,因此便有「海上的,航海的」之意。

navel

★★★★★

n. [ˈnevl̩] 同bellybutton

▶ 名 肚臍;中心

The navel is the small round hole in the middle of your belly.

▶ 肚臍就是你肚子中央那個小圓洞。

記憶心法 字首 nav- 可表「船」,字尾 -el 表「小的……物」,可聯想記憶:「肚臍」就像人肚子中央的「小船」。

negation

★★★★★

n. [nɪˈgeʃən] 同denial, refusal

▶ 名 否定,否認

In many countries shaking the head is a sign of negation.

▶ 在許多國家,搖頭是否認的表示。

記憶心法 字首 neg- 表「否定」,-ation 在此作名詞字尾,因此合併起來便有「否定,否認」之意。

negligence

★★★★★

n. [ˈnɛglɪdʒəns] 反carefulness

▶ 名 疏忽

The teacher rebuked him for his negligence.

▶ 他因為疏忽而被老師斥責。

記憶心法 字首 neg- 可表「不」，字根 lig 表「選擇」，-ence 是名詞字尾，合起來是「不加以選擇」，因此便有「粗心，疏忽」之意。

neurosis

★★★★★

n. [njʊˈrosɪs]

▶ 名 神經衰弱症

Professor Smith suffered from a neurosis five years ago.

▶ Smith 教授五年前患上神經衰弱症。

記憶心法 字首 neur- 表「神經」，字尾 -osis 表示「……病症」，因此合併起來便有「神經衰弱症」之意。

nocturnal

★★★★★

a. [nɑkˈtɝnḷ] 同nightly

▶ 形 夜間活動的

The mouse is a nocturnal animal.

▶ 老鼠是夜間活動的動物。

記憶心法 字首 noct- 表「夜」，加上 urnal 變為形容詞，即是「夜晚的，夜間活動的」之意。

nominal

★★★★★

a. [ˈnɑmənḷ] 同veritable

▶ 形 名義的；少許的

The doctor who is my father's friend only charged me a nominal amount of money.

▶ 我爸爸的醫師朋友只向我收少許的費用。

記憶心法 字根 nomin 表「名稱」，字尾 -al 表「有……性質的」，合起來是「名稱上的」，因此便有「名義上的」之意，引申為「微不足道的」。

nostalgia ★★☆☆☆

n. [nɑs'tældʒɪə] 同homesick

▶ 图鄉愁，懷舊之情

This picture inspired Ann with nostalgia.

▶ 這照片激起了 Ann 的 懷舊之情。

記憶心法 字首 nost- 表「家」，字根 alg 表「痛」，字尾 -ia 表「病」，合起來是「想家病」，因此便有「鄉愁，懷舊之情」之意。

notch ★★★★★

n. [nɑtʃ] 同grade, level

▶ 图等，級

Our new monitor is really a notch above us.

▶ 我們的新班長確實比 我們高一等。

記憶心法 該字可與形似字 botch（修補）一起聯想記憶：這張木桌的 notch 是最差的，所以需要 botch。

notoriety ★★★★☆

n. [ˌnotə'raɪətɪ] 同ill fame

▶ 图聲名狼籍

The company has come into public notoriety.

▶ 這家公司已經聲名狼籍。

記憶心法 此字是由形容詞 notorious（惡名昭彰的）去掉 ous 加上 ety，變成名詞，因此便有「惡名昭彰，聲名狼籍」之意。

novelty ★★★★☆

n. ['nɑvl̩tɪ] 同newness

▶ 图新穎，新奇

Piloting a plane was a novelty to her.

▶ 開飛機對她來說，是一件新奇的事。

記憶心法 novel 是形容詞，意為「新奇的」，加上 ty 變為名詞，因此便有「新穎，新奇」之意。

noxious

★★★☆☆

a. [ˈnɑkʃəs] 同harmful, poisonous

▶ 形 有害的，有毒的

Theses chemicals gave off a most noxious smell.

▶ 這些化學物品散發出一種有毒的氣味。

記憶心法 字根 nox 表「毒」，-ious 在此作形容詞字尾，因此合併起來便有「有害的，有毒的」之意。

nuance

★★★★☆

n. [njuˈɑns] 同subtlety

▶ 名 細微差別

That movie star's rich artistic performance was full of nuance.

▶ 電影明星的藝術表演充滿微妙之處。

記憶心法 nu 音似中文的「牛」，-ance 在此作名詞字尾，可聯想記憶：畫家調色時會注意顏色之間細如「牛」毛的「微妙差別」。

nuisance

★★★★★

n. [ˈnjusn̩s] 同annoyance

▶ 名 討厭的人或事

The little girl was really a nuisance; she kept asking for money.

▶ 小女孩不斷要錢，真是個討厭的傢伙。

記憶心法 nuis 音同 news（新聞），-ance 是名詞字尾，可聯想記憶：煽色腥的「新聞」真是個「令人討厭的事」。

nuke

★★☆☆☆

n. [njuk] 同nuclear

▶ 名 核武器

No Nukes!

▶ 反對核武器！

記憶心法 字根 nuk 意為「核子」，-e 在此作名詞字尾，由此引申為「核武器」之意。

null

a. [nʌl] 同void

★★★★★

▶ 形 無效的

The contract is null and void.

▶ 這份契約沒有法律效力。

記憶心法 null 本身就是個字根，表示「無、沒有」，因此便有「無效的」之意。

nullify

v. [ˈnʌləˌfaɪ] 同annul

★★★★★

▶ 動 使無效，廢除

No one has the right to nullify laws.

▶ 沒有人有權利廢除法律。

記憶心法 字根 null 表「無」，-ify 是動詞字尾，表「使……」，合起來即是「使無效」之意。

numb

v. [nʌm] 同paralyze

★★★★★

▶ 動 使麻木；使驚呆

We were numbed by his success.

▶ 他的成功讓我們嚇呆了。

記憶心法 numb 可與形似字 number（數字）一起聯想記憶：數 number 數到最後就會讓頭腦 numb。

nurture

n. [ˈnɝtʃɚ]

★★★★★

▶ 名 養育，教養，培育

The early nurture of an infant is very important.

▶ 嬰兒的早期養育是很重要的。

記憶心法 字根 nurt 表「哺乳，滋養」，-ure 在此作名詞字尾，合起來便有「養育，教養，培育」之意。

obituary

★★★★★

n. [ə'bɪtʃʊˌɛrɪ]

▶ 名 訃告

I read his obituary in the newspaper.

▶ 我在報紙上看到他的訃告。

記憶心法 字首 ob- 表「離開」，字根 it 表「走」，-uary 是名詞字尾，表「事物」，合起來是「宣告離開人世的事物」，因此便有「訃告」之意。

---

obliterate

★★★★☆

v. [ə'blɪtəˌret] 同 erase

▶ 動 刪除；摧毀

The village was obliterated by the tornado last month.

▶ 這個村莊在上個月被龍捲風摧毀了。

記憶心法 字首 ob- 表「去掉」，字根 liter 表「文字」，-ate 作動詞字尾，合起來是「擦掉（文字等）」，由此引申為「刪除；摧毀」之意。

---

oblivion

★★★☆☆

n. [ə'blɪvɪən]

▶ 名 遺忘，淹沒

The story fell into oblivion after a short period.

▶ 這個故事過了一小段時間後就被人們遺忘了。

記憶心法 字首 ob- 可表「離，反」，字根 liv 表「提起」，合起來是「不被提起」，因此便有「遺忘，淹沒」之意。

---

observatory

★★★☆☆

n. [əb'zɝvəˌtorɪ]

▶ 名 天文台；瞭望台

Dick climbed up to the observatory this morning.

▶ Dick 今天早上爬上瞭望台。

記憶心法 字根 observ 表「觀察」，字尾 -atory 表「有關的事物」，合起來是「能在上面觀察的事物」，由此引申為「天文台；瞭望台」之意。

obsess

★★★☆☆

v. [əb'sɛs] 同haunt

▶ 動 使著迷;使困擾

He was obsessed with the fear of being murdered.

▶ 他受著被謀殺恐懼的困擾。

記憶心法 字首 ob- 可表「不,反」,字根 sess 表「坐」,合起來可聯想:他「坐」在那裡「不」走,可見是被什麼東西「迷住」了。

obsession

★★★★★

n. [əb'sɛʃən]

▶ 名 入迷;成見

David's obsession with music began one year ago.

▶ David 一年前就開始迷上了音樂。

記憶心法 字首 ob- 可表「不,反」,字根 sess 表「坐」,-ion 作名詞字尾,合起來是「坐著不走」,由此引申為「入迷」之意。

obsolete

★★☆☆☆

a. ['ɑbsə,lit] 同dated

▶ 形 廢棄的;過時的

The main reason for the restaurant's failure is their obsolete service.

▶ 這家餐館失敗的主要原因是它過時的服務。

記憶心法 字首 ob- 可表「不,反」,字根 solete 表「使用」,合起來是「不再使用的」,因此便有「過時的」之意。

obstinate

★★★★☆

a. ['ɑbstənɪt] 同stubborn

▶ 形 頑固的,固執的

The obstinate girl refused to take others' advice.

▶ 這個固執的女孩拒絕聽其他人的建議。

記憶心法 字首 ob- 可表「向」,字根 stin 表「站」,-ate 可作形容詞字尾,合起來是「堅決朝某個方向站著」,因此便有「固執的」之意。

occident

★☆☆☆☆

n. [ˈɑksədənt]

▶ 名 西方；歐美

Bristol is in the occident of England.

▶ 布里斯托爾位於英格
蘭的西部。

記憶心法 occident 可與形似字 accident（意外）一起聯想記憶：那起 accident 發生在
台北市的 occident。

octopus

★★★★☆

n. [ˈɑktəpəs] 同devilfish

▶ 名 章魚

We had octopus yesterday.

▶ 我們昨天吃了章魚。

記憶心法 字首 octo- 表「八」，字根 pus 表「腳」，合起來是「有八隻腳的動物」，因
此便是「章魚」之意。

odyssey

★★☆☆☆

n. [ˈɑdəsɪ]

▶ 名 長途飄泊

Odysseus made an odyssey after
Troy was captured.

▶ 特洛伊被攻陷之後，奧
德修斯開始長途飄泊。

記憶心法 odyssey 源自荷馬史詩「奧德賽」，其主人公曾「長途飄泊」。

offset

★★★★★

v. [ˈɔfˌsɛt] 同compensate

▶ 動 補償，抵銷

Nothing will offset the company's loss.

▶ 什麼也不能補償公司
的損失。

記憶心法 片語 set off 有「抵銷」之意，二字顛倒後合併起來也是「抵銷」的意思，引
申爲「補償」。

offshore

★★★★★

a. [ˈɔfˌʃor]

▶ 形 離岸的，近海的

Offshore fishery is a new industry in this area.

▶ 近海漁業是這個地區的新興產業。

記憶心法 off 意為「離」，shore 意為「岸，濱」，因此合併起來便有「離岸的，近海的」之意。

ominous

★★★★★

a. [ˈɑmɪnəs]

▶ 形 預兆的；不祥的

She felt ominous silence the moment she came back home.

▶ 她一回到家就感覺到不祥的寧靜。

記憶心法 此字是名詞 omen（預兆）將 e 改為 i 後，加上 ous，形成形容詞，因此便有「預兆的」之意，引申為「不祥的」。

onlooker

★★★★★

n. [ˈɑnˌlʊkɚ] 同 observer

▶ 名 觀眾，旁觀者

There was a large crowd of onlookers but no one helped.

▶ 有一大群旁觀者，但沒有人提供援助。

記憶心法 片語 look on 意為「觀看」，二字顛倒後合併起來，再加上 er，即是「觀眾，旁觀者」的意思。

opportune

★★★★★

a. [ˌɑpɚˈtjun] 同 fitting

▶ 形 適宜的；適時的

The rain came at an opportune time for the crops.

▶ 這場雨對莊稼來說來得真是時候。

記憶心法 字首 op- 表「進入」，port 表「港口」，-une 作形容詞字尾，可聯想記憶：暴風雨來臨時，「進入港口」避風雨是「適宜的」舉動。

opportunist

★★★★☆

n. [ˌɑpɚˈtjunɪst]

▶ 图 投機取巧者

Most employees in this company are opportunists.

▶ 這家公司大部分的員工是投機取巧者。

記憶心法 此字是由 opportunity（機會）去掉 ty 加上 st 而形成，-ist 表「……的人」，合起來是「找機會的人」，因此便有「投機取巧者」之意。

oppression

★☆☆☆☆

n. [əˈprɛʃən] 同 heavy-handedness

▶ 图 壓迫，壓制

The unusual silence gave me a feeling of oppression.

▶ 不尋常的沈靜讓我感到很壓迫。

記憶心法 字首 op- 可表「向」，press 表「壓」，-ion 是名詞字尾，合起來是「向……壓下去」，因此便有「壓迫，壓制」之意。

optician

★★★☆☆

n. [ɑpˈtɪʃən]

▶ 图 眼鏡商；配鏡師

The optician suggested I change my glasses.

▶ 配鏡師建議我換一副眼鏡。

記憶心法 optic 表「眼的」，字尾 -ian 表「……的人」，合起來是「看眼睛的人」，由此引申為「眼鏡商；配鏡師」之意。

opulent

★★★☆☆

a. [ˈɑpjələnt] 同 luxurious, rich

▶ 圈 富裕的，充足的

The interior of Jones' new house is magnificent and opulent.

▶ Jones 的新房內部裝飾得富麗堂皇。

記憶心法 字根 opul 表「財富」，-ent 在此作形容詞字尾，因此合併起來便有「富裕的，充足的」之意。

orbit

★★★★★

n. [ˈɔrbɪt] 同track

▶ 名 軌道

They plan to put a satellite into orbit round the earth tonight.

▶ 他們計畫今晚把一顆衛星送入繞地球的軌道。

記憶心法 字首 orb- 表「軌道」，字根 it 表「走」，合起來是「走在軌道上」，因此便有「軌道」之意。

ordeal

★★★★★

n. [ɔrˈdiəl] 同trial

▶ 名 嚴峻考驗，苦難

She did not give up throughout her long ordeal.

▶ 在長期的苦難中，她沒有放棄。

記憶心法 此字的結構為 or + deal，deal 意為「對付」，可聯想記憶：「苦難」就是一個人要去「對付」的「嚴峻考驗」。

ordinance

★★★★★

n. [ˈɔrdɪnəns] 同legislation, law

▶ 名 法令，條例

Anyone who didn't obey the king's ordinance would be killed.

▶ 任何不遵從國王法令的人都會被處死。

記憶心法 字根 ord 表「命令」，-inance 作名詞字尾，表「事物」，合起來是「命令的事物」，因此便是「法令，條例」之意。

orient

★★★★★

a. [ˈorɪənt]

▶ 形 上升的；東方的

More and more westerners come to the orient to do business.

▶ 越來越多的西方人來東方做生意。

記憶心法 字根 ori 表「太陽升起」，-ent 是形容詞字尾，合起來是「太陽上升的」，由此引申為「上升的；東方的」之意。

orientation

★★★★☆

n. [ˌorɪɛnˈteʃən] 同direction

▶ 名定位；方向

Without a compass they couldn't find their orientation in the forest.

▶ 沒有指南針，他們在森林裡找不到方向。

記憶心法 orient 是動詞，意為「定……的方位」，加上 ation 變為名詞，即是「定位；方向」之意。

orifice

★★☆☆☆

n. [ˈɔrəfɪs] 同pore

▶ 名洞口

I saw a rabbit run out from the orifice of the cave a few minutes ago.

▶ 幾分鐘前我看見一隻兔子從洞口跑出。

記憶心法 字首 or- 可表「口」，i 是「我」，fice 是「小狗」，可聯想記憶：「我」的「小狗」從「洞口」往外鑽。

ornament

★★★★★

n. [ˈɔrnəmənt] 同decoration

▶ 名修飾；裝飾品

She bought many diamond ornaments.

▶ 她買了很多鑽石飾品。

記憶心法 字根 orn 表「裝飾」，加上 ment，變為名詞，即有「修飾；裝飾品」之意。

ornate

★★★☆☆

a. [ɔrˈnet] 同adorned, fancy

▶ 形 裝飾的，華麗的

That diamond ring is too ornate for my grandma's taste.

▶ 那鑽戒太華麗了，不對我奶奶的口味。

記憶心法 字根 orn 表「裝飾」，-ate 作形容詞字尾，合起來是「裝飾過頭的」，因此便有「裝飾的，華麗的」之意。

oscillate

★★☆☆☆

v. [ˈɑsˌlet] 同swing, waver

▶ 動 擺動；游移

Generically speaking, manic depressives oscillate between depression and elation.

▶ 一般而言，躁鬱症是在抑鬱與躁狂間游移。

 字根 oscill 表「擺動」，-ate 作動詞字尾，因此便有「擺動；游移」之意。

ostrich

★★★★☆

n. [ˈɑstrɪtʃ]

▶ 名 鴕鳥

The ostrich runs very fast.

▶ 鴕鳥跑得很快。

字此字的結構為 ost + rich（有錢的）構成，可聯想：「有錢」人才能買得起「鴕鳥」羽毛大衣。

oust

★☆☆☆☆

v. [aʊst] 同depose

▶ 動 驅逐，攆走

He was ousted from his motherland.

▶ 他被逐出自己的國家。

字oust 是 out（出去）中間加個 s（音似「死」），可聯想記憶：「死」也要把爛總統「驅逐」「出去」。

outcry

★★★★☆

n. [ˈaʊtˌkraɪ] 同object

▶ 名 尖叫；強烈抗議

If the government tries to close the airport, there'll be a great outcry.

▶ 若政府試圖關閉機場，必遭強烈抗議。

字字首 out- 表「超過」，cry 表「叫喊」，合起來是「叫喊的聲音超過標準」，由此引申為「尖叫；強烈抗議」之意。

outgoing

★★★★★

a. ['aʊt,goɪŋ] 同departing

▶ 形 出發的；要離職的

The outgoing president felt very upset.

▶ 即將離職的校長感到
很傷心。

記憶心法 片語 go out 意爲「出去」，把二字顚倒後合在一起，加上形容詞字尾 -ing，便形成「出發的；要離職的」之意。

---

outlet

★★★★★

n. ['aʊt,lɛt] 同exit

▶ 名 出口；發洩途徑

The man needs an outlet for his anger.

▶ 這個人需要一個發洩
怒氣的途徑。

記憶心法 out 意爲「出」，let 意爲「讓」，合起來是「讓……出來」，因此便有「出口；發洩途徑」之意。

---

outlook

★★★★★

n. ['aʊt,lʊk] 同view

▶ 名 景色；觀點

A man with narrow outlook cannot succeed.

▶ 一個觀點狹窄的人不
能成功。

記憶心法 片語 look out 意爲「朝外看，注意」，將其倒過來合在一起，變爲名詞，即有「景色；觀點」之意。

---

outnumber

★★★★★

v. [aʊt'nʌmbɚ] 同exceed

▶ 動 數量超過

Females in the company outnumber males two to one.

▶ 這家公司的女性人數
比男性超過一倍。

記憶心法 字首 out- 表「超」，number 意爲「數量」，因此合併起來便有「數量超過」之意。

outright

★★★★★

a. [ˈaʊtˌraɪt] 同complete

His words were an outright lie.

▶ 形十足的，徹底的

▶ 他的話是十足的謊言。

記憶心法 字首 out- 表「超」，right 意為「對的」，合起來是「比對的更正確」，因此便有「十足的，徹底的」之意。

outset

★★★★★

n. [ˈaʊtˌsɛt] 同start, beginning

He lied to you at the very outset.

▶ 名最初，開始，開端

▶ 他從一開始就對你說了謊。

記憶心法 片語 set out 意為「出發」，將其倒過來合在一起，即變為名詞 outset，意為「最初，開始，開端」。

outskirts

★★★★★

n. [ˈaʊtˌskɝts] 反downtown

Airports are usually on the outskirts of cities.

▶ 名郊外，郊區

▶ 機場通常是在城市的郊區。

記憶心法 此字的結構為 out（外）+ skirts（裙子），可聯想記憶：她喜歡穿著「裙子」到「郊外」去遊玩。

overcast

★★★★★

a. [ˈovɚˌkæst] 同cloudy 反sunny

The sky is a bit overcast; it might rain.

▶ 形陰天的；陰暗的

▶ 天有點陰暗，可能會下雨。

記憶心法 字首 over- 表「過多」，字根 cast 表「覆蓋」，合起來是「（雲層）覆蓋過多」，由此引申為「陰天的；陰暗的」之意。

overrun ★★☆☆☆

v. [ˌovɚˈrʌn] 同spread

The new fashion will overrun in Europe this spring.

▶ 颐 蔓延；橫行；盛行

▶ 這種新的流行式樣今春將在歐洲盛行。

> 記憶心法 字首 over- 表「過多」，run 是「跑」，合起來是「水太多而跑出杯子」，由此引申為「蔓延；橫行；盛行」之意。

overturn ★★★★★

v. [ˌovɚˈtɝn] 同turn over

They succeeded in overturning the corrupt government.

▶ 颐 翻轉；顛覆

▶ 他們成功顛覆腐敗的政府。

> 記憶心法 片語 turn over 意為「使翻倒，使傾覆」，將二字顛倒後合在一起，就是「翻轉；顛覆」之意。

overwhelm ★★★★☆

v. [ˌovɚˈhwɛlm] 同astound

She was overwhelmed with joy on hearing her mother's arrival.

▶ 颐 壓倒；不知所措

▶ 聽到母親到來，她高興得不知所措。

> 記憶心法 字首 over- 意為「越過」，whelm 意為「覆蓋」，合起來是「蓋過去」，由此引申為「壓倒；不知所措」之意。

oxidize ★★★★☆

v. [ˈɑksəˌdaɪz] 同rust

This kind of tool is not easily oxidized.

▶ 颐 使氧化；使生銹

▶ 這種工具不容易生銹。

> 記憶心法 字根 oxid 表「氧化物」，-ize 是動詞字尾，表「使……」，合起來便是「使氧化；使生銹」之意。

ozone

★★★☆☆

n. [ˈozon]

▶ 图 臭氧

To repair the ozone shield, we must preserve soil and save the tropical rainforest.

▶ 為了修護臭氧層，我們須保護土壤並拯救熱帶雨林。

記憶心法 o 可視為 oxygen（氧），zone 是「地帶」，合起來是「氧氣的地帶」，因此便有「臭氧」之意。

以 P 為首的單字 Track 17

pacifist

★★★★☆

n. [ˈpæsəfɪst]

▶ 图 和平主義者

The pacifist movement is gaining great support among young students.

▶ 和平主義者運動在學生中贏得廣泛的支持。

記憶心法 字首 pac- 表示（和平，寧靜），-ifist 作名詞字尾，表示「……主義者」，合併起來便有「和平主義者」之意。

palette

★★★★★

n. [ˈpælɪt]

▶ 图 調色板，顏料

A palette is a thin, curved board that an artist uses to mix paints.

▶ 調色板是畫家用來調色的薄曲形板。

記憶心法 pale 意為「蒼白的」，-tte 作名詞字尾，可聯想記憶：因為畫布上的人物臉色「蒼白」，所以要用「調色板」上「顏料」。

panorama

★★☆☆☆

n. [ˌpænəˈræmə] 同landscap

▶ 名全景

From the summit there is a superb panorama of the Alps.

▶ 從峰頂俯瞰，阿爾卑斯山壯麗的全景盡收眼底。

記憶心法 字首 pan- 表「全的」，字根 orama 表「看」，合起來是「全部看得到」，由此引申為「全景」之意。

parasite

★★★★☆

n. [ˈpærəˌsaɪt] 同bloodsucker

▶ 名寄生蟲，食客

The mistletoe plant is a parasite on trees.

▶ 槲寄生是寄生在樹上的植物。

記憶心法 字首 para- 表「旁」，字根 site 可表「吃」，合起來是「坐在旁邊吃的人」，由此引申為「寄生蟲，食客」之意。

parity

★☆☆☆☆

n. [ˈpærətɪ] 同equality

▶ 名同等，同位

It's said that the US dollar and the Canadian dollar will reach parity someday.

▶ 據說有朝一日美元與加幣將達到同等價值。

記憶心法 字首 par- 表「相等、相同」，-ity 作名詞字尾，因此便有「同等，同位」之意。

particle

★★★★☆

n. [ˈpɑrtɪkl̩] 同bit, drop

▶ 名微粒；極少量

You can see dust particles floating in the sunlight.

▶ 你可以在陽光下看到灰塵的微粒。

記憶心法 part 表示「部分」，-cle 作名詞字尾，表示「小」，合併起來是「小的部分」，因此便有「微粒；極少量」之意。

partisan

★★★★★

n. [ˈpɑrtəzn̩]

▶ 名 黨人；游擊隊員

The partisans fought the invaders in the hill.

▶ 游擊隊員在山裡與入侵者作戰。

記憶心法 parti 可視為 party（黨），字尾 -san 表「……的人」，合起來是「黨人」，由此引申為「游擊隊員」之意。

pastoral

★★★★☆

a. [ˈpæstərəl]

▶ 形 田園生活的

This famous painting shows the charming pastoral scenery of cows drinking from a stream.

▶ 這幅著名油畫呈現乳牛在溪邊飲水的田園風光。

記憶心法 pastor 意為「牧人」，-al 作形容詞字尾，因此合併起來便有「牧民的，田園生活的」之意。

pathetic

★☆☆☆☆

a. [pəˈθɛtɪk] 同 pitiful

▶ 形 引起憐憫的

It is pathetic to see those starving children.

▶ 看那些挨餓的兒童會引起憐憫。

記憶心法 字根 path 表示「感情」，-etic 作形容詞字尾，表示「……的」，合併起來是「有感情的」，由此引申為「可憐的；引起憐憫的」之意。

pathology

★★★☆☆

n. [pæˈθɑlədʒɪ]

▶ 名 病理學

She majors in pathology.

▶ 她主修病理學。

記憶心法 字根 path 可表「病」，-ology 作名詞字尾，表示「……學科」，因此合併起來便有「病理學」之意。

pathos

★★★☆☆

n. [ˈpeθɑs]

▶ 名 感傷力；痛苦

The play is notable for the mixture of comedy, pathos and desire.

▶ 該劇以融合喜劇、感傷及欲望而著稱。

記憶心法 字根 path 可表「感情、痛苦」，字尾 -os 表「狀態」，合起來是「痛苦的狀態」，因此便有「感傷力；痛苦」之意。

patronize

★★★★★

v. [ˈpetrənˌaɪz]

▶ 動 以恩人自居；惠顧

Nobody likes to have anyone patronize him.

▶ 沒有人喜歡有人對他以恩人自居。

記憶心法 patron 表「贊助人」，-ize 作動詞字尾，合起來是「以贊助人的姿態出現」，因此便有「以恩人自居；惠顧」之意。

pedagogic

★★★★☆

a. [ˌpɛdəˈgɑdʒɪk]

▶ 形 教學法的

We need to reform our current pedagogic practices.

▶ 我們需要改進現行的教學方式。

記憶心法 字首 ped- 表「兒童」，字根 agog 表「引導」，-ic 作形容詞字尾，合起來是「引導兒童學習的」，因此便有「教學法的」之意。

pendant

★★☆☆☆

n. [ˈpɛndənt]

▶ 名 墜飾

My necklace has a rabbit pendant, but I don't often wear it.

▶ 我的項鏈有兔子狀的墜飾，但我不常戴它。

記憶心法 字根 pend 表「懸」，字尾 -ant 表「……事物」，合起來是「懸掛著的東西」，因此便有「墜飾」之意。

penetrate

★★★★★

v. [ˈpɛnəˌtret] 同pierce

▶ 動穿透；滲透；看穿

He fell to the ground suddenly, as the bullet penetrated his heart.

▶ 當子彈穿過他的心臟，他就突然倒地。

記憶心法 字首 pen- 可表示「全部」，字根 etr 表示「進入」，-ate 作動詞字尾，合併起來是「全部進入」，由此引申為「穿透；滲透；看穿」之意。

perceptive

★★★★★

a. [pɚˈsɛptɪv] 同sensitive

▶ 形感知的；敏銳的

This author's new book is full of perceptive insights into the human condition.

▶ 這位作家的新書充滿對人類環境的敏銳洞察。

記憶心法 字首 per- 表「貫穿」，字根 cept 表「抓」，-ive 作形容詞字尾，合起來是「抓住貫穿全部的意義」，因此便有「感知的；敏銳的」之意。

perch

★★★★★

v. [pɝtʃ] 同rest

▶ 動棲息；休息

He was perched on a high stool.

▶ 他坐在高凳子上休息。

記憶心法 該字可與形似字 parch（烘，烤）一起聯想記憶：麵包師傅 parch 完一整盤麵包後，坐下來 perch。

peril

★★★★★

n. [ˈpɛrəl] 同danger 反safety

▶ 名危機；危險

The building is pitted with peril.

▶ 這棟建築物危機四伏。

記憶心法 peril 本身就是個字根，表示「危險；冒險」。

perimeter

★★★★☆

n. [pəˈrɪmətɚ] 同brink, circuit

▶ 名 周圍；邊緣

The perimeter of our college is farmland.

▶ 我們學校的周圍是田地。

記憶心法 字首 peri- 表「周邊」，meter 表「測量」，合起來是「測量周邊的範圍」，由此引申為「周圍；邊緣」之意。

periphery

★★★☆☆

n. [pəˈrɪfərɪ]

▶ 名 周邊

They erected a fence around the periphery of the property.

▶ 他們在房地產周邊豎起圍牆。

記憶心法 字首 peri- 表「周邊」，字根 pher 表示「帶」，-y 作名詞字尾，合併起來是「帶到周邊」，因此便有「周邊」之意。

perquisite

★★★☆☆

n. [ˈpɝkwəzɪt] 同fringe benefit

▶ 名 額外津貼

Our perquisites include the use of the company car.

▶ 我們的額外津貼包括使用公司的汽車。

記憶心法 字首 per- 表「全部」，字根 quis 表「要求」，合起來是「全部以外的要求」，由此引申為「額外津貼」之意。

perpetual

★★★☆☆

a. [pɚˈpɛtʃʊəl] 同ceaseless

▶ 形 永久的；不斷的

I am tired of their perpetual chatter.

▶ 他們不斷地交談，這讓我感到厭倦。

記憶心法 字首 per- 可表「始終」，字根 pet 表示「追求」，-ual 作形容詞字尾，合起來是「自始至終的追求」，由此引申為「永久的；不斷的」之意。

perplex

★★★★★

v. [pɚˋplɛks] 圆confuse, puzzle

▶ 勔 迷惑，困惑

Faced with that dilemma, I was perplexed.

▶ 我面對進退兩難的局面而感到困惑。

記憶心法 字首 per- 表示「完全」，字根 plex 表示「纏繞，編織」，合併起來構成「完全纏繞、編織在一起」，由此引申為「迷惑，困惑」之意。

persecute

★★★★★

v. [ˋpɝsɪ͵kjut]

▶ 勔 迫害

Some British came to America on the Mayflower after being persecuted for their religious beliefs.

▶ 一些英國人是在宗教迫害後乘五月花號來到美國。

記憶心法 字首 per- 可表「始終」，字根 secu 表「跟隨」，合起來是「自始至終的跟在後面」，由此引申為「迫害」之意。

perseverance

★★★★★

n. [͵pɝsəˋvɪrəns]

▶ 图 堅忍不拔

By virtue of his perseverance, the young athlete became a champion at last.

▶ 年輕運動員憑著堅忍不拔的精神成為冠軍。

記憶心法 字首 per- 可表「加強」，severe 表「嚴格」，合起來是「加強對自己的嚴格」，由此引申為「堅忍不拔」之意。

personify

★★★★★

v. [pɚˋsɑnə͵faɪ]

▶ 勔 擬人化；使人格化

The sun and the moon are often personified in Chinese poetry.

▶ 中國詩詞常把太陽和月亮擬人化。

記憶心法 person 表「人」，動詞字尾 -fy 表「使成為」，合起來是「使成為人」，因此便有「擬人化；使人格化」之意。

perspective

★★★★☆

n. [pɚˈspɛktɪv] 同outlook

I think he lacks perspective.

▶ 图 洞察力；觀點

▶ 我認為他缺乏洞察力。

記憶心法 字首 per- 表示「完全」，字根 spect 表示「看」，-ive 在此作名詞字尾，合併起來是「看得完全」，因此便有「洞察力；觀點」之意。

perturb

★★☆☆☆

v. [pɚˈtɝb] 同disturb

The old lady was much perturbed by her dog's illness.

▶ 動 使擾亂，使混亂

▶ 那位老婦人被她愛犬的病弄得心慌意亂。

記憶心法 字首per-可表「完全」，字根turb表「混亂、雜亂」，合起來是「完全混亂」，由此引申為「使擾亂，使混亂」之意。

pervasive

★★★★★

a. [pɚˈvesɪv] 同permeating

A smell of coffee was pervasive in the atmosphere.

▶ 形 蔓延的；瀰漫的

▶ 空氣裡瀰漫著咖啡的氣味。

記憶心法 此字是由動詞pervade（遍及，瀰漫，蔓延）去掉de加上sive而形成形容詞，因此便有「蔓延的；瀰漫的」之意。

pheasant

★★★☆☆

n. [ˈfɛznt]

Pheasants have long tails.

▶ 图 野雞

▶ 野雞有長尾巴。

記憶心法 該字可與形似字pleasant（高興的）一起聯想記憶：偷雞者抓到十隻pheasant後就很 pleasant 回家。

philanthropist

★★★★★★

n. [fɪ'lænθrəpɪst] 同patron

▶ 图 慈善家

He was once a millionaire philanthropist.

▶ 他曾經是一位財產百萬的慈善家。

記憶心法 字首 phil- 表示「愛」，字根 anthrop 表示「人」，字尾 -ist 表「……的人」，合併起來構成「愛幫人的人」，因此便有「慈善家」之意。

phobia

★★★★★★

n. ['fobɪə]

▶ 图 恐懼症

I have a phobia for great heights.

▶ 我有懼高症。

記憶心法 字根 phob 表示「恐懼」，-ia 作名詞字尾，合併起來便有「恐懼症」之意。

phonetic

★★★★★★

a. [fo'nɛtɪk]

▶ 形 語音的；語音學的

Do you know the international phonetic symbols for the alphabet?

▶ 你懂國際音標嗎？

記憶心法 字根 phon 表示「聲音的，聲學的」，-etic 是形容詞字尾，因此合併起來便有「語音的；語音學的」之意。

physiological

★★★★★★

a. [ˌfɪzɪə'lɑdʒɪkl̩] 同biological

▶ 形 生理的，生理學的

Sometimes we can't control our physiological changes.

▶ 我們有時不能控制我們的生理變化。

記憶心法 physiology 意為「生理學」，去掉字尾 y 加上 ical 就變為形容詞，表示「生理的，生理學的」之意。

piety

★★★★☆

n. [ˈpaɪətɪ] 同fidelity

▶ 名虔誠；孝順

Filial piety is fast becoming a thing of the past.

▶ 孝順很快會變成過時的產物。

記憶心法 字根 pi 表「盡職盡責的」，-ety 在此作名詞字尾，由此引申為「虔誠；孝順」之意。

pinnacle

★★★☆☆

n. [ˈpɪnək!] 同peak, top

▶ 名尖峰；頂點

When Ann sees her boyfriend, she feels she is on the pinnacle of happiness.

▶ 當 Ann 見到她男友時，她感覺處在幸福的頂點。

記憶心法 pin 意為「針」，字尾 -acle 表「物」，合起來是「像針一樣尖的東西」，由此引申為「尖峰；頂點」之意。

pit

★★★☆☆

n. [pɪt] 同cavity

▶ 名坑，井；陷阱

Some pupils are playing in the nearby sand pit.

▶ 一些小學生正在附近的沙坑中玩耍。

記憶心法 該字可與形似字 pig（豬）一起聯想記憶：愚蠢的 pig 常常不小心掉進 pit。

pivotal

★★★★★

a. [ˈpɪvət!] 同key

▶ 形中樞的；關鍵的

The Bank of England has a pivotal role in the London money market.

▶ 英格蘭銀行在倫敦金融市場起關鍵作用。

記憶心法 pivot 表「中點，樞軸」，-al 作形容詞字尾，合起來是「樞軸的、中樞的」，由此引申為「關鍵的」之意。

placate

★★★★☆

v. [ˈpleket] 同pacify, conciliate

▶ 動撫慰，平息

He attempted to placate his enemy.

▶ 他企圖安撫敵人。

記憶心法 字根 plac 表示「平靜」，-ate 作動詞字尾，表「使……」，因此合併起來便有「撫慰，平息」之意。

placebo

★★★★★

n. [pləˈsibo]

▶ 名安慰劑

The old lady who lost her wallet feels better after taking a placebo.

▶ 丟了錢包的老婦人吃了安慰劑後感覺好多了。

記憶心法 字根 plac 表示「平靜」，字尾 -ebo 表「……東西」，合起來是「使平靜的東西」，由此引申為「安慰劑」之意。

placid

★★★★☆

a. [ˈplæsɪd] 同calm, quiet

▶ 形安靜的，平和的

The girl had a placid disposition.

▶ 這個女孩性情溫和。

記憶心法 字根 plac 表示「平靜」，-id 作形容詞字尾，表示「……的」，因此合併起來便有「安靜的，平和的」之意。

plaintiff

★★★★★

n. [ˈplentɪf] 同accuser

▶ 名原告

Finally, the judge decided against the plaintiff.

▶ 法官最終判決原告敗訴。

記憶心法 plaint 表示「哀訴，抱怨」，字尾 -iff 表「……的人」，合併起來構成「哀訴的一方」，因此便有「原告」之意。

plateau

★★★★★

n. [plæ'to] 同highland

▶ 名 高原

Many people can't be accustomed to plateau climate.

▶ 許多人無法適應高原氣候。

記憶心法 字根plat表示「平」，字尾-eau表「……地方」，合併起來構成「高的平地」，因此便有「高原」之意。

plausible

★★★☆☆

a. ['plɔzəbḷ] 同credible

▶ 形 似真的，似有理的

Daniel's excuse sounds perfectly plausible.

▶ Daniel 的藉口聽起來很合理。

記憶心法 字根plaus表「鼓掌」，-ible作形容詞字尾，合起來是「說的道理讓人鼓掌」，由此引申為「似真的，似有理的」之意。

plead

★★☆☆☆

v. [plid] 同appeal

▶ 動 懇求，請求

He pleaded with his mother to allow him to travel.

▶ 他請求他母親答應他去旅遊。

記憶心法 plea 表「懇求」，-d 在此作動詞字尾，因此便有「懇求，請求」之意。。

plenary

★★☆☆☆

a. ['plinərɪ] 同entire

▶ 形 全體出席的

Our company held a plenary meeting before the Middle Autumn Festival.

▶ 我們公司在中秋節前舉行全體會議。

記憶心法 字根plen 表「滿」，-ary 作形容詞字尾，合起來是「滿滿的」，由此引申為「全體出席的」之意。

plenitude

★★★★★

n. [ˈplɛnəˌtjud] 同abundance

▶ 名充足，大量

A growing child needs plenitude of sleep.

▶ 正在發育的孩子需要充足的睡眠。

記憶心法 字根 plen 表「滿」，-itude 作名詞字尾，表「狀態」，合起來是「滿滿的狀態」，由此引申為「充足，大量」之意。

---

plethora

★★★★★

n. [ˈplɛθərə]

▶ 名過多

Sophie's report contained a plethora of detail.

▶ Sophie 的報告中細節過多。

記憶心法 字根 pleth 表「滿」，字根 ora 表「嘴」，合起來是「嘴都塞滿了」，由此引申為「過多」之意。

---

plight

★★★★★

n. [plaɪt] 同difficulty

▶ 名苦境

The plight of the African famine victims commands everyone's sympathy.

▶ 非洲飢民的苦境值得大家同情。

記憶心法 該字可與形似字 slight（不足道的）一起聯想記憶：比起非洲難民的 plight，我們所受的苦真的是 slight。

---

plod

★★★★★

v. [plɑd] 同lumber

▶ 動埋頭苦幹

Tom's mother is happy to see that Tom has plodded away at his lessons recently.

▶ Tom 的媽媽看 Tom 最近埋頭苦讀而感到高興。

記憶心法 該字可與形似字 plop（撲通）一起聯想記憶：經過一整天 plod，到家後就想 plop 一聲倒頭就睡。

pluck

★★★★☆

v. [plʌk] 同pick

▶ 動摘，拔

David plucked a rose for his girlfriend from his garden.

▶ David 在他家花園裡為女友摘一朵玫瑰花。

記憶心法 該字可與形似字 plug（插頭）一起聯想記憶：地震時，最好 pluck 掉電器的 plug，以免電線走火。

plywood

★★★★☆

n. [ˈplaɪˌwʊd]

▶ 名夾板，合板

One piece of my furniture is made of plywood covered in teak veneer.

▶ 我的一件家具是用柚木薄片的合板做的。

記憶心法 字根 ply 表「折，彎」，wood 意為「木頭，木材」，可聯想記憶：把「木頭或木材」「折彎」幾下就成了「夾板」。

pod

★★★☆☆

n. [pɑd]

▶ 名豆莢

This kind of pea has a long pod.

▶ 這種豌豆有著長豆莢。

記憶心法 該字可與形似字點頭(nod)一起聯想記憶：媽媽叫他去摘 pod，他默默地 nod。

poignancy

★★★☆☆

n. [ˈpɔɪnənsɪ]

▶ 名尖銳；沈痛

The film is notable for the poignancy of its scene.

▶ 這部電影以哀怨沈痛而著稱。

記憶心法 字根 poign 表「刺」，字尾 -ancy 表「……的狀態或性質」，因此合併起來便有「尖銳」之意，引申為「沈痛」。

poise

★★★★★

v. [pɔɪz] 同balance

▶ 動 保持平衡

The graceful dancer poised herself on her toes.

▶ 優雅的舞蹈演員踮著腳尖保持平衡。

記憶心法 該字可與形似字noise（吵雜）一起聯想記憶：小丑走在鋼索上poise的時候，希望觀眾不要有noise。

polarize

★★★★★

v. [ˈpoləˌraɪz]

▶ 動 使極化

Public opinion has polarized this economic issue.

▶ 公眾意見在這個經濟議題上已兩極化。

記憶心法 polar 表「極」，-ize 作動詞字尾，表「使……」，因此合併起來便有「使極化」之意。

polity

★★★★★

n. [ˈpɑlətɪ] 同politics

▶ 名 政府制度

What do you think of our polities?

▶ 你認為我們的政府制度怎麼樣？

記憶心法 該字可與形似字policy（政策）一起聯想記憶：在自由民主的 polity 之下，民眾可以批評政府的 policy。

ponder

★★★★★

v. [ˈpɑndɚ] 同deliberate, meditate

▶ 動 考慮；沈思

She pondered for a while before giving an answer.

▶ 她沈思了一會兒才答覆。

記憶心法 ponder 本身就是一個字根，表示「衡量，稱重，權衡，考慮」。

portent

★☆☆☆☆

n. ['portɛnt] 同omen

▶ 名 前兆，預兆

In some superstitious countryside, people believe the raven is a portent of death.

▶ 在一些迷信的鄉間，人們認為大烏鴉是死亡的預兆。

記憶心法 port 可看做 part（部分），-ent 作名詞字尾，可聯想記憶：「預兆」就是顯現未來的「部分」事物。

posterity

★★★★☆

n. [pɑs'tɛrətɪ] 同offspring

▶ 名 後代

A mule has neither pride of ancestry nor hope of posterity.

▶ 騾子既無驕傲的祖宗，亦無有希望的後代。

記憶心法 字首 post- 表「後面的」，er 表「……人」，合起來是「生在後面的人」，由此引申為「後代」之意。

postulate

★★☆☆☆

v. ['pɑstʃə‚let] 同speculate

▶ 動 假定；推斷

Some experts postulated that a cure for AIDS will be found by the year 2050.

▶ 一些專家推斷二〇五〇年前能找出治癒愛滋病的方法。

記憶心法 字根 postul 表「放」，-ate 作動詞字尾，合起來是「放出觀點」，由此引申為「假定；推斷」之意。

potent

★★★★★

a. ['potn̩t] 同powerful

▶ 形 強有力的

We were all convinced by his potent arguments.

▶ 他那有力的論點把我們都說服了。

記憶心法 字根 pot 表示「能，能力」，-ent 作形容詞字尾，合併起來便有「強有力的；有勢力的」之意。

pragmatic

★★★★★

a. [præg'mætɪk] 同practical ▶ 形務實的

He took a bookish rather than a prag-matic approach in solving the problem. ▶ 他以迂腐方式而非務實態度解決問題。

記憶心法 字根 pragm 表示「實際」，-atic 作形容詞字尾，表示「……的」，合併起來便有「務實的」之意。

pragmatist

★★★★★

n. ['prægmətɪst] 反idealist ▶ 名實用主義者

The politician is a pragmatist and known for his pragmatism. ▶ 該政治家是實用主義者，並以其實用主義著稱。

記憶心法 字根 pragm 表示「實際」，字尾 -atist 表「……的人」，合起來是「實際的人」，由此引申為「實用主義者」之意。

preamble

★★★★★

n. ['priæmbl̩] 同preface ▶ 名序文，前言，前奏

Our headmaster gave his commence-ment address without any preamble. ▶ 我們校長開門見山（無前言）發表畢業致詞。

記憶心法 字首 pre- 表「在前」，字根 amble 表「跑」，合起來是「跑在前面的東西」，由此引申為「序文，前言」之意。

precarious

★★★★★

a. [prɪ'kɛrɪəs] 同unstable; dangerous ▶ 形不穩定的；危險的

Ann makes a rather precarious living as a part-time interpreter. ▶ 作為兼職翻譯員，Ann 過著不穩定的生活。

記憶心法 字首 pre- 表「在前」，car 是「汽車」，-ious 作形容詞字尾，合起來是「走在汽車前面」，因此便有「危險的」之意。

precede

★★★★☆

v. [pri'sid] 同head

▶ 動 在……之前

The professor preceded his speech with a few words of welcome to the special guests.

▶ 教授在演講前先說幾句對特別來賓表示歡迎的話。

記憶心法 字首 pre- 表「在前」，字根 ced 表示「行」，因此合併起來便有「在……之前」之意。

precinct

★☆☆☆☆

n. ['prisɪŋkt] 同boundary, circle

▶ 名 區域，範圍

Our students are not allowed to leave the school precinct during school hours.

▶ 我們的學生在上課期間不得離開校區。

記憶心法 字首 pre- 表「先，在前」，字根 cinct 表「束緊」，合起來是「先講好要束緊的地方」，由此引申為「區域，範圍」之意。

precipitate

★★★★☆

v. [prɪ'sɪpə,tet]

▶ 動 使陷於

An already ailing economy precipitated into ruin despite foreign intervention.

▶ 儘管有外來的協助，已衰敗的經濟仍陷入崩潰狀態。

記憶心法 字首 pre- 表「先，在前」，字根 cipit 表示「落下」，-ate 作動詞字尾，合併起來是「朝前落下」，由此引申為「使陷於」之意。

precipitous

★★☆☆☆

a. [prɪ'sɪpətəs] 同steep

▶ 形 陡峭的

A precipitous path led down the mountainside.

▶ 沿著山腰下來有一條陡峭的山路。

記憶心法 字首 pre- 表「先，在前」，字根 cipit 表示「落下」，-ous 作形容詞字尾，合併起來是「向前落下的」，由此引申為「陡峭的」之意。

preclude

★★★★★

v. [prɪˈklud] 同exclude

▶ 勔 避免，排除

They try to preclude any possibility of misunderstanding.

▶ 他們試圖排除任何誤解的可能性。

記憶心法 字首 pre- 表「先，在前」，字根 clud 表「關閉」，合起來是「先關閉掉」，由此引申為「避免，排除」之意。

precursor

★★★★★

n. [priˈkɝsɚ] 同ancestor, forerunner

▶ 图 先驅；前輩

The first telephone was the precursor of modern communications networks.

▶ 第一支電話是現代通訊網路的先驅。

記憶心法 字首 pre- 表「先，在前」，字根 curr 表「跑」，合起來是「先跑在前面的事物」，由此引申為「先驅；前輩」之意。

predominant

★★★★★

a. [prɪˈdɑmənənt] 同leading

▶ 彤 主要的；顯著的

Bright red and green were the predominant colors in the room.

▶ 鮮紅色和綠色是這房間主要的色調。

記憶心法 字首 pre- 表「先，在前」，dominant 表示「支配的」，合併起來是「先支配在前的」，由此引申為「主要的；顯著的」之意。

preeminent

★★★★★

a. [priˈɛmɪnənt] 同outstanding

▶ 彤 卓越的，傑出的

This movie star was dressed by a preeminent New York designer.

▶ 這位影星穿著紐約傑出設計師設計的服裝。

記憶心法 字首 pre- 表「先，在前」，eminent 表「凸出的」，合起來是「凸出在前的」，由此引申為「卓越的」之意。

prelude

★★★★☆

n. [ˈprɛljud] 同preliminary

▶ 名序幕，前奏

Last year Peter's frequent depressions were the prelude to a complete mental breakdown.

▶ 去年 Peter 常沮喪，而這是後來精神完全崩潰的序幕。

記憶心法 字首pre-表「先，在前」，字根lud表「展現」，合起來是「先展現的事物」，由此引申為「序幕，前奏」之意。

premise

★☆☆☆☆

n. [ˈprɛmɪs]

▶ 動前提

I think your conclusion does not follow your premise.

▶ 我認為你的結論與你的前提不一致。

記憶心法 字首pre-表「先，在前」，字根mis表「投出，說出」，合起來是「先說出的」，因此便有「前提」之意。

prescribe

★★★☆☆

v. [prɪˈskraɪb] 同assign

▶ 動指示；開（藥）

Let the doctor prescribe some medicine for you.

▶ 讓醫生給你開些藥。

記憶心法 字首pre-表「先，在前」，scribe表示「寫」，合併起來是「先寫好的東西」，由此引申為「指示；開（藥）」之意。

preside

★★★☆☆

v. [prɪˈzaɪd] 同chair, manage

▶ 動主持；掌管

We believe that the fate presides over man's destiny.

▶ 我們相信，命運掌管人類的命運。

記憶心法 字首pre-表「先，在前」，字根sid表「坐」，合起來是「坐在眾人前面」，由此引申為「主持；掌管」之意。

presumption

★★★★★

n. [prɪ'zʌmpʃən] 同conjecture

▶ 名 假定；自以為是

Your article has too many false presumptions.

▶ 你的文章有太多自以為是的東西。

記憶心法 此字為動詞 presume（推測；假定）去掉 e 加上 ption 而形成名詞，因此便有「假定；自以為是」之意。

pretext

★★★★★

n. ['pritɛkst] 同excuse

▶ 名 藉口

Tom tried his best to find a pretext for not doing his homework.

▶ Tom 試著找不做功課的藉口。

記憶心法 字首 pre- 表「先，在前」，text 表「文本」，合起來是「預先想好的文章」，由此引申為「藉口」之意。

prevalent

★★★★★

a. ['prɛvələnt] 同widespread

▶ 形 盛行的；普遍的

At present, the habit of travelling by aircraft is becoming more prevalent each year.

▶ 如今，搭飛機旅行一年比一年普遍了。

記憶心法 字首 pre- 表「先，在前」，字根 val 表「強」，-ent 作形容詞字尾，合併起來是「強勢在前」，引申為「盛行的；普遍的」之意。

procession

★★★★★

n. [prə'sɛʃən] 同line

▶ 名 行列，隊伍

The troops which walked in procession are passing along slowly.

▶ 軍隊排成隊伍正慢慢地經過。

記憶心法 字首 pro- 表「向前」，字根 cess 表「行」，合起來是「向前走」，由此引申為「行列，隊伍」之意。

proclamation

★★★★☆

n. [ˌprɑklə'meʃən] 同announcement

▶ 图宣言，公布

The Emancipation Proclamation abolished slavery in the United States.

▶「解放黑奴宣言」廢除了美國的奴隸制。

記憶心法 字首 pro- 表「向前」，字根 clam 表「叫、喊」，合起來是「向前面喊」，由此引申為「宣言，公布」之意。

---

procure

★★☆☆☆

v. [pro'kjʊr]

▶ 動獲得，取得

Our teacher procured some specimens for us.

▶ 我們的老師替我們取得了一些標本。

記憶心法 字首 pro- 表「在前」，字根 cure 表「關心、治療」，可聯想記憶：不肖子「在」父親死「前」假裝「關心」，是為了「取得」龐大遺產。

---

prodigal

★★★★★

a. ['prɑdɪgḷ] 同wasteful 反frugal

▶ 厖揮霍的，浪費的

They live a prodigal life.

▶ 他們過著揮霍的生活。

記憶心法 字根 prodig 表「巨大，浪費」，-al 在此作形容詞字尾，表示「……的」，因此便有「揮霍的，浪費的」之意。

---

prodigious

★★★☆☆

a. [prə'dɪdʒəs] 同amazing

▶ 厖巨大的，驚人的

David's prodigious memory overwhelmed all of us.

▶ David 驚人的記憶力令我們折服。

記憶心法 字根 prodig 表「巨大」，-ious 在此作形容詞字尾，因此合併起來便有「巨大的」之意，引申為「驚人的」。

profound

★★★★★

a. [prəˈfaʊnd] 同deep

▶ 形 深的;淵博的

The professor is a man of profound learning.

▶ 那位教授是一個學識淵博的人。

記憶心法 字首 pro- 表「向前」,字根 found 表示「底部」,合併起來構成「向前深入到底部的」,由此引申為「深的;淵博的」之意。

profusely

★★★★★

ad. [prəˈfjuslɪ] 同copiously

▶ 副 豐富地;繁茂地

He put ashes on his head, apologizing profusely.

▶ 他表示懺悔,滿口道歉。

記憶心法 profuse 是形容詞,意為「豐富的;充沛的;過多的」,加上 -ly 後變成副詞,意義則為「豐富地;繁茂地」。

profusion

★★★★★

n. [prəˈfjuʒən] 同abundance

▶ 名 過多;充沛;豐富

The injured man was bleeding in profusion.

▶ 受傷的男子流血過多。

記憶心法 profuse 是形容詞,意為「豐富的;充沛的;過多的」,去掉 e 加上 ion 後變成名詞,意義則為「過多;充沛;豐富」。

proliferation

★★★★★

n. [prəˌlɪfəˈreʃən]

▶ 名 增殖;擴散

They lobbied against the proliferation of nuclear arms.

▶ 他們為反對核武器擴散而遊說。

記憶心法 字首 pro- 表「向前」,life 意為「生命」,合起來是「向前創造生命」,因此便有「增殖」之意,引申為「擴散」。

prolific

★★★★★

a. [prə'lɪfɪk] 同productive

▶ 形 多產的，多結果的

The area is prolific in the production of fruit.

▶ 這一地區盛產水果。

記憶心法 字首 pro- 表「向前」，字根 lif 表「生命」，字尾 -ic 表「多……的」，合起來是「向前創造很多生命的」，因此便有「多產的，多結果的」之意。

prominent

★★★★★

a. ['prɑmənənt] 同eminent

▶ 形 突出的；重要的

She will have a prominent part in the play.

▶ 她將在這個戲裡扮演一個重要的角色。

記憶心法 字首 pro- 表「向前」，字根 min 表「突出」，-ent 作形容詞字尾，合併起來構成「向前突出的」，因此便有「突出的；重要的」之意。

promulgate

★★★★★

v. [prə'mʌl,get] 同proclaim

▶ 動 發布，公布

The government promulgated a decree last night via TV.

▶ 昨晚政府透過電視台發布一項命令。

記憶心法 字首 pro- 表「在前面」，字根 mulg 表「人民」，-ate 作動詞字尾，合起來是「放在人民前面」，由此引申為「發布，公布」之意。

propensity

★★★★★

n. [prə'pɛnsətɪ]

▶ 名 傾向，習性

The male seems to have a propensity to fight.

▶ 男人似乎有好鬥的傾向。

記憶心法 字首 pro- 表「在前面」，字根 pens 表「掛」，合起來是「預先就掛好了」，因此便有「傾向」之意，引申為「習性」。

proposition

★★★★★

n. [ˌprɑpəˈzɪʃən] 同proposal

▶ 图提議；主張

His proposition is so clear that it needs no explanation.

▶ 他的主張十分明確，無須解釋。

記憶心法 propose 表示「建議，提議」，-ition 作名詞字尾，合併起來便有「提議；主張」之意。

proprietor

★★★★★

n. [prəˈpraɪətɚ] 同owner, licensee

▶ 图所有人；業主

Any complaints about the store should be addressed to the proprietor.

▶ 對這家商店有任何抱怨者，可向業主投訴。

記憶心法 字根propriet表示「擁有」，字尾-or表示「……人」，合併起來是「所有人」，也就是「業主」之意。

propriety

★★★★★

n. [prəˈpraɪətɪ] 同fitness

▶ 图適當，妥當

I am doubtful about the propriety of granting their requests.

▶ 我懷疑答應他們的要求是否適當。

記憶心法 字根 propriet 表示「擁有」，-y 在此作名詞字尾，合起來是「擁有得體的行為」，因此便有「適當，妥當」之意。

prose

★★★★★

n. [proz]

▶ 图散文

The writer is good at writing sinewy prose.

▶ 那位作家擅長寫強勁有力的散文。

記憶心法 字首pro-表「向前」，字根se表「轉」，合起來是「把白話向前轉為文字」，因此便有「散文」之意。

prosecution

★★★★★

n. [ˌprɑsɪˈkjuʃən]

The prosecution of the Jews continues even today.

▶ 名 執行；起訴；迫害

▶ 對猶太人的迫害甚至在如今仍持續著。

記憶心法 prosecute 為動詞，表「從事；起訴」，-tion 是名詞字尾，合起來便有「執行；起訴；迫害」之意。

protract

★★★★★

v. [proˈtrækt] 反 shorten

Please don't protract the debate any further.

▶ 動 延長，拖長

▶ 請不要再延續爭論。

記憶心法 字首 pro- 表「向前」，字根 tract 表「拉」，合起來是「向前拉」，由此引申為「延長，拖長」之意。

protrude

★★★★★

v. [proˈtrud] 同 project

My new balcony protrudes over the street.

▶ 動 伸出，突出

▶ 我家的新陽台伸出街道上方。

記憶心法 字首 pro- 表「向前」，字根 trud 表「伸」，合起來是「向前伸」，由此引申為「伸出，突出」之意。

provincial

★★★★★

a. [prəˈvɪnʃəl] 同 regional; narrow

He always displays provincial attitudes to the theatre.

▶ 形 地方的；偏狹的

▶ 他總是以偏狹的眼光看待戲劇界。

記憶心法 此字是由名詞 province（地方；鄉間）去掉 e 加上 ial 而形成形容詞，因此便有「地方的」之意，引申為「偏狹的」。

provisional

★★★★★

a. [prə'vɪʒən!] 同tentative

▶ 形暫時的，臨時的

The provisional meeting with Mr. Edwards has been arranged for the end of May.

▶ 和Edwards先生的臨時會晤已經安排在五月底。

記憶心法 provision意為「預備，防備」，-al作形容詞字尾，可聯想記憶：所有「防備」的作為都只是「暫時的」措施。

proximity

★★★★★

n. [prɑk'sɪmətɪ] 同adjacency

▶ 名附近，接近

The restaurant benefits from its proximity to a good shopping center.

▶ 那家餐廳因位於購物中心附近而獲利。

記憶心法 字根proxim表「近」，-ity是名詞字尾，因此合併起來便有「附近，接近」之意。

proxy

★★★★★

n. ['prɑksɪ] 同procurator

▶ 名代理人；代理權

A husband can act as proxy for his wife in some western countries.

▶ 在某些西方國家，丈夫可以當妻子的代理人。

記憶心法 該字可與形似字 foxy（狡猾的）一起聯想記憶：許多房屋買賣的 proxy 都很 foxy。

prune

★★★★★

v. [prun] 同trim

▶ 動修剪，修整

Wendy likes to prune her roses in the morning.

▶ Wendy 喜歡在早晨修剪她的玫瑰花。

記憶心法 該字可與形似字brunch（早午餐）一起聯想記憶：他在週末早上習慣在prune花草之後吃 brunch。

punitive

★★★☆☆

a. [ˈpjunɪtɪv] 同corrective

▶ 懲罰的；苛刻的

The US wants to impose punitive tariffs on some important exports.

▶ 美國想對重要的出口品加徵苛刻的關稅。

記憶心法 字根 puni 表「懲罰」，-tive 在此作形容詞字尾，表「……的」，因此合併起來便有「懲罰的」之意，引申為「苛刻的」。

purport

★★★☆☆

n. [ˈpɝport] 同intent

▶ 名 目的，意圖

What is the purport of the meeting?

▶ 這個會議的目的是什麼？

記憶心法 字首 pur- 表「首先」，字根 port 表「帶」，合起來是「首先附帶的動機」，由此引申為「目的，意圖」之意。

quarantine

★★☆☆☆

n. [ˈkwɔrənˌtin] 同isolate

▶ 名 隔離，檢疫

The quarantine restriction was lifted on importing animals from Vietnam last month.

▶ 對越南的進口動物檢疫限制在上個月被解除。

記憶心法 該字可與形似字 guarantee（保證）一起聯想記憶：衛生署 guarantee 所有受感染的牛隻都已經被 quarantine。

queer

★★★★★

a. [kwɪr] 同odd, strange

▶ 形 奇怪的，古怪的

The young lady's queer way of dressing attracted the attention of many passers-by.

▶ 年輕女子的古怪裝扮引起許多過路人的注意。

記憶心法 該字可與形似字 queen（女王）一起聯想記憶：queen 的服裝對於一般人而言是很 queer。

quiver

★★★★★

v. ['kwɪvɚ] 同shake

▶ 動 顫抖，振動

Jane quivered with rage.

▶ Jane 氣得發抖。

記憶心法 該字可與形似字 quit（辭職）一起聯想記憶：他被老闆罵時氣得quiver，不久後就 quit。

quota

★★★★★

n. ['kwotə] 同ratio

▶ 名 定額；最高限額

The country's import of agricultural commodities are controlled by strict quotas.

▶ 該國農產品的進口量受最高限額的控制。

記憶心法 字根 quot 表「多少，量」，-a 作名詞字尾，合起來便有「定額；最高限額」之意。

radioactive

★★★★★

a. [ˌredɪoˈæktɪv]

▶ 形 放射性的

Radium is a kind of radioactive element.

▶ 鐳是一種放射性的元素。

 記憶心法　字首 radio- 表「放射，輻射」，-active 在此作形容詞字尾，表「有……的」，因此合併起來便有「放射性的，有輻射能的」之意。

rally

★★★☆☆

v. [ˈrælɪ] 同 revive

▶ 動 集合；恢復；振作

Their spirits rallied on hearing the good news.

▶ 他們一聽到這個好消息就振作起來了。

記憶心法　此字的結構為 r + ally（聯合，結盟），可聯想記憶：該國一跟美國「結盟」，全國人民就「振作」起來。

rampant

★★☆☆☆

a. [ˈræmpənt]

▶ 形 繁茂的；蔓生的

Disease was rampant in the area after the worst floods for over fifty years.

▶ 遭五十多年來最嚴重的洪水肆虐後，該地區疾病蔓延。

記憶心法　此字的結構為 ram（羊）+ pant（喘氣），可聯想記憶：因為雜草「蔓生」，病菌肆虐，所以「羊」就「喘氣」。

ranch

★★☆☆☆

n. [ræntʃ] 同 farm

▶ 名 大牧場，大農場

He dreams of enjoying life on the ranch in North America.

▶ 他夢想在北美洲的大牧場過著幸福的生活。

記憶心法　該字可與形似字 range（山脈）一起聯想記憶：他的 ranch 後面有一排 range。

rancor

★★★★★

n. [ˈræŋkɚ] 同resentment 反goodwill

▶ 名敵意，恨意

Although Paul has parted with his wife, he has no rancor against her.

▶ 雖然 Paul 和妻子已分手，但對她無恨意。

記憶心法 ran 可看成 run（跑）的過去式，cor 表「老天！」，可聯想記憶：他懷著「恨意」說：「『老天！』我的老婆竟跟別的男人『跑了』。」

ratify

★★★★☆

v. [ˈrætəˌfaɪ] 同approve

▶ 動批准，認可

Over ninety countries ratified this agreement.

▶ 九十多個國家批准了這項協議。

記憶心法 字根 rat 表「計算，考慮」，-fy 作動詞字尾，表示「做……」，合起來是「對某事做考慮後決定」，由此引申為「批准，認可」之意。

raze

★☆☆☆☆

v. [rez] 同destroy, tear down

▶ 動消除，抹去，破壞

Tangshan city was razed by the earthquake in 1976.

▶ 一九七六年的地震把唐山市夷為平地。

記憶心法 raze 是由動詞 rod（擦掉、刮掉、咬掉）去掉 d 加上 ze 而形成另一個動詞，引申為「消除，抹去，破壞」之意。

reactionary

★★★☆☆

a. [rɪˈækʃənˌɛrɪ] 同reversionary

▶ 形反動派的，保守的

A reactionary government never gives up power voluntarily.

▶ 反動派的政府從不自動放棄權力。

記憶心法 字首 re- 可表「反」，action 表「動作」，-ary 作形容詞字尾，因此合併起來便有「反動派的」之意，引申為「保守的」。

rebate

★★★☆☆

n. ['ribet] 同discount

▶ 图 貼現；折扣

Dennis will sell the car if he gets a good offer and a $200 tax rebate.

▶ 若有好價錢和二百元貼現，Dennis 就會賣掉那輛車。

記憶心法 字首 re- 可表「重新」，字根 bate 表「打」，-ary 作形容詞字尾，合起來是「重新打回去的（錢）」，因此便有「貼現；折扣」之意。

rebellion

★★★★★

n. [rɪ'bɛljən] 同revolt

▶ 图 反叛，造反；反對

They will face a growing rebellion in their own party.

▶ 他們將面對黨內日益增強的反對勢力。

記憶心法 此字是由動詞 rebel（造反，反叛）加上 lion 形成名詞，因此便有「反叛，造反；反對」之意。

rebuff

★★☆☆☆

n. [rɪ'bʌf] 同refusal, rejection 反accept

▶ 图 拒絕；抵制

Facts are the most powerful rebuff to rumormongers.

▶ 事實是對造謠者最有力的抵制。

記憶心法 字首 re- 可表「反」，字根 buff 表「噴、吹」，合起來是「朝反對人士噴口水」，因此合併起來便有「拒絕；抵制」之意。

rebuke

★★★★☆

v. [rɪ'bjuk] 反praise

▶ 勔 斥責，指責，非難

Lily often rebuked her boyfriend for his carelessness.

▶ Lily 常常指責男友粗心大意。

記憶心法 字首 re- 可表「一再」，字根 buke 表「打」，合起來是「一再地打」，由此引申為「斥責，指責，非難」之意。

rebut

★ ★ ★ ★ ★

v. [rɪˈbʌt] 同refute

▶ 動 反駁；駁回

The accused attempted to rebut the assertion made by the prosecution witness.

▶ 被告試圖反駁原告證人的斷言。

記憶心法 字首 re- 可表「反，回」，字根 but 表「推」，合起來是「反推回去」，因此便有「反駁；駁回」之意。

recession

★ ★ ★ ★ ★

n. [rɪˈsɛʃən] 同depression

▶ 名 退場，衰退

Once the economy was in recession, the problems that are usually associated with recession came center stage.

▶ 一旦經濟衰退，與衰退有關的問題就會成為焦點。

記憶心法 此字是由動詞 recess（休息，休會）加上 ion 而形成名詞，因此便有「退場，衰退」之意。

recipe

★ ★ ★ ★ ★

n. [ˈrɛsəpɪ]

▶ 名 食譜，烹飪法

Can you tell me your recipe for this dish?

▶ 你能不能告訴我這道菜的食譜？

記憶心法 字首 re- 可表「一再」，字根 cip 表「抓，拿」，合起來可聯想：「食譜」就是為了做菜而「一再拿捏」的方法與要領。

recipient

★ ★ ★ ★ ★

n. [rɪˈsɪpɪənt]

▶ 名 接受者

Scientists from Oxford were several recipients of the Nobel Prize for Medicine in 1945.

▶ 數名牛津大學科學家是一九四五年諾貝爾醫學獎的獲得者。

記憶心法 字首 re- 可表「一再」，字根 cip 表「抓，拿」，字尾 -ient 表「……人」，合起來是「一再拿取的人」，由此引申為「接受者」之意。

reciprocal

★★☆☆☆

a. [rɪˈsɪprəkl̩] 同mutual

▶ 形 相互的，互惠的

Ann and her boyfriend show reciprocal affection for each other.

▶ Ann 和她男友表達對彼此的愛慕。

記憶心法 字首 re- 可表「重新」，字根 ciproc 表「向前放下」，合起來是「彼此重新向前放下」，由此引申為「相互的，互惠的」之意。

---

reclaim

★★★★☆

v. [rɪˈklem]

▶ 動 改過，教化；取回

Their mission was to reclaim the land that they lost after the war.

▶ 他們的任務是取回在戰後失去的土地。

記憶心法 字首 re- 可表「重新」，claim 表「呼喊」，合起來是「重新呼喊回來」，由此引申為「使改過，使教化；取回」之意。

---

reconcile

★★☆☆☆

v. [ˈrɛkənsaɪl] 同pacify

▶ 動 使和好；調停

After each quarrel they will soon reconcile with each other.

▶ 他們每次吵架之後很快就會和好。

記憶心法 字首 re- 可表「重新」，字根 concile 表「安撫；調和」，合起來便有「使和好；調停」之意。

---

recourse

★★★★☆

n. [rɪˈkors] 同resort

▶ 名 依賴的辦法或手段

Ann's only recourse was to resign when her boss was thoroughly dissatisfied with her work.

▶ 當老闆不滿意 Ann 的工作時，她的唯一辦法是辭職。

記憶心法 字首 re- 可表「重新」，course 表「進程」，合起來是「重新進行的方案」，由此引申為「依賴的辦法或手段」之意。

rectify

★★★★★

v. [ˈrɛktəˌfaɪ] 同remedy, correct

▶ 動矯正，改正

Tom made a mistake that can not be rectified.

▶ Tom 犯了一個無法改正的錯誤。

記憶心法 字根 rect 表「正」，-fy 作動詞字尾，合起來是「使……正」，因此便有「矯正，改正」之意。

recurrent

★★★★★

a. [rɪˈkɝənt] 同frequent

▶ 形一再發生的

I have a recurrent dream of my niece turning into a butterfly.

▶ 我一再夢見我的侄女變成了蝴蝶。

記憶心法 字首 re- 可表「重新」，current 表「傾向，潮流」，合起來是「潮流重新來過」，由此引申為「一再發生的」之意。

redress

★★★★★

v. [rɪˈdrɛs] 同correct

▶ 動糾正，矯正

Our studio has more girls than boys so we will redress the balance.

▶ 我們的工作室女多男少，所以要矯正一下。

記憶心法 字首 re- 可表「重新」，dress 表「穿衣、整理」，合起來是「重新整理」，由此引申為「糾正，矯正」之意。

redundant

★★★★★

a. [rɪˈdʌndənt] 同excessive, surplus

▶ 形過多的，多餘的

The illustration had too much redundant detail.

▶ 解說中有過多的細節。

記憶心法 字首 re- 可表「反覆」，字根 und 表「波動」，-ant 作形容詞字尾，合起來可想成「水反覆波動而溢出」，由此引申為「過多的，多餘的」之意。

refurbish

★★☆☆☆

v. [rɪˈfɝbɪʃ] 同renovate, freshen up

The restaurant will be completely refurbished.

▶ 動再磨光，刷新

▶ 這家餐廳將全部重新粉刷。

 字首 re- 可表「重新」，furbish 表「磨光，擦亮」，因此合併起來便有「再磨光，刷新」之意。

refutation

★★☆☆☆

n. [ˌrɛfjʊˈteʃən] 同refutal

How can you utter such refutation?

▶ 名辯駁，反駁

▶ 你怎麼能講出這樣的反駁？

 字首 re- 可表「反」，字根 fut 表「打」，ation 作名詞字尾，合起來是「反過來打」，由此引申為「辯駁，反駁」之意。

refute

★★★★★

v. [rɪˈfjut] 同dispute

I can not refute his argument at the moment.

▶ 動駁斥，反駁，駁倒

▶ 我現在無法駁倒他的論點。

 字首 re- 可表「反」，字根 fut 表「打」，合起來是「反過來打」，因此便有「反駁，駁倒」之意。

regale

★★★☆☆

v. [ˈriˌgel] 同treat

Our new teacher regaled us with strange stories of his school-days.

▶ 動使喜悅；款待

▶ 新老師用他的學生生活奇事逗我們開心。

 字首 re- 可表「使」，gale 表「高興」，因此合併起來便有「使喜悅；款待」之意。

regime

★★★★★

n. [rɪ'ʒim] 回government

► 名 政體，制度

Under the old Iraqi regime women could not vote.

► 婦女在過去伊拉克政體下不能選舉。

記憶心法 字首 reg- 表「統治」，-ime 在此作名詞字尾，合起來是「統治的體制」，由此引申為「政體，制度」之意。

rehabilitate

★★★★★

v. [ˌrihə'bɪləˌtet] 回reinstate, restore

► 動 使復興，使恢復

The doctor is trying to rehabilitate the mentally disabled in the community.

► 醫生試圖使社區心智殘缺的人恢復正常。

記憶心法 字首 reh- 可表「重新」，字根 abilit 表「能力」，-ate 作動詞字尾，合起來是「使重新有能力」，因此便有「使復興，使恢復」之意。

reimburse

★★★★★

v. [ˌriɪm'bɝs] 回pay back

► 動 償還

If the customers are dissatisfied with their product, Paul's company will reimburse them.

► 若顧客不滿他們的產品，Paul 的公司願賠償他們。

記憶心法 字首 re- 可表「重新」，im 可視為 in（入），burse 可視為 purse（錢包），合起來是「重新進入錢包」，也就是「償還」之意。

reiterate

★★★★★

v. [ri'ɪtəˌret] 回repeat

► 動 反覆地說

The government reiterates that it has absolutely no plans to increase taxes.

► 政府反覆重申絕對沒有增稅的計畫。

記憶心法 字首 re- 可表「一再」，iterate 表「反覆」，合起來是「一再反覆」，因此便有「反覆地說，反覆地做」之意。

rejuvenate

★★★☆☆

v. [rɪˈdʒuvənet] 同regenerate

▶ 動 使恢復精神

After his holiday Paul felt rejuvenated.

▶ Paul 休假之後覺得精神恢復了。

記憶心法 字首 re- 可表「重新」，字根 juven 表「年輕」，因此合併起來便有「使年輕，使恢復精神」之意。

relentless

★★★★☆

a. [rɪˈlɛntlɪs] 同merciless

▶ 形 無情的，冷酷的

They face relentless attack from their enemy.

▶ 他們面臨敵人的無情攻擊。

記憶心法 此字是由動詞 relent（變溫和，憐憫）加上表「沒有的」字尾 -less，形成形容詞，因此便有「無情的，冷酷的，嚴峻的」之意。

relevancy

★★★★★

n. [ˈrɛləvənsɪ] 同connection

▶ 名 關連；適宜；中肯

What I am saying bears some relevancy to the matter in hand.

▶ 我現在所說的與手上的問題有關連。

記憶心法 此字為形容詞 relevant（中肯的；有關的）的名詞形式，-cy 是名詞字尾，因此便有「關連；適宜；中肯」之意。

relic

★★★★★

n. [ˈrɛlɪk] 同remnant

▶ 名 遺跡；紀念物

This old bridge is a relic of ancient times.

▶ 這座古老的橋是古代的遺跡。

記憶心法 字首 re- 可表「一再」，字根 lic 表「離開」，可聯想記憶：警衛「一再」勸導群眾「離開」那個脆弱、珍貴的「遺跡」。

relinquish

★★★★☆

v. [rɪˈlɪŋkwɪʃ] 同give up, quit

Paul relinquished possession of the house to his young wife.

▶ 動 放棄，放手；讓與

▶ Paul 把房屋所有權讓與年輕的妻子。

> 記憶心法 字首 re- 可表「一再」，字根 linqu 表「離開」，合起來是「一再離開」，由此引申為「放棄，放手；讓與」之意。

remediable

★☆☆☆☆

a. [rɪˈmidɪəbl̩] 同corrigible

All the damages to the house are remediable.

▶ 形 可補救的

▶ 房子所有的損壞都可以補救。

> 記憶心法 字根 remedi 表「糾正，補救」，字尾 -able 表「可……的」，因此合併起來便有「可糾正的；可補救的」之意。

reminiscence

★★★★☆

n. [ˌrɛməˈnɪsn̩s] 同memory, recollection

Her mind seemed wholly taken up with reminiscences of the past.

▶ 名 回想，回憶

▶ 過去的回憶似乎佔據了她的腦海。

> 記憶心法 reminisce 表「追憶，回想」，-ence 為名詞字尾，合起來便有「回想，回憶」之意。

remorse

★★☆☆☆

n. [rɪˈmɔrs] 同anguish, grief

Jimmy was seized with remorse.

▶ 名 痛悔，懊悔

▶ Jimmy 感到非常懊悔。

> 記憶心法 字首 re- 可表「反」，字根 morse 表「咬」，合起來是「反過去咬自己」，由此引申為「痛悔，懊悔」之意。

render

★★★★★

v. [ˈrɛndɚ] 同offer, give

▶ 動 給予，提供

They render assistance gratis to me.

▶ 他們無償地給予我援助。

記憶心法 該字可與形似字tender（柔軟的）一起聯想記憶：布商render地震災民tender棉被。

renege

★★★☆☆

v. [rɪˈnig] 同violate, break

▶ 動 背信，違約

David is a quiet and reliable man who never reneges on his promise.

▶ David是安靜、可靠的人，他從不食言。

記憶心法 字首 re- 可表「一再」，字根 nege 表「否認」，合起來是「一再否認」，由此引申為「背信，違約」之意。

renounce

★★☆☆☆

v. [rɪˈnaʊns] 同disclaim

▶ 動 聲明放棄

He hasn't renounced his claim to the inheritance.

▶ 他尚未聲明放棄對遺產的請求。

記憶心法 字首 re- 可表「反」，字根 nounce 表「宣布」，合起來是「反過來宣布」，由此引申為「聲明放棄」之意。

renovate

★★☆☆☆

v. [ˈrɛnəˌvet] 同renew, reform

▶ 動 更新；翻新；恢復

The old house was renovated at great cost.

▶ 這間老房子被高價翻新。

記憶心法 字首 re- 可表「重新」，字根 nov 表「新」，-ate 作動詞字尾，合起來是「重新翻新」，由此引申為「更新；改善；恢復」之意。

repent

★★★★★

v. [rɪˈpɛnt] 同regret

▶ 動 後悔；懊悔

He bitterly repented for what he had done before.

▶ 他痛悔自己之前的所作所為。

記憶心法 字首 re- 可表「一再」，字根 pent 表「後悔」，合起來是「再次後悔」，因此便有「懊悔」之意。

repercussion

★★★★★

n. [ˌripɚˈkʌʃən] 同consequence

▶ 名 彈回；反響；影響

Ann's resignation had serious repercussions to the college.

▶ Ann 的辭職對大學的影響很大。

記憶心法 字首 re- 可表「反」，字根 percus 表「震動」，合起來是「反震回去」，由此引申為「彈回；反響；影響」之意。

replenish

★

n. [rɪˈplɛnɪʃ] 同fill up, refill

▶ 名 補充，再裝滿

Dick replenished the barrel with more water.

▶ Dick 給水桶再添了一些水。

記憶心法 字首 re- 可表「重新」，字根 plen 表「充滿」，合起來是「重新充滿」，由此引申為「補充，再裝滿」之意。

replete

★★★

a. [rɪˈplit] 同full

▶ 形 飽滿的，塞滿的

Ann's new room is replete with luxuries.

▶ Ann 的新房間塞滿了奢侈品。

記憶心法 字首 re- 可表「一再」，字根 plete 表「充滿」，合起來是「一再充滿」，由此引申為「飽滿的，塞滿的」之意。

replica

★★★☆☆

n. [ˈrɛplɪkə] ⊜copy, duplicate

▶ 名 複製品

My brother has a replica of the Taj Mahal.

▶ 我哥哥有一件泰姬陵的複製品。

記憶心法 字首 re- 可表「重新」，字根 plic 表「折疊」，合起來是「把真品重新折疊」，由此引申為「複製品」之意。

replicate

★★★★★

v. [ˈrɛplɪˌket] ⊜reproduce, copy

▶ 動 折疊；複製

The chameleon's skin replicates the pattern of its surroundings.

▶ 變色龍的皮膚可複製環境的圖案。

記憶心法 字首 re- 可表「重新」，字根 plic 表「折疊」，-ate 作動詞字尾，合起來是「把真品重新折疊」，由此引申為「複製」之意。

repository

★★★☆☆

v. [rɪˈpɑzəˌtorɪ] ⊜container

▶ 動 容器；寶庫

My boyfriend is a repository of interesting facts.

▶ 我男友有說不完的趣事。

記憶心法 字首 re- 可表「重新」，字根 posit 表「放」，字尾 -ory 表「地方」，合起來是「重新放東西之處」，由此引申為「容器；寶庫」之意

reprehensible

★★★★☆

a. [ˌrɛprɪˈhɛnsəbḷ]

▶ 形 應斥責的

Daniel's behavior is most reprehensible.

▶ Daniel的行為應該受到斥責。

記憶心法 字首 re- 可表「反」，字根 prehens 表「抓住」，-ible 作形容詞字尾，合起來是「反過來抓住（缺點）的」，由此引申為「應斥責的」之意。

reprimand

★ ★ ★ ★ ★

v. [ˈrɛprəˌmænd] 同scold, chide

▶ 動 訓誡，斥責

The boss reprimanded the new clerk for his lateness.

▶ 老闆斥責新辦事員遲到。

記憶心法 字首 re- 可表「一再」，字根 prim 表「首要」，字根 mand 表「命令」，合起來是「一再下重要命令」，由此引申為「訓誡，譴責」之意。

reproach

★ ★ ★ ★ ★

n. [rɪˈprotʃ] 同scold, chide

▶ 名 責備；蒙羞

I was very happy to see that Ann's manners were above reproach at the party.

▶ 我很高興看到Ann在派對上的舉止無可非議。

記憶心法 字首 re- 可表「反」，字根 proach 表「靠近」，合起來是「以反對的方式靠近」，由此引申為「責備；蒙羞」之意。

reprove

★ ★ ★ ★ ★

v. [rɪˈpruv] 同chide, condemn

▶ 動 責備，責罵，非難

Wendy reproved her son for telling lies.

▶ Wendy 責罵兒子說謊。

記憶心法 字首 re- 可表「反」，prove 表「證明」，合起來是「反過頭來證明為誤」，由此引申為「責備，責罵，非難」之意。

reptile

★ ★ ★ ★ ★

n. [ˈrɛptl]

▶ 名 爬行動物

The lizard is a kind of old reptile.

▶ 蜥蜴是一種古老的爬行動物。

記憶心法 字根 rept 表「爬」，字尾 -ile 表「……事物」，合起來是「會爬的事物」，由此引申為「爬行動物」之意。

repudiate

★★★★☆

v. [rɪˈpjudɪˌet] 同reject

▶ 勔 拒絕接受；否定

They repudiated the contract because it was invalid.

▶ 他們拒絕接受這份合約，因為它無效。

 字首 re- 可表「反」，字根 pudi 表「放」，-ate 作動詞字尾，合起來是「反放回去」，由此引申為「拒絕接受」之意。

repulse

★★★★☆

n. [rɪˈpʌls] 同denial

▶ 名 擊退；嚴厲拒絕

Sophie's request for financial support met with a cold, unexpected repulse.

▶ Sophie 要求資助，卻遭無情、出乎意料外的拒絕。

 字首 re- 可表「反」，字根 pulse 表「推」，合起來是「反推回去」，由此引申為「擊退；嚴厲拒絕」之意。

reputed

★★★★☆

a. [rɪˈpjutɪd]

▶ 形 據說的；出名的

The old buildings were reputed to be haunted.

▶ 據說這些老房子鬧鬼。

 字首 re- 表「再」，字根 put 表「認為」，-ed 作形容詞字尾，合起來是「一再認為的」，因此便有「據說的」之意。。

requisite

★★☆☆☆

a. [ˈrɛkwəzɪt] 同essential, necessary

▶ 形 需要的

He lacks the requisite capital to start a business.

▶ 他沒有創業所需的資金。

 字首 re- 表「一再」，字根 quis 表「尋求」，-ite 作形容詞字尾，合起來是「一再積極尋求的」，由此引申為「需要的，必不可少的」之意。

rescind

★★★★★

v. [rɪˋsɪnd] 同withdraw

▶ 動廢除，取消

Paul's plan was later rescinded after discussing with our manager.

▶ 與我們經理討論後，Paul 的計畫稍後被取消。

記憶心法 字首 re- 表「反」，字根 scind 表「砍」，合起來是「反回去砍掉」，由此引申為「廢除，取消」之意。

reserve

★★★★★

v. [rɪˋzɝv] 同retain, keep

▶ 動保存；保留

We still reserved our opinions on some points.

▶ 我們在一些問題上仍保留自己的意見。

記憶心法 字首 re- 可表「一再」，字根 serv 表「看守，留心」，合起來是「一再看守」，由此引申為「保存；保留」之意。。

reservoir

★★★★★

n. [ˋrɛzɚˏvɔr] 同pond, pool

▶ 名水庫，蓄水池

They built a reservoir within three months.

▶ 他們在三個月內建造一個水庫。

記憶心法 該字可與形似字 reserve（保存）一起聯想記憶：reservoir 就是蓋一個大池塘把水 reserve 起來。

residue

★★★★★

n. [ˋrɛzəˏdju] 同leftover; rest

▶ 名殘渣；剩餘；渣滓

Soap can leave a slight residue on your skin.

▶ 肥皂會在你皮膚上留下少許的殘存物。

記憶心法 字首 re- 可表「一再」，字根 sid 表「坐」，合起來可聯想：他「坐」著「一再」吃瓜子，起來的時候發現滿地「殘渣」。

resonant

★★★☆☆

a. [ˈrɛzənənt] 同resounding

▶ 形 共鳴的；宏亮的

He has a deep and resonant voice.

▶ 他有深沈而宏亮的嗓音。

記憶心法 字首 re- 可表「回」，字根 son 表「聲音」，-ant 作形容詞字尾，合起來是「有回聲的」，由此引申為「共鳴的；宏亮的」之意。。

responsiveness

★★★★★

n. [rɪˈspɑnsɪvnɪs] 同reactivity

▶ 名 有應答；感應性

His sensitivity to light showed the level of his responsiveness.

▶ 他對光的敏感性顯示反應的程度。

記憶心法 responsive 意為「反應快的」，-ness 作名詞字尾，合起來是「反應的事物」，由此引申為「有應答；感應性」之意。

restless

★★★★☆

a. [ˈrɛstlɪs] 同uneasy, disturbed

▶ 形 不安定的，焦慮的

He is getting restless as it was late.

▶ 當天色已晚，他就變得焦躁不安。

記憶心法 rest 意為「休息」，-less 作形容詞字尾，表「無……的」，合起來是「靜不下來的」，由此引申為「不安定的，焦慮的」之意。

resurgent

★★★★☆

n. [rɪˈsɝdʒənt]

▶ 名 再起，復活

Many people are critical of the resurgent of militarism in Japan.

▶ 許多人指責日本軍國主義的再起。

記憶心法 字首 re- 可表「一再」，surg 可看做 surge（洶湧），-ent 作名詞字尾，合起來是「再度洶湧」，由此引申為「再起，復活」之意。

retaliation

★☆☆☆☆

n. [rɪˌtælɪˈeʃən] 同revenge

▶ 名 報復，反擊

The terrorists' action was undoubtedly in retaliation for last week's arrests.

▶ 恐怖分子的行動無疑是對上週逮捕行動的報復。

記憶心法 字首 re- 可表「反」，字根 tali 表「邪惡」，合起來是「把邪惡還回去」，由此引申為「報復，反擊」之意。

retract

★★★★☆

v. [rɪˈtrækt] 同retreat

▶ 動 縮回，縮進

A cat can retract its claws.

▶ 貓能縮進爪子。

記憶心法 字首 re- 可表「回」，字根 tract 表「拉」，合起來是「拉回去」，因此便有「縮回」之意。

retrieve

★★☆☆☆

v. [rɪˈtriv] 同get back, recover

▶ 動 取回；恢復

The plumber retrieved my ring which I dropped into the kitchen sink.

▶ 水電工取回了我掉在廚房水槽的戒指。

記憶心法 字首 re- 可表「重新」，字根 triev 表「找到」，合起來是「重新找到」，由此引申為「取回；恢復」之意。

retrospective

★★★★★

a. [ˌrɛtrəˈspɛktɪv] 反prospective

▶ 形 回顧的；追溯的

The law was passed in a retrospective manner.

▶ 這條法律具有追溯的效力。

記憶心法 字首 retro- 表「向後」，字根 spect 表「看」，-ive 作形容詞字尾，合起來是「向後看的」，由此引申為「回顧的；追溯的」之意。

reverent

★★★★☆

a. [ˈrɛvərənt] 同respectful

▶ 形 恭敬的，尊敬的

People are reverent to Nelson Mandela for his brave fight against apartheid.

▶ 人民尊敬曼德拉對種族隔離政策的英勇抗爭。

記憶心法 revere 意為「尊敬」，-nt 在此作形容詞字尾，因此合併起來便有「恭敬的，尊敬的」之意。

rhetoric

★★★☆☆

n. [ˈrɛtərɪk] 同eloquence

▶ 名 修辭學；花言巧語

I hate the empty rhetoric of politicians.

▶ 我討厭政客們的花言巧語。

記憶心法 rhetoric 源自古希臘修辭學教師 Rhetor，Rhetor 加上 -ic 就成為「修辭學；花言巧語」之意。

rheumatism

★★★☆☆

n. [ˈrumə,tɪzəm]

▶ 名 風濕，風濕症

Cold damp weather plays the devil with my father's rheumatism.

▶ 天氣一濕冷，我父親的風濕病就犯了。

記憶心法 rheum 意為「感冒」，字尾 -atism 表「病的狀態」，合起來的原義為「天冷風濕感冒」，由此引申為「風濕症」之意。

rife

★★★☆☆

a. [raɪf] 同prevalent

▶ 形 蔓延的；充滿的

Be careful, the flu is rife at present.

▶ 小心，目前流行性感冒在蔓延。

記憶心法 該字可與形似字 life（生命）一起聯想記憶：致命病毒一旦 rife，人類的 life 就危在旦夕。

rigid

★★★★★

a. [ˈrɪdʒɪd] 同firm

▶ 形 剛硬的，堅固的

In appearance, it is a very rigid building.

▶ 這棟建築物看起來很堅固。

記憶心法 字根 rig 表「硬，嚴格」，-id 作形容詞字尾，合起來便有「剛硬的，堅固的」之意。

rigor

★★★★★

n. [ˈrɪgɚ] 同hardship

▶ 名 嚴酷，折磨

Paul was subjected to a Canadian winter in all its rigor last year.

▶ Paul 去年飽受加拿大嚴冬的折磨。

記憶心法 字根 rig 表「硬，嚴格」，-or 在此作名詞字尾，表「性質，狀態」，因此合併起來便有「嚴酷，折磨」之意。

robust

★★★★★

a. [rəˈbʌst] 同strong

▶ 形 有力量的，強壯的

This old veteran still has a robust physique.

▶ 這位老將現在仍有強壯的體格。

記憶心法 該字可與形似字 robot（機器人）一起聯想記憶：電影裡面的 robot 看起來都很 robust。

roster

★★★★★

n. [ˈrɑstɚ]

▶ 名 值勤表；名冊

Our teacher scratched five names from the class roster.

▶ 我們老師從班級名冊上勾掉了五個名字。

記憶心法 該字可與形似字 foster（養育）一起聯想記憶：他把小孩 foster 長大，而小孩也不負眾望地考上大學，名列名校的 roster。

rubble

★★★★☆

n. [ˈrʌbḷ] 同stone

▶ 名 碎石，瓦礫

Some people use rubble to cover pavements.

▶ 人們用碎石鋪人行道。

記憶心法 該字可與形似字 rubber（橡皮擦）一起聯想記憶：在那些 rubble 中有一個 rubber。

rudimentary

★★☆☆☆

a. [ˌrudəˈmɛntəri] 同basic, elementary

▶ 形 初步的，基本的

I have only a rudimentary grasp of physics.

▶ 我只了解物理的初步知識。

記憶心法 rudiment 表「初步」，-ary 是形容詞字尾，表「……的」，合起來便有「初步的；基本的」之意。

rupture

★★★★★

v. [ˈrʌptʃɚ] 同breach

▶ 動 破裂，斷裂

The nails on the road ruptured the tires of my bike.

▶ 路上的釘子使我單車的輪胎破裂。

記憶心法 字根 rupt 表「斷裂」，-ure 在此作動詞字尾，因此合併起來便有「破裂，斷裂」之意。

ruthless

★★★☆☆

a. [ˈruθlɪs] 同merciless

▶ 形 殘忍的，無情的

Don't be taken in by Wendy's charming manner; she's completely ruthless.

▶ 不要被 Wendy 的迷人外表迷惑，其實她冷酷無情。

記憶心法 字根ruth表「憐憫」，字尾-less表「沒有……的」，合起來是「沒有憐憫的」，因此便有「殘忍的，無情的」之意。

A
B
C
D
E
F
G
H
I
J
K
L
M
N
O
P
Q
R
S
T
U
V
W
X
Y
Z

sag

★★☆☆☆

v. [sæg] 同droop

▶ 動下垂；凹陷

That old chair has begun to sag down under the fat man's weight.

▶ 那張舊椅子被胖子一坐就開始凹陷。

記憶心法 該字可與形似字bag（袋子）一起聯想記憶：布做的bag若東西裝得太多就會sag。

salient

★★☆☆☆

a. [ˈselɪənt] 同prominent

▶ 形突出的，顯著的

The salient point of David's speech emerged from our study.

▶ David 演說的顯著要點在我們研究中出現過。

記憶心法 字根 sal 可表示「跳」，-ient 在此作形容詞字尾，合起來是「跳出來的」，由此引申為「突出的，顯著的」之意。

saline

★★★★★

a. [ˈselaɪn] 同salty

▶ 形含鹽的，鹹的

The doctor asked his nurse to dilute the drug with saline water.

▶ 醫生請護士用生理食鹽水把藥稀釋。

記憶心法 字根 sal 可表「鹽」，-ine 在此作形容詞字尾，因此合併起來便有「含鹽的，鹹的」之意。

salutary

★★★★☆

a. [ˈsæljəˌtɛrɪ] 同beneficial, good 反bad

▶ 形有益的；強身的

Fresh air is salutary.

▶ 新鮮空氣有益於健康。

記憶心法 字根salut表「健康」，-ary在此作形容詞字尾，因此合併起來便有「有益的；強身的」之意。

salvage

★★★☆☆

v. ['sælvɪdʒ] 同rescue

▸ 動 搶救，挽救

There is little hope of salvaging the boat due to bad weather.

▸ 因天氣惡劣，搶救那艘船的希望渺茫。

記憶心法 字根 salv 表「救」，-age 在此作動詞字尾，表「狀態」，因此合併起來便有「搶救，挽救」之意。

salvation

★★★☆☆

n. [sæl'veʃən] 同rescue

▸ 名 拯救，救贖

Christians hope to win salvation hereafter.

▸ 基督徒希望將來得到救贖。

記憶心法 字根 salv 表「救」，-ation 作名詞字尾，表「性質」，因此合併起來便有「拯救，救助」之意。

sanction

★★★☆☆

n. ['sæŋkʃən] 同approval; punishment

▸ 名 批准，認可；制裁

Western nations imposed economic sanctions against Iran.

▸ 西方各國對伊朗實行經濟制裁。

記憶心法 字根 sanct 表「神聖的」，-ion 作名詞字尾，合起來是「神聖之物」，原指「教會的法令」，後來引申為「批准，認可；制裁」。

satire

★★★★★

n. ['sætaɪr] 同irony

▸ 名 諷刺文，諷刺

Chaplin's Modern Times is a satire on machinery.

▸ 卓別林的《摩登時代》是對機械的諷刺。

記憶心法 字根 sat 表「坐」，tire 意為「疲勞」，可合起來聯想記憶：尖酸刻薄的人喜歡「坐」著「諷刺」別人到「疲勞」為止。

satirical

★★★★★

a. [sə′tɪrɪkl] 同caustic

▶形 諷刺的，愛挖苦的

He is reading a book of satirical verse.

▶他正在閱讀一本諷刺詩集。

記憶心法 字根 satir 表「諷刺」，-ical 作形容詞字尾，表「……的」，因此合併起來便有「諷刺的，愛挖苦的」之意。

saturate

★★★★

v. [′sætʃə͵ret] 同soak

▶動 使飽和；浸透

We lay on the beach, saturated in sunshine.

▶我們躺在沙灘上，浸透在陽光裡。

記憶心法 字根 satur 表「足，飽」，-ate 作動詞字尾，因此合併起來便有「使飽和；浸透」之意。

savant

★★★★

n. [sə′vɑnt] 同scholar, expert

▶名 學者；專家

He is a savant who experiments in the arts and science.

▶他是一位在藝術和科學領域中做實驗的學者。

記憶心法 字根 sav 可表「智慧」，-ant 作名詞字尾，表「人」，合起來是「有智慧的人」，由此引申為「學者；專家」之意。

savory

★★★★★

a. [′sevərɪ] 同dilicious

▶形 可口的，美味的

I think small savory biscuits provide a simple appetizer.

▶我認為可口的小餅乾就是簡單的開胃品。

記憶心法 字根 savo 可表「味道」，-ry 作形容詞字尾，表「……的」，因此合併起來便有「可口的，美味的」之意。

scapegoat

★★★★★

n. [ˈskepˌɡot]

▶ 名 代罪羔羊

I was made the scapegoat, but it was the others who committed the crime.

▶ 明明是別人犯罪，卻讓我當代罪羔羊。

> 記憶心法 scape 可看成 escape（逃），goat 意為「羊」，合起來是「想逃走的羊」，由此引申為「代罪羔羊」之意。

---

scavenger

★★★★☆

n. [ˈskævɪndʒɚ]

▶ 名 清掃工

Daniel is only fit for a job as scavenger.

▶ Daniel 當清掃工非常稱職。

> 記憶心法 scavenge 意為「清除污物」，字尾 -er 表「人」，因此合併起來便有「清掃工」之意。

---

scourge

★☆☆☆☆

n. [skɝdʒ] 同 plague

▶ 名 天譴；災禍

Smallpox was once the scourge of the world.

▶ 天花曾是世界的災禍。

> 記憶心法 該字可與形似字 courage（勇氣）一起聯想記憶：人要有 courage 去面對一切的 scourge。

---

scrutinize

★★★☆☆

v. [ˈskrutnˌaɪz] 同 examine, inspect

▶ 動 細察，檢查

Lily scrutinized herself in the mirror.

▶ Lily 對著鏡子仔細打量自己。

> 記憶心法 字根 scrut 表「仔細檢查」，-ize 作動詞字尾，因此合併起來便有「細察，檢查」之意。

329

seclusion

★★★☆☆

n. [sɪˈkluʒən] 同solitude

The couple now lives in seclusion.

▶ 圙 隔絕；孤立；隱居

▶ 那對夫妻現在過著隱居的生活。

記憶心法 字首 se- 表「分開」，字根 clus 表「關閉」，-ion 作名詞字尾，合起來便有「隔絕；孤立；隱居」之意。

seep

★★★★★

v. [sip] 同ooze

Rain seeped through the roof.

▶ 圙 滲出，滲漏

▶ 雨水從屋頂往下滲漏。

記憶心法 該字可與形似字 peep（偷看）一起聯想記憶：因為色狼會挖牆 peep 女生洗澡，所以牆壁會有水 seep。

segregation

★★☆☆☆

n. [ˌsɛɡrɪˈɡeʃən] 同separation

We should abolish segregation.

▶ 图 分開；種族隔離

▶ 我們應該廢止種族隔離。

記憶心法 字首 se- 表「分開」，字根 greg 表「群」，-ation 作名詞字尾，合起來便有「分開，種族隔離」之意。

seismic

★★★★☆

a. [ˈsaɪzmɪk]

It is reported that this city is in a seismic belt.

▶ 圂 地震的

▶ 據報導該城位於地震帶。

記憶心法 字根 seism 表「地震」，-ic 在此作形容詞字尾，因此合併起來便有「地震的」之意。

seismology

★☆☆☆☆

n. [saɪz'mɑlədʒɪ]

▶ 名 地震學

I major in engineering seismology.

▶ 我主修工程地震學。

記憶心法 字根 seism 表「地震」，-logy 作名詞字尾，表「……學科」，合起來便有「地震學」之意。

senile

★★★★☆

a. ['sinaɪl] 同 aged

▶ 形 高齡的，衰老的

Old Tom is getting senile as he keeps forgetting things.

▶ 老 Tom 老了，因為他總是忘東忘西。

記憶心法 字根 sen 表「老的」，-ile 在此作形容詞字尾，因此合併起來便有「高齡的，衰老的」之意。

sensuous

★★☆☆☆

a. ['sɛnʃʊəs] 同 affectionate

▶ 形 有美感的

Dick enjoys sensuous music.

▶ Dick 喜歡有美感的音樂。

記憶心法 字根 sens 表「感覺」，-uous 在此作形容詞字尾，因此合併起來便有「感覺上的；有美感的」之意。

severance

★★★★★

n. ['sɛvərəns] 同 cut, seperate

▶ 名 切斷，分離，隔離

The eleventh century saw the formal severance of the East from the West.

▶ 在十一世紀，東西方有徹底的隔離。

記憶心法 sever 表「切斷」，-ance 在此作名詞字尾，因此合併起來便有「切斷，分離，隔離」之意。

shed

★★★★★★★

v. [ʃɛd]

▶ 動 使流出；流下

It's too late to change your mind now, so there is no point in shedding tears.

▶ 你現在改變主意已太遲，所以落淚毫無用處。

記憶心法 she 意為「她」，d 音似「的」，可一起聯想記憶：「她的」眼淚隨時都會「流下」。

sherbet

★★★★★★★

n. [ˈʃɝbɪt]

▶ 名 果汁牛奶凍

Would you like to have some sherbet?

▶ 你想不想要吃點果汁牛奶凍？

記憶心法 此字的結構為 she（她）＋ r ＋ bet（打賭），可一起聯想記憶：「她」用一打「果汁牛奶凍」「打賭」今天老闆一定要開會。

shoddy

★★★★★★★

a. [ˈʃɑdɪ]

▶ 形 劣等的，假冒的

That salesman really took us for a ride; these products are fake and shoddy.

▶ 那個推銷員真的騙了我們，這些都是劣等產品。

記憶心法 該字可與形似字 shabby（破爛的）一起聯想記憶：shoddy 的產品在用了一段時間之後，就會變得 shabby。

shred

★★★★★★★

v. [ʃrɛd] 同 cut, tear

▶ 動 撕碎，切碎

He was shredding top-secret documents.

▶ 他正在把機密文件切碎。

記憶心法 該字可與衍生字 shredder（碎紙機）一起聯想記憶：老闆用 shredder 去 shred 機密的文件。

shrewd

★★★★☆

a. [ʃrud] 反dull

▶ 形 精明的

The couple is shrewd in business.

▶ 那對夫婦做生意很精明。

記憶心法 該字可與形似字 shrew（潑婦）一起聯想記憶：一般而言，shrew 通常都很 shrewd。

shudder

★☆☆☆☆

v. [ˈʃʌdɚ] 同quiver

▶ 動 戰慄，發抖

We shudder to think of the problem ahead of us.

▶ 我們一想到眼前的問題就不寒而慄。

記憶心法 該字可與形似字 shutter（百葉窗）一起聯想記憶：他把 shutter 拉開後看到一個女鬼，身體不禁 shudder。

sibling

★★★☆☆

n. [ˈsɪblɪŋ]

▶ 名 兄弟姐妹

How many siblings do you have in all?

▶ 你總共有幾個兄弟姐妹？

記憶心法 字根 sib 表「同胞」，字尾 -ling 表「小」，合起來是「小同胞」，因此便有「兄弟姐妹」之意。

siege

★★★☆☆

v. [sidʒ] 同blockade

▶ 動 圍困；圍攻

Troy had been under siege for ten years.

▶ 特洛伊城曾經被圍困了十年。

記憶心法 siege 本身就是一個字根，就是「坐」，可聯想記憶：因為敵人團團「包圍」，皇帝只好「坐」以待斃。

simultaneous

★★★★★

a. [ˌsaɪmḷˈtenɪəs] 同synchronic

▸ 形同時發生的

Simultaneous demonstrations were held in two different cities.

▸ 兩個不同的城市同時舉行示威遊行。

記憶心法 字根 simul 表「相同」，-eneous 作形容詞字尾，表「……發生的」，因此合併起來便有「同時發生的」之意。

simulate

★★★★★

v. [ˈsɪmjəˌletɪd] 同pretend

▸ 動假裝；冒充

At the interview, the man simulated interest in the job.

▸ 那個男子在面試中假裝對這份工作有興趣。

記憶心法 字根 simul 表「相同」，-ate 在此作動詞字尾，合起來是「表面相同」，由此引申為「假裝；冒充」之意。

skeptic

★★★★★

n. [ˈskɛptɪk] 同doubter

▸ 名懷疑者，懷疑論者

The government must convince the skeptics that its policy will work.

▸ 政府須使懷疑論者相信其政策可行。

記憶心法 字根 skept 表「懷疑」，-ic 在此作名詞字尾，表「……人」，因此合併起來便有「懷疑者，懷疑論者」之意。

slick

★★★★★

a. [slɪk] 同sleek, smooth

▸ 形光滑的

The roads were slick with wet mud after a heavy rain.

▸ 大雨過後，道路十分泥濘濕滑。

記憶心法 此字的結構為 s + lick（舔），可一起聯想記憶：被小貓「舔」過的東西很「光滑」。

slough

★★★★☆

v. [slʌf] 同cast off

▶動 蛻皮;蛻去

Every spring the snake sloughs off its skin, as it grows too big for itself.

▶每年春天蛇都要蛻皮,因為牠長大後舊皮就太小了。

記憶心法 slough 音似「蛇老」,可聯想記憶:「蛇」變「老」了,就要「蛻皮」。

sluggish

★★★★☆

a. [ˈslʌgɪʃ] 同slow

▶形 遲鈍的,緩慢的

These tablets make her feel rather sluggish.

▶這些藥片使她感覺遲鈍。

記憶心法 slug 表「動作遲緩的人」,-ish 作形容詞字尾,表「……的」,因此合併起來便有「遲鈍的,緩慢的」之意。

smother

★★★★★

v. [ˈsmʌðɚ] 同choke

▶動 使窒息;透不過氣

The boy was smothered with kisses on his birthday.

▶這個男孩在他生日因很多獻吻而透不過氣。

記憶心法 此字的結構為 s(音似「死」)+ mother(母親),可聯想記憶:他「媽媽」因「窒息」而「死」。

smuggle

★★★★☆

v. [ˈsmʌgl̩]

▶動 走私

It's a serious crime to smuggle drugs into Britain.

▶走私毒品到英國是嚴重的罪行。

記憶心法 該字可與形似字 struggle(奮鬥)一起聯想記憶:人要好好 struggle 正當的職業,千萬不能 smuggle 毒品。

snarl

★★★★★

v. [snɑrḷ] 同growl

▶ 動 吼叫，怒罵

Near the zoo, we can hear the tigers snarling frighteningly.

▶ 在動物園附近，我們可聽見老虎發出可怕的吼聲。

記憶心法 該字可與形似字 snail（蝸牛）一起聯想記憶：走路慢吞吞的 snail 不可能會 snarl。

snicker

★★★★★

v. [ˈsnɪkɚ] 同giggle

▶ 動 竊笑

The girls are snickering at the funny story.

▶ 女孩們聽到那個滑稽的故事，都在竊笑。

記憶心法 該字可與形似字 sneakers（運動鞋）一起聯想記憶：那個穿著 sneakers 男孩喜歡對著女生 snicker。

solemn

★★★★★

a. [ˈsɑləm] 反frivolous

▶ 形 莊嚴的；嚴肅的

The young man in the picture has a thoughtful and solemn look.

▶ 畫中的年輕男子有一副沈思而嚴肅的外貌。

記憶心法 字首 sol- 表「單獨」，-emn 在此作形容詞字尾，可聯想記憶：那個「嚴肅的」老人「單獨」住在小島上。

solicit

★★★★★

v. [səˈlɪsɪt] 同beg

▶ 動 請求，乞求

We solicited the continuance of his patronage.

▶ 我們請求他能繼續贊助。

記憶心法 字首 soli- 表示「唯一」，字根 cit 表示「喚起」，可聯想記憶：他們「乞求」那個「唯一」能「喚起」植物人的醫生去看病。

solitary

★★★★☆

a. [ˈsɑləˌtɛrɪ] 同alone, desolated

▶形 孤獨的

The old man leads a solitary life in the mountains.

▶那位老人孤獨地生活在山裡。

記憶心法 字首 sol- 表「單獨」，-itary 作形容詞字尾，表示「……的」，因此合併起來便有「孤獨的」之意。

solvent

★☆☆☆☆

a. [ˈsɑlvənt] 反insolvent

▶形 有償付能力的

Owing to his extravagance, Daniel's never solvent.

▶由於揮霍浪費，Daniel 從未有償付能力。

記憶心法 字根 solv 表「溶化，解決」，-ent 作形容詞字尾，合起來是「有解決能力的」，由此引申為「有償付能力的」之意。

sophistication

★★★☆☆

n. [səˌfɪstɪˈkeʃən]

▶名 世故；複雜性

The child is proud of her newly-acquired sophistication.

▶那個孩子因最近變得世故而自豪。

記憶心法 字首 soph- 表「聰明的，複雜的」，-ation 在此作名詞字尾，因此合併起來便有「世故；複雜性」之意。

spawn

★★★☆☆

n. [spɔn]

▶名 卵；幼苗

Linda discovered a mass of spawn in that fish before buying it.

▶Linda 買那條魚之前，發現裡面有很多魚卵。

記憶心法 該字可與形似字 sprawl（伸開四肢躺）一起聯想記憶：老爸喜歡 sprawl 在沙發上吃烏魚的 spawn。

spear

★★★☆☆

n. [spɪr] 同lance

▶ 图矛；魚叉

A spear is a fisherman's tool for hunting.

▶ 魚叉是漁夫狩獵的工具。

記憶心法 此字的結構為 s + pear（梨子），可聯想記憶：某個部落的原住民用 spear 插 pear 來吃。

specimen

★★☆☆☆

n. [ˈspɛsəmən] 同sample, model

▶ 图範例；標本；樣品

This poem is a fair specimen of all his works.

▶ 這首詩是他所有作品中的傑出範例。

記憶心法 字根speci表示「觀，看」，-men作名詞字尾，合併起來是「觀摩的東西」，因此便有「範例；標本；樣品」之意。

spectrum

★★★★☆

n. [ˈspɛktrəm]

▶ 图光譜；範圍

Red and violet are at opposite ends of the spectrum.

▶ 紅色和紫色位於光譜的兩端。

記憶心法 字根spectr表「看」，字尾-um可表「有色的事物」，合起來是「看到顏色」，由此引申為「光譜；範圍」之意。

speculate

★★★★☆

v. [ˈspɛkjəˌlet] 同conjecture

▶ 動推測，推斷

Scientists are still speculating on the origin of the universe.

▶ 科學家們仍試圖推測宇宙的起源。

記憶心法 字根specul表示「看」，-ate作動詞字尾，合併起來是「觀測態勢」，由此引申為「推測，推斷」之意。

spendthrift

★★★★☆

n. [ˈspɛndˌθrɪft] 同prodigal

▶ 🔲 浪費的人

Lily is a charming but irresponsible spendthrift.

▶ Lily 很迷人，但是個浪費的人。

 此字的結構為 spend（花費）＋ thrift（節約），可聯想記憶：把「節約」下來的錢「花掉」，就是「浪費的人」。

sprout

★★☆☆☆

v. [spraʊt] 同burgeon

▶ 🔲 長出，萌芽

Look! These potatoes have begun to sprout.

▶ 看！這些馬鈴薯開始發芽了。

 該字可與形似字 spout（噴出）一起聯想記憶：對著綠豆 spout 肥料，它就會開始 sprout。

squander

★★★★★

v. [ˈskwɑndɚ] 同waste

▶ 🔲 浪費

It's a crime to squander our country's natural resources.

▶ 浪費我國的自然資源是一種犯罪。

 squander 這個字因莎士比亞「威尼斯商人」一劇中用此詞而廣泛流傳。

stagnant

★★★☆☆

a. [ˈstægnənt] 同motionless, still

▶ 🔲 不動的，停滯的

Their industrial output has remained stagnant.

▶ 他們的工業生產仍然停滯。

 字根 sta 表示「站」，-ant 作形容詞字尾，合併起來構成「站著不動的」，由此引申為「不動的，停滯的」之意。。

stalk

★★★★★

v. [stɔk] 同chase

▶ 動 追蹤；大步前進

The infatuated fans stalked the celebrity.

▶ 著迷的崇拜者追蹤這位名人。

記憶心法 字根 stal 表示「放」，也就是「放下腳步」，後來演繹為「大步前進」，再引申為「追蹤」之意。

stall

★★★★★

n. [stɔl] 同booth

▶ 名 攤販

Mama told Tom never to buy food from a market stall.

▶ 媽媽告訴 Tom 別在攤販買食物。

記憶心法 該字可與形似字stand（站著）一起聯想記憶：那家麵線stall很有名，大家都買來 stand 吃。

standstill

★★★★★

n. [ˈstænd͵stɪl] 同stop, halt

▶ 名 停止；停滯

Agriculture and industry are at a standstill.

▶ 農業和工業生產都停滯不前。

記憶心法 此字的結構為 stand（站）+ still（不動的），合起來是「站著不動的」，由此引申為「停止；停滯」之意。

static

★★★★★

a. [ˈstætɪk] 同changeless

▶ 形 不變動的；穩定的

The prices of houses have remained static for several months.

▶ 房價已穩定了幾個月。

記憶心法 字根 stat 表示「站」，-ic 作形容詞字尾，表示「……的」，合併起來是「站著不動的」，因此便有「不變動的；穩定的」之意。

steadfast

★★☆☆☆

a. [ˈstɛdˌfæst] 同firm, unchanging

▶ 形 堅定的，不變的

Ann is steadfast in her friendship with Helen.

▶ Ann 對 Helen 的友情很堅定。

記憶心法 此字的結構為 stead（利益）＋ fast（緊的），可聯想記憶：投機者一看到「利益」，就「緊緊」抓住機會，「堅定」地牟利。

stereotype

★★★☆☆

n. [ˈstɛrɪəˌtaɪp] 同commonplace

▶ 名 陳規；刻板印象

He doesn't conform to the usual stereotype of the city businessman with a dark suit.

▶ 他不遵從城市商人要穿深色西裝的陳規。

記憶心法 字首 stereo- 表「堅固的」，type 是「典型」，可一起聯想記憶：「刻板印象」就是深藏在心中「堅」不可摧的「典型」概念。

stimulant

★★★☆☆

n. [ˈstɪmjələnt] 同incentive

▶ 名 刺激物，激勵物

The lowering of interest rates will act as a stimulant to economic growth.

▶ 利率下降將刺激經濟成長。

記憶心法 字根 stimul 表示「刺」，-ant 作名詞字尾，表「……事物」，因此合併起來便有「刺激物，激勵物」之意。

stipulate

★★★★★

v. [ˈstɪpjəˌlet]

▶ 動 規定；約定

We stipulated payment in advance.

▶ 我們規定要先付款。

記憶心法 該字可與形似字 stipend（獎學金）一起聯想記憶：該校 stipulate 全班前三名才可以申請 stipend。

stoic

★★★★★

a. ['stoɪk]

▶ 形 堅忍的；禁欲的

He responded to the criticism with stoic silence.

▶ 他用堅忍的緘默來回應批評。

記憶心法 此字來自希臘哲學流派 Stoic（斯多葛派），該派主張禁欲，因此 stoic 便有「堅忍的；禁欲的」之意。

strenuous

★★★★★

a. ['strɛnjʊəs] 同 arduous, laborious

▶ 形 使勁的，費力的

It's said that swimming is a strenuous exercise.

▶ 據說游泳是很費力的運動。

記憶心法 該字可與形似字 strength（力量）一起聯想記憶：舉重是一種 strenuous 運動，需要用很大的 strength。

strife

★★★★★

n. [straɪf] 同 conflict

▶ 名 鬥爭；衝突

Do you know the major cause of the strife between labor and management?

▶ 你知道勞資衝突的主要原因是什麼嗎？

記憶心法 此字是由動詞 strive（反抗，鬥爭）去掉 ve 加上 fe 而形成名詞，因此便有「鬥爭；衝突」之意。

stringent

★★★★★

a. ['strɪndʒənt] 同 rigid, strict

▶ 形 嚴厲的

The local authority is introducing stringent controls on pollution in the area.

▶ 當地政府在該地區引進嚴厲的污染管理措施。

記憶心法 string 表「線，繩」，-ent 在此作形容詞字尾，合起來是「用繩子緊緊圈住的」，由此引申為「嚴厲的」之意。

strive

★★☆☆☆

v. [straɪv] 同struggle

▶ 動努力，奮鬥，力爭

We are striving hard to make greater progress.

▶ 我們努力爭取更大的進步。

記憶心法 該字可與形似字 strife（衝突）一起聯想記憶：工會有責任 strive 化解勞資之間的 strife。

stroll

★★★★★

v. [strol] 同walk

▶ 動漫步；閒逛

My mother and I strolled through the streets after supper.

▶ 母親和我晚餐後在街上散步。

記憶心法 該字可與形似字 stroke（中風）一起聯想記憶：那個老人在街上 stroll 的時候突然 stroke。

stud

★★★☆☆

n. [stʌd] 同rivet

▶ 名飾釘；飾鈕

I saw pearl studs in Sophie's ears.

▶ 我看見 Sophie 耳朵上的珍珠飾鈕。

記憶心法 該字可與形似字 stub（殘牙）一起聯想記憶：小孩子的 stub 可以拿來當作 stud。

subdue

★★☆☆☆

v. [səb'dju] 同conquer, subjugate

▶ 動制服；征服；鎮壓

The robber was subdued by the passers-by.

▶ 這名搶匪被過路人制服。

記憶心法 字首 sub- 表「在下面」，字根 due 表「引導」，合起來是「引到跨下」，由此引申為「制服；征服；鎮壓」之意。

sublime

★★★★★

a. [sə'blaɪm] 同majestic

▶ 形壯觀的;卓越的

My mother enjoys sublime mountain scenery.

▶ 我母親喜愛壯麗的山景。

記憶心法 字首sub-可表「沒有」,lime可看做limit「界限」,合起來是「沒有界限的」,由此引申為「壯觀的;卓越的」之意。

subliminal

★★★★★

a. [sʌb'lɪmənḷ]

▶ 形潛意識的

Any kind of subliminal advertising is illegal on British TV.

▶ 在英國電視播出任何潛意識的廣告都是違法。

記憶心法 字首sub-表「在下面」,字根limin表「最低界限的神經刺激」,因此合併起來便有「下意識的,潛意識的」之意。

submerge

★★★★★

v. [səb'mɝdʒ] 同sink

▶ 動潛入水中;淹沒

At the first sign of danger the submarine will submerge.

▶ 潛艇一發現危險跡象,就會潛入水中。

記憶心法 字首sub-表「下」,merge表「沈」,合起來是「下沈」,由此引申為「潛入水中;淹沒」之意。

submissive

★★★★★

a. [sʌb'mɪsɪv] 同obedient

▶ 形服從的

All Mr. Tom requires of his students is that they should be clean, punctual and submissive.

▶ Tom 先生對全班學生的要求是:整潔、守時、服從。

記憶心法 此字是由動詞submit(使服從)去掉t加上ssive而形成形容詞,因此合併起來便有「服從的」之意。

submit

★★☆☆☆

v. [səb'mɪt] 同obey

▶ **動** 使服從，使順從

I refuse to submit to an unjust decision.

▶ 我拒絕服從不公正的決定。

> **記憶心法** 字首 sub- 表「下」，字根 mit 表「發送，放出」，合起來是「把姿態放在下面」，因此便有「使服從，使順從」之意。

subordinate

★★★★★

a. [sə'bɔrdn̩ɪt]

▶ **形** 下級的；隸屬的

We think all the other issues are subordinate to this one.

▶ 我們認為所有問題都隸屬於這一問題。

> **記憶心法** 字首 sub- 表「下」，字根 ordin 表「順序」，-ate 作形容詞字尾，合起來是「順序在下面的」，因此便有「附屬的」之意。

subsequent

★★★★☆

a. ['sʌbsɪ͵kwɛnt] 同after, consequent

▶ **形** 隨後的；之後的

Our fears were verified by subsequent events.

▶ 隨後的事件證明我們的擔憂是對的。

> **記憶心法** 字首 sub- 可表「後」，字根 sequ 表「伴隨」，-ent 作形容詞字尾，因此合起來便有「隨後的；之後的」之意。

subsidiary

★☆☆☆☆

n. [səb'sɪdɪ͵ɛrɪ]

▶ **名** 子公司

Our company will set up a sales subsidiary in Singapore.

▶ 我們公司將在新加坡建立一個業務子公司。

> **記憶心法** 字首 sub- 表「下」，字根 sid 表「坐」，-iary 在此作名詞字尾，合起來是「坐在下面等級的人」，由此引申為「子公司」之意。

subsidize

★★★ ★ ★

v. [ˈsʌbsəˌdaɪz] 同support

▶ 動 資助

Should the car industry be subsidized by the government?

▶ 汽車業應該受到政府的資助嗎？

記憶心法 字首 sub- 表「下」，字根 sid 表「坐」，-ize 是動詞字尾，可聯想記憶：「資助」就是以金錢幫助「坐」在「下」面等級的人。

subsistence

★★★ ★ ★

n. [səbˈsɪstəns] 同livelihood

▶ 名 生存；生計

Subsistence is not possible in such conditions.

▶ 在這種情況下根本無法生存。

記憶心法 字首 sub- 表「下」，字根 sist 表示「站」，-ence 作名詞字尾，合起來是「立足」，由此引申為「生存；生計」之意。

substantive

★★★★★

a. [ˈsʌbstəntɪv]

▶ 形 實質的；大量的

It's reported that substantive discussions had taken place in Beijing.

▶ 據報導實質的討論已在北京舉行。

記憶心法 該字是由動詞 substantiate（使實體化）去掉 ate 加上 ive 而形成形容詞，因此便有「實質的；大量的」之意。

successive

★★ ★ ★ ★

a. [səkˈsɛsɪv] 同consecutive, serial

▶ 形 連續的；連接的

It has rained for three successive days.

▶ 已經連續下了三天的雨。

記憶心法 字首 suc- 表示「下」，字根 cess 表示「行」，-ive 作形容詞字尾，合併起來是「接下來行動的」，因此便有「連續的；連接的」之意。

succinct

★★★★☆

a. [sək'sɪŋkt] 同brief, concise

▶ 形 簡明的；簡潔的

This is a succinct treatise.

▶ 這是一篇簡潔的論文。

記憶心法 字首 suc- 表示「下」，字根 cinct 表示「束起」，合併起來可想成「把下擺的衣服束起來以利工作」，由此引申為「簡潔的」之意。

suffocate

★☆☆☆☆

v. ['sʌfəˌket] 同smother

▶ 動 使窒息

I was almost suffocated by the heat in the room.

▶ 房間裡的這種高溫幾乎讓我窒息。

記憶心法 字首 suf- 表示「下面」，字根 foc 表示「喉嚨」，-ate 作動詞字尾，合併起來構成「在喉嚨下面卡住」，因此便有「使窒息」之意。

summation

★★★★☆

n. [sʌm'eʃən] 同total

▶ 名 總和；合計

This Sunday's exhibition is a summation of this famous artist's work.

▶ 這個週日展覽展出此著名藝術家的作品總和。

記憶心法 sum 表「總數」，-ation 在此作名詞字尾，因此便有「總和；合計」之意。

summon

★★☆☆☆

v. ['sʌmən] 同call

▶ 動 召喚，召集

The headmaster asked the teachers to summon the pupils together in the school hall.

▶ 校長要求老師把學生召集到學校禮堂。

記憶心法 sum 表「總數」，on 表「在上面」，合起來是「在上面總和」，由此引申為「召喚，召集」之意。

sundry

★★★★☆

a. [ˈsʌndrɪ] 同many, several

▶ 彫各種的

My sundry expenses amount to quite a lot of money.

▶ 我的各種開銷合計起來很多錢。

記憶心法 此字的結構為 sun（太陽）＋ dry（乾燥），可聯想記憶：利用「太陽」的曝曬，可以做出各式各樣的「乾燥」花。

---

superb

★★★★★

a. [sʊˈpɝb] 同magnificent

▶ 彫華麗的；極好的

Her acting is superb.

▶ 她的表演很華麗。

記憶心法 字首super-表示「超過」，-b在此作形容詞字尾，合起來是「超過標準的」，由此引申為「華麗的；極好的」之意。。

---

superfluous

★★★★★

a. [sʊˈpɝflʊəs] 同surplus

▶ 彫多餘的

The manager's reminder to the staff was superflous.

▶ 經理對職員的提醒是多餘的。

記憶心法 字首 super- 表示「超過」，字根 flu 表「流」，-ous 作形容詞字尾，合起來是「流得過多的」，因此便有「多餘的」之意。

---

supplementary

★★★★★

a. [ˌsʌpləˈmɛntəri] 同additional

▶ 彫補充的，附加的

The professor handed out supplementary notes after his lecture.

▶ 教授在講課之後發補充講義。

記憶心法 該字是由名詞supplement（補充，增補）加上ary變成形容詞，因此便有「補充的，附加的」之意。

suppress

★★★★☆

v. [sə'prɛs] 同repress, curb

▶ 動抑制，忍住

We could scarcely suppress a laugh.

▶ 我們忍不住笑出聲來。

記憶心法 字首sup-表示「在……下面」，press表示「壓」，合併起來構成「壓下去」，由此引申為「抑制，忍住」之意。

supreme

★☆☆☆☆☆

a. [sə'prim] 同greatest, utmost

▶ 形最高的；最重要的

It was the supreme moment in my life.

▶ 那是我一生中最重要的時刻。

記憶心法 字首supr-表示「高於」，-eme在此作形容詞字尾，合併起來便有「最高的」之意，引申為「最重要的」。

surcharge

★★★★☆

n. ['sɝ,tʃardʒ]

▶ 名額外費用

We have to introduce a surcharge on some of our tours because of the falling exchange rate.

▶ 由於匯率下跌，我們必須對部分旅行團收額外費用。

記憶心法 此字的結構為sur（超過）+ charge（收費），合起來是「超過的費用」，因此便有「額外費用」之意。

surge

★★☆☆☆☆

v. [sɝdʒ] 同flow

▶ 動洶湧；澎湃；激增

The prices of stocks surged after interest rates were lowered.

▶ 利率調降後股價激增。

記憶心法 字根surg表示「升起」，-e在此作動詞字尾，因此合併起來便有「洶湧；澎湃；激增」之意。

surpass

★★★★★

v. [sɚ'pæs] 同exceed, beyond

Your success surpasses my expectation.

▶ 動優於，勝過，超過

▶ 你的成功超過我的期望。

記憶心法 字首 sur- 表示「上」，字根 pass 表示「走」，合起來是「走在上面」，由此引申為「優於，勝過，超過」之意。

surveillance

★★★★★

n. [sɚ'veləns] 同watch over

The police kept the quarry under surveillance for weeks.

▶ 名監視，監督

▶ 警方監視那個目標已有好幾個星期了。

記憶心法 字首 sur- 表示「上」，字根 veil 表「面罩」，-ance 在此作名詞字尾，合起來是「用面罩遮臉在上面觀看」，由此引申為「監視，監督」之意。

susceptible

★★★★★

a. [sə'sɛptəbḷ] 同sensitive, emotional

Ann's so susceptible to flattery that David easily gained her affection.

▶ 形易感動或受影響的

▶ Ann 很容易受諂媚影響，所以 David 輕易得到她的愛。

記憶心法 字首 sus- 表「下」，字根 cept 表「接受」，-ible 作形容詞字尾，合起來是「一下子就接受」，因此便有「易感動的」之意。

swindle

★★★★★

v. ['swɪndḷ] 同cheat, defraud

Although young, Little Lily is not so easily swindled.

▶ 動詐取，騙取

▶ 雖然年幼，但小 Lily 不容易上當受騙。

記憶心法 該字可與形似字 swine（下流坯）一起聯想記憶：那個 swine 專門 swindle 弱小的女子。

swine

★★★★☆

n. [swaɪn] 同hog, pig

▶ 名 豬玀；下流坯

When a person is obnoxious, I call him a swine.

▶ 當一個人很討人厭時，我叫他豬玀。

記憶心法 該字可與形似字 swindle（騙取）一起聯想記憶：那個 swine 專門 swindle 弱小的女子。

---

symmetry

★☆☆☆☆

n. [ˈsɪmɪtrɪ] 同balance, harmony

▶ 名 對稱美，整齊

I was impressed by the symmetry and elegance of Singapore.

▶ 新加坡的對稱美及優雅讓我印象深刻。

記憶心法 字首 sym- 表「相同」，字根 metry 表「測量」，合起來是「兩邊測量相同」，因此便有「對稱美，整齊」之意。

---

sympathize

★★★☆☆

v. [ˈsɪmpəˌθaɪz] 同commiserate

▶ 動 同情；有同感

I know you feel angry, and I sympathize.

▶ 我知道你很憤怒，我也有同感。

記憶心法 字首 sym- 表「相同」，字根 path 表示「感情」，-ize 作動詞字尾，合併起來是「有相同感情」，因此便有「同情；有同感」之意。

---

sympathy

★★★☆☆

n. [ˈsɪmpəθɪ] 同commiseration

▶ 名 同情；同感；贊同

Most people are in sympathy with our views.

▶ 許多人贊同我們的看法。

記憶心法 字首 sym- 表「相同」，字根 path 表示「感情」，-y 在此作名詞字尾，因此合併起來便有「同情；同感；贊同」之意。

symptom

★★★★★

n. [ˈsɪmptəm] 同sign, indication

▶ 名 症狀；徵兆

The riot can be considered a symptom of political instability.

▶ 這次暴動可看作政治不穩定的徵兆。

記憶心法 字首 sym- 表「相同」，字根 ptom 表示「降臨」，合起來是「相同的事物一起降臨」，由此引申為「徵兆，症狀」之意。

synchronous

★★★★★

a. [ˈsɪŋkrənəs] 同simultaneous

▶ 形 同時的，同步的

The software supports most synchronous communications cards.

▶ 該軟體支援大部分的同步通訊卡。

記憶心法 字首 syn- 表「相同」，字根 chron 表「時間」，-ous 在此作形容詞字尾，合起來是「相同時間的」，由此引申為「同時的，同步的」之意。

synthesis

★★★★★

n. [ˈsɪnθəsɪs] 同combination, mixture

▶ 名 合成；綜合；混合

Pink is a synthesis of red and white.

▶ 粉紅色是紅色與白色的混合。

記憶心法 字首 syn- 表「相同」，thesis 意為「論文」，可聯想記憶：「論文」就是把「相同」的題材「綜合」在一起。

tacit

★★★★☆

a. [ˈtæsɪt] 同implied

▶ 形 默許的

Management has given its tacit agreement to the proposal.

▶ 管理部門已默許了這項提議。

記憶心法 字根 tac 表示「沈默」，-it 在此作形容詞字尾，合併起來便有「緘默的；默許的」之意。

---

taciturn

★★☆☆☆

a. [ˈtæsəˌtɝn] 同quiet 反talkative

▶ 形 沈默寡言的

Fred seems very taciturn today; what's the matter?

▶ 今天 Fred 好像沈默寡言，怎麼回事？

記憶心法 tacit 意為「緘默的」，-urn 在此作形容詞字尾，因此便有「沈默寡言的」之意。

---

tadpole

★★★★★

n. [ˈtædˌpol]

▶ 名 蝌蚪

Tadpoles who have tails are the infancy form of frogs.

▶ 有尾巴的蝌蚪是青蛙的幼年形態。

記憶心法 字根 tad 表「蟾蜍」，字根 pole 表「頭」，合起來是「蟾蜍頭」，由此引申為「蝌蚪」之意。

---

tangible

★★★☆☆

a. [ˈtændʒəbl̩] 同actual, concrete

▶ 形 可觸摸的；有形的

Do you know what tangible assets are?

▶ 你知道什麼是有形資產嗎？

記憶心法 字根 tang 表「接觸」，-ible 在此作形容詞字尾，表「可……的」，因此合併起來便有「可觸摸的；有形的」之意。

tantalize

★★★★★

v. ['tæntḷ͵aɪz] 同badger, bother

▶ 動 招惹；折磨

They were tantalized by visions of power and wealth.

▶ 他們為權力和財富的憧憬受盡折磨。

記憶心法 該字源自希臘神話人物Tantalus，他因洩露天機被罰站在近下巴深的水中，頭上有果樹，口渴欲飲時水即流失，腹飢欲食時果子即消失。

temperate

★★★★★

a. ['tɛmprɪt] 同moderate

▶ 形 溫和的；有節制的

Be more temperate in your language, please.

▶ 說話請溫和一點。

記憶心法 此字為名詞temper（脾氣，心情）加上ate形成形容詞，原義為「脾氣好的」，由此引申為「溫和的；有節制的」之意。

temporary

★★★★★

a. ['tɛmpə͵rɛrɪ] 同momentary

▶ 形 暫時的；臨時的

My sister has got a temporary job.

▶ 我妹妹找到一份臨時的工作。

記憶心法 字根tempor表示「時間」，-ary作形容詞字尾，表示「……的」，合併起來便有「暫時的；臨時的」之意。

temporize

★★★★★

v. ['tɛmpə͵raɪz]

▶ 動 拖延；見風轉舵

Daniel always temporizes and is disliked by his colleagues.

▶ Daniel總是見風轉舵，因而不受同事歡迎。

記憶心法 字根tempor表示「時間」，-ize在此作動詞字尾，合起來是「使時間加長」，由此引申為「拖延」之意。

tempt

★★★★☆

v. [tɛmpt] 同allure, attract

▶ 動引誘；吸引；誘惑

What tempted him to steal my watch?

▶ 是什麼引誘他偷我的錶？

記憶心法 tempt本身就是一個字根，表「嘗試」，而嘗試的動機就是某種「誘惑」，因此便有「誘惑」之意。

tentative

★★★☆☆

a. [ˈtɛntətɪv] 同experimental

▶ 形試驗性的

You can make some tentative suggestions.

▶ 你可以提出一些試探性的建議。

記憶心法 字根tent表示「嘗試」，-ative作形容詞字尾，表示「……的」，因此合併起來便有「試驗性的；暫時性的」之意。

tenure

★★★☆☆

n. [ˈtɛnjʊr]

▶ 名任期；終生職位

The tenure of the US Presidency is four years.

▶ 美國總統的任期是四年。

記憶心法 字根ten表「保持」，字尾-ure表「性質或狀態」，合起來是「保持某種職務的狀態」，由此引申為「任期；終生職位」之意。

terminate

★★★★★

v. [ˈtɝməˌnet] 同stop, cease

▶ 動結束，終止

We have terminated the contract.

▶ 我們已終止了合約。

記憶心法 字根term表示「界限」，-ate作動詞字尾，合併起來是「使有界限」，由此引申為「結束，終止」之意。

terminology

★★★★★

n. [ˌtɝməˈnɑlədʒɪ] 同vocabulary

▶ 图 術語，術語學

In legal terminology, a widow is the "relict" of her late husband.

▶ 在法律術語中，寡婦指最後丈夫的遺孀。

記憶心法 term 表「術語」，字尾 -ology 表「……學」，因此合併起來便有「術語學」之意。

terrestrial

★★★★★

a. [təˈrɛstrɪəl]

▶ 图 陸地的，陸棲的

Although they can swim, polar bears are terrestrial animals.

▶ 北極熊雖會游泳，但牠們是陸棲動物。

記憶心法 字首 terr- 表「陸地」，字根 estria 表「地球」，因此合併起來便有「陸地的，陸棲的」之意。

terse

★★★★★

a. [tɝs] 同concise

▶ 图 簡潔的，簡明的

The terse announcement gave no reason for Dick's resignation.

▶ 這份簡潔的公告未說明 Dick 辭職的原因。

記憶心法 該字可與形似字 verse（詩作）一起聯想記憶：寫 verse 的時候，應該力求 terse 明瞭。

testimony

★★★★★

n. [ˈtɛstəˌmonɪ] 同proof

▶ 图 證據；口供；證明

The eyewitness's testimony proved he was guilty.

▶ 目擊者的證詞證明他有罪。

記憶心法 字根 test 表示「證據」，-mony 作名詞字尾，合併起來便有「證據；口供；證明」之意。

texture

★★★★★

n. [ˈtɛkstʃɚ] 同structure

▶ 图 質地；結構；構造

We like the smooth texture of this material.

▶ 我們喜歡這種材質的光滑質地。

 字根 text 可表「織」，-ure 作名詞字尾，表「狀態」，合起來是「紡織品的狀態」，因此便有「質地」之意。

---

thesis

★★★★★

n. [ˈθisɪs] 同view, opinion

▶ 图 論點；論文

I argued my thesis well.

▶ 我把自己的論點闡述得很清楚。

 thes 可視為 this（這個），is 意為「是」，可一起聯想記憶：「這個是」我的「論點」。

---

thrifty

★★★★★

a. [ˈθrɪftɪ] 同economical

▶ 圈 節儉的，節約的

His mother is a thrifty housekeeper.

▶ 他的母親是節儉的持家人。

 該字可與形似字 thrive（繁榮）一起聯想記憶：若每個人都能 thrifty，國家一定會 thrive。

---

thrive

★★★★★

v. [θraɪv] 同blossom

▶ 動 興旺，繁榮

Rice thrives in this season.

▶ 水稻在這個季節生長興旺。

 該字可與形似字 thrifty（節儉的）一起聯想記憶：若每個人都能 thrifty，國家一定會 thrive。

topography

★★★★★

n. [tə'pɑgrəfɪ]

▶ 图 地形學，地勢

Jackie is skillful at topography.

▶ Jackie 精通地形學。

記憶心法 字根 topo 表「地方」，字尾 -graphy 表「描繪」，合起來是「針對地方的描繪」，因此便有「地形學，地勢」之意。

topple

★★★★★

v. ['tɑpl̩] 同 overturn

▶ 勔 推翻；使倒塌

High winds toppled several telephone poles last night.

▶ 昨夜大風把幾根電話線杆吹倒了。

記憶心法 top 表「頂」，字根 pel 表「推」，合起來是「從頂部往前推」，由此引申為「推翻；使倒塌」之意。

torment

★★★★★

n. ['tɔr,mɛnt] 同 agony, anguish

▶ 图 苦痛，苦惱

My classmate's little naughty daughter is a real torment to her.

▶ 我同學的頑皮小女兒令她很苦惱。

記憶心法 字根 tor 表「扭曲」，-ment 作名詞字尾，表「狀態」，合起來是「扭曲的狀態」，由此引申為「苦痛，苦惱」之意。

torrent

★★★★★

n. ['tɔrənt] 同 flood

▶ 图 激流；傾注

The rain fell in torrents this morning.

▶ 今天早上大雨傾盆如注。

記憶心法 該字可與形似字 talent（天資）一起聯想記憶：他有寫作的 talent，作文靈感像大雨般 torrent。

touchstone

★★★☆☆

n. [ˈtʌtʃˌston] 同standard

▶ 图標準，試金石

Love is the touchstone of virtue.

▶ 愛情是美德的試金石。

記憶心法 此字的結構為 touch（觸碰）＋ stone（石頭），可聯想記憶：專門用來「觸碰」的「石頭」就是「試金石」。

touchy

★★★☆☆

a. [ˈtʌtʃɪ] 同sensitive

▶ 形易生氣的

Don't be always so touchy!

▶ 別老是動不動就生氣！

記憶心法 touch 表「碰觸」，-y 作形容詞字尾，合起來是「一碰就叫的」，因此便有「易生氣的」之意。

tractable

★★★★★

a. [ˈtræktəbl̩] 同manageable

▶ 形易處理的

This case is not tractable to the normal rules.

▶ 這件事不容易用常規處理。

記憶心法 字根 tract 表示「拉」，字尾 -able 表示「易……的」，合併起來是「易拉的」，由此引申為「易處理的；易駕馭的」之意。

tranquil

★★☆☆☆

a. [ˈtræŋkwɪl] 同placid, calm

▶ 形安靜的；寧靜的

I love the tranquil life in the country.

▶ 我喜歡鄉村的寧靜生活。

記憶心法 字首 tran- 表示「超」，字根 quil 表示「靜」，合併起來是「超級安靜」，因此便有「安靜的；寧靜的」之意。

tranquilizer

★★★★☆

n. ['træŋkwɪˌlaɪzɚ] 同ataractic

▶ 名鎮靜劑

The doctor had to give that patient a small shot of tranquillizer.

▶ 醫生須給病人注射小劑量的鎮靜劑。

記憶心法 tranquil 意為「寧靜的，安靜的」，字尾 -izer 表「使……的東西」，合起來是「使安靜的東西」，因此便有「鎮靜劑」之意。

transcend

★★★★★

v. [træn'sɛnd] 同exceed, surpass

▶ 動超越

The grandeur of the Grand Canyon transcends description.

▶ 大峽谷的宏偉超越筆墨所能形容。

記憶心法 字首 trans- 表「超越」，字根 scend 表「攀登，爬」，因此合併起來便有「超越」之意。

transcribe

★★★★☆

v. [træns'kraɪb]

▶ 動抄寫，登載

Dick's recent financial report was fully transcribed in the bulletin.

▶ Dick 最新財務報告詳盡地登載在公告中。

記憶心法 字首 trans- 表「交換」，字根 scribe 表「寫」，合起來是「交換著寫」，由此引申為「抄寫，登載」之意。

transgression

★★★★★

n. [træns'grɛʃən] 同delinquency

▶ 名違反；犯罪

What Daniel did is transgression!

▶ Daniel 所做的是犯罪！

記憶心法 字首 trans- 表「橫向」，字根 gress 表「走」，合起來是「（大搖大擺地）橫著走」，由此引申為「違反；犯罪」之意。

transient

★★★★★

a. ['trænʃənt] 同ephemeral

Life is transient.

▶形 短暫的

▶生命是短暫的。

記憶心法 字首trans-可表「進入另一狀態」，字根it表「走，行」，合起來是「很快走進另一狀態」，由此引申為「短暫的」之意。

transition

★★★★★

n. [træn'zɪʃən] 同change, shift

People hope there will be a peaceful transition to the new system.

▶名 過渡；轉變

▶人民希望和平過渡到新的制度。

記憶心法 字首trans-可表「進入另一狀態」，字根it表「走，行」，合起來是「走進另一狀態」，由此引申為「過渡；轉變」之意。

transitory

★★★★★

a. ['trænsə,torɪ] 同ephemeral

Foolish men mistake transitory semblance for eternal fact. (Thomas Carlyle)

▶形 短暫的

▶愚蠢的人誤以為短暫的表像是永恆的事實（湯瑪士卡萊爾）。

記憶心法 字首trans-可表「進入另一狀態」，字根it表「走，行」，合起來是「很快走進另一狀態」，由此引申為「短暫的」之意。

transparent

★★★★★

a. [træns'pɛrənt] 同apparent, evident

The meaning of this article seems quite transparent.

▶形 明顯的；透明的

▶這篇文章的意思似乎很明顯。

記憶心法 字首trans-可表「進入另一狀態」，字根par表示「出現」，合起來是「進入出現的狀態」，因此便有「明顯的；透明的」之意。

transplant

★★★★★

v. [træns'plænt] 同transfer, move

▶ 動 移植；移民；遷移

We hated being transplanted from our home in the country to the noise and bustle of life in the city.

▶ 我們不喜歡從鄉間的居所遷到喧鬧的城市。

記憶心法 字首 trans- 可表「轉移」，plant 意為「種」，合起來是「移種過去」，由此引申為「移植；移民；遷移」之意。

trappings

★★★★☆

n. ['træpɪŋz] 同decoration

▶ 名 服飾；裝飾

The famous artist doesn't need any trappings of fame.

▶ 那位有名的藝術家不需任何名氣的裝飾。

記憶心法 該字可與形似字 trap（陷阱）一起聯想記憶：trappings 是一種 trap，會讓人蒙蔽。

traumatic

★☆☆☆☆

a. [trɔ'mætɪk] 同painful

▶ 形 外傷的；創傷的

Her mother's death was the most traumatic event in Ann's life.

▶ 母親的去世是 Ann 生命中最大的創傷。

記憶心法 trauma 表「創傷」，-tic 在此作形容詞字尾，因此便有「外傷的；創傷的」之意。

traverse

★★★☆☆

v. ['trævɝs] 同wade

▶ 動 橫越；來回移動

There were many searchlights traversing the sky.

▶ 許多探照燈光在天空來回移動。

記憶心法 字首 tra- 表「跨越」，字根 verse 表「轉」，合起來是「跨過去，轉過去」，因此便有「橫越；來回移動」之意。

treatise

★★★☆☆

n. ['tritɪs] 同thesis

▶ 名論文;論述

Professor Smith asked Dick to write a treatise on chemistry.

▶ Smith 教授要求 Dick 寫有關化學的論文。

記憶心法 treat 意為「對待」,-ise 在此作名詞字尾,合起來是「對待問題而闡述」,由此引申為「論文;論述」之意。

treaty

★★★★★

n. ['tritɪ] 同negotiation

▶ 名條約;協議,協定

Their house was sold by private treaty.

▶ 他們的房子以私人協定的方式售出。

記憶心法 treat 表示「處理」,-y 是名詞字尾,合併起來是「做出處理的文件」,因此便有「條約;協議,協定」之意。

trepidation

★★★★☆

n. [ˌtrɛpə'deʃən] 同dread

▶ 名恐懼,驚惶

Last month, the threat of an epidemic caused great alarm and trepidation in that area.

▶ 上個月流行病在該地區令民眾人心惶惶。

記憶心法 trepid 意為「膽小的」,-ation 在此作名詞字尾,因此合併起來便有「恐懼,驚惶」之意。

tribunal

★☆☆☆☆

n. [traɪ'bjunl̩] 同court, forum

▶ 名法庭;法官席

The tribunal has authority to settle these types of disputes.

▶ 法庭有權解決這些種類的糾紛。

記憶心法 該字源自古羅馬護民官 tribune,後來引申為「法庭;法官席」之意。

tribute

★★★★★

n. ['trɪbjut] 同applause

▶ 图 稱頌；尊崇

This famous author gave full tribute to her former college teacher.

▶ 這位著名作家盛讚她過去的大學老師。

記憶心法 字根 tribut 表「給予」，字尾 -e 表「事物」，合起來是「敬贈的東西」，由此引申為「稱頌；尊崇」之意。

tricycle

★★★★★

n. ['traɪsɪkl̩]

▶ 图 三輪車

My friend's four-year-old daughter loves her orange tricycle.

▶ 我朋友四歲大的女兒喜愛橘色的三輪車。

記憶心法 字首 tri- 表「三」，cycle 表「腳踏車」，因此合併起來便有「三輪車」之意。

trite

★★★★★

a. [traɪt] 反fresh

▶ 形 陳腐的；平凡的

Paul's articles about love and peace are too trite to be taken seriously.

▶ Paul 關於愛與和平的文章太陳腐以致無法認真看待。

記憶心法 該字可與形似字 rite（儀式）一起聯想記憶：許多傳統的 rite 是很 trite。

trivial

★★★★★

a. ['trɪvɪəl] 同petty

▶ 形 瑣碎的；不重要的

Don't always waste your time on these trivial things.

▶ 不要老把你的時間浪費在瑣碎的事上。

記憶心法 字首 tri- 表示「三」，字根 vi 表示「路」，-al 是形容詞字尾，合併起來是「道路分很多岔的」，由此引申為「瑣碎的；不重要的」之意。

turbulence

★★★★★

n. [ˈtɝbjələns] 圓disruption

▶ 名 騷亂；亂流

We experienced some slight turbulence flying over the Pacific Ocean.

▶ 我們飛越太平洋時，遇到輕微的亂流。

記憶心法 字首 turb- 表示「騷動」，-ence 作名詞字尾，合併起來便有「騷亂；亂流」之意。

turmoil

★★★★☆

n. [ˈtɝmɔɪl]

▶ 名 騷動，混亂

Sophie's mind was in turmoil after hearing about her dismissal.

▶ 當 Sophie 聽到她遭解雇的事後，頭腦一片混亂。

記憶心法 字首 tur- 表「混亂」，字根 moil 表「喧鬧」，因此合併起來便有「騷動，混亂」之意。

以 U 為首的單字 Track 22

ultimatum

★★★★★

n. [ˌʌltəˈmetəm]

▶ 名 最後通牒

The teachers got an ultimatum — go back to work or face dismissal.

▶ 教師們得到最後通牒——回來工作否則面臨解雇。

記憶心法 字首 ultim- 表「最後的」，-atum 在此作名詞字尾，表「事物」，因此合併起來便有「最後通牒」之意。

undermine

★★★☆☆

v. [ˌʌndɚˈmaɪn] 回destroy

▶ 動 破壞；侵蝕

Generically speaking, the waves have undermined the cliff.

▶ 一般而言，波浪會侵蝕懸崖的底部。

> 記憶心法 字首 under- 表「在……下面」，字根 mine 表「挖」，合起來是「在下面挖掘」，因此便有「破壞；侵蝕」之意。

underpin

★★★★★

v. [ˌʌndɚˈpɪn]

▶ 動 加強基礎；支持

The evidence underpinning his case were sound.

▶ 這些有利於他的證據是充分的。

> 記憶心法 字首 under- 表「在……下面」，pin 表「釘住，扣牢」，合起來是「在下面扣牢」，因此便有「加強基礎；支持」之意。

unearth

★★☆☆☆

v. [ʌnˈɝθ] 回dig up

▶ 動 挖掘；發現

We unearthed a box buried under a tree.

▶ 我們挖出了一個埋在樹下的盒子。

> 記憶心法 字首 un- 表「不」，earth 表「地」，合起來是「不在地下」，因此便有「挖掘；發現」之意。

unequivocal

★★★★☆

a. [ˌʌnɪˈkwɪvəkl̩] 回clear

▶ 形 清楚的

Ann's answer was an unequivocal "No".

▶ Ann 的答案是清楚的「不」。

> 記憶心法 字首 un- 表「不」，equivocal 表「模稜兩可的」，因此合併起來便有「不模稜兩可的，清楚的」之意。

unfold

★★★★★

v. [ʌnˈfold] 同reveal

She gradually unfolded her plan to me.

▶ 勔 展開；呈現；透露

▶ 她漸漸向我透露她的
計畫。

記憶心法 字首 un- 表「不」，fold 表示「折疊」，合併起來構成「不折疊」，也就是
「攤開」，因此便有「展開；呈現；透露」之意。

unilateral

★★★★★

a. [ˌjunɪˈlætərəl] 同one-sided

It was a very unilateral game: our
team won easily.

▶ 形 單方面的，單邊的

▶ 那簡直是一場一面倒的
比賽：我隊輕易獲勝。

記憶心法 字首 uni- 表「單個」，lateral 表「側面的」，因此合併起來便有「單方面的，
單邊的」之意。

universal

★★★★★

a. [ˌjunəˈvɝsḷ] 同general 反individual

Overpopulation has been a universal
problem.

▶ 形 全世界的；普遍的

▶ 人口過多已經是全世
界的問題。

記憶心法 universe 表「全世界」，-al 在此作形容詞字尾，因此合併起來便有「全世界
的；普遍的」之意。

unkempt

★★★★★

a. [ʌnˈkɛmpt] 同filthy, slovenly 反neat

Linda usually dresses neatly, but today
her hair and clothes had become
unkempt and dirty.

▶ 形 蓬亂的；不整潔的

▶ Linda 通常穿戴整潔，
但今天她卻蓬頭垢面。

記憶心法 字首 un- 表「不」，kempt 表「整潔的」，因此合併起來便有「蓬亂的；不
整潔的」之意。

unprecedented

★★★★★

a. [ʌnˈprɛsəˌdɛntɪd] 同unexampled

▶ 形無前例的，空前的

Society is changing at a speed which is quite unprecedented.

▶ 社會正以空前的速度變化著。

記憶心法 字首 un- 表「不，無」，precedent 表「先例」，-ed 作形容詞字尾，因此合併起來便有「無前例的，空前的」之意。

unwarranted

★★★★★

a. [ʌnˈwɔrəntɪd]

▶ 形無根據的

Facts have proved these worries unwarranted.

▶ 事實證明這些憂慮是沒有根據的。

記憶心法 字首 un- 表「不，無」，warranted 表「有根據的」，因此合併起來便有「無保證的；無根據的」之意。

upheaval

★★★★★

n. [ʌpˈhivl̩] 同disorder

▶ 名動亂；劇變

Mass unemployment will lead to social upheaval.

▶ 大量失業將導致社會動亂。

記憶心法 up 表示「上，向上」，字根 heav 表示「舉」，-al 作名詞字尾，合併起來可想成「舉起反抗旗幟」，因此便有「動亂；劇變」之意。

upright

★★★★★

a. [ˈʌpˌraɪt] 反dishonest

▶ 形正直的

We are upright citizens.

▶ 我們是正直的公民。

記憶心法 up 表示「上，向上」，right 表「正確的」，合起來是「正確、向上的」，因此便有「正直的；合乎正道的」之意。

uprising

★★★★☆

n. [ˈʌpˌraɪzɪŋ] 回insurrection

▶ 名起義；升起

The armed uprising was finally put down.

▶ 那次武裝起義最後被鎮壓了。

up 表示「上，向上」，rising 表「上升，造反」，因此便有「起義；升起」之意。

urbane

★★☆☆☆

a. [ɝˈben] 回graceful

▶ 形文雅的

David's mother is so urbane that she always eats cake with a little fork.

▶ David 的媽媽非常文雅，總是用小叉子吃蛋糕。

字根 urb 表「城市」，字尾 -ane 表示「有……性質的」，合起來是「有城市文明性質的」，因此便有「文雅的」之意。

以 V 為首的單字

Track 23

vagabond

★★★★★

n. [ˈvægəˌband] 回beggar

▶ 名流浪漢

Some people think that a man without an address is a vagabond, a man with two addresses is a libertine.

▶ 有人認為沒有住址者是流浪漢，住址有二者是放蕩者。

字首 vag- 表「漫步」，-abond 在此作名詞字尾，合起來是「漫步在街頭的人」，因此便有「流浪漢」之意。

valid

★★★★★

a. [ˈvælɪd] 同effective

▶ 形 有效的;有根據的

It's a valid method.

▶ 這是個有效的方法。

記憶心法 字根 val 表示「強,權威」,-id 作形容詞字尾,合併起來是「有事實或權威作依據的」,因此便有「有效的;有根據的」之意。

validate

★★★★★

v. [ˈvæləˌdet] 反invalidate, nullify

▶ 動 確認有效

You must validate the meal voucher.

▶ 你必須確認餐券有效。

記憶心法 valid 表「有效的」,-ate 在此作動詞字尾,表「使……」,因此合併起來便有「使有效;確認有效」之意。

vantage

★★★★★

n. [ˈvæntɪdʒ] 同advantage

▶ 名 優勢,有利情況

The soldier found a vantage point in the hills and waited for the enemy.

▶ 士兵在山丘裡找到有利地點並等待敵人。

記憶心法 van 表「前驅,先導」,-tage 在此作名詞字尾,可聯想記憶:走在別人的「前面」比較有「優勢」。

vegetate

★★★★★

v. [ˈvɛdʒəˌtet]

▶ 動 無所事事

My father wouldn't like to vegetate after retiring.

▶ 我父親不願在退休以後無所事事。

記憶心法 該字可與形似字vegetable(蔬菜)一起聯想記憶:vegetate就是像vegetable一樣茫茫然地過日子。

verdict

★☆☆☆☆

n. [ˈvɝdɪkt] 同decision

▸ 图（陪審團的）裁決

The jury has announced the verdict.

▸ 陪審團已經宣布了裁決。

字根 ver 表示「真實」，字根 dict 表示「說」，合併起來是「把事實說出來」，因此便有「裁決」之意。

viable

★★★★☆

a. [ˈvaɪəbl̩]

▸ 图能養活的；可行的

This scheme wouldn't be viable in practice.

▸ 這項計畫在實際情況中不會行得通。

字根 vi 表示「活」，-able 作形容詞字尾，表示「能……的」，因此合併起來便有「能養活的；可行的」之意。

vigor

★★☆☆☆

n. [ˈvɪgɚ] 同energy

▸ 图活力；精力；元氣

The members of the expedition must be men of great vigor.

▸ 探險隊的成員必須是精力充沛的男人。

字根 vig 表示「活」，字尾 -or 在此表「……事物」，因此合併起來便有「活力；精力；元氣」之意。

vilify

★★★★☆

v. [ˈvɪləˌfaɪ]

▸ 動誹謗，中傷

Ann was vilified by the overbearing manager for her controversial views.

▸ 因Ann有異議，那個蠻橫的經理就誹謗她。

vile 意為「卑鄙的」，-ify 在此作動詞字尾，表「使……」，因此合併起來便有「誹謗，中傷」之意。

viral

★★★☆☆

a. ['vaɪrəl]

People catch all kinds of viral infections in the winter.

▶ 圈 病毒引起的

▶ 人們在冬天易患多種病毒引起的傳染病。

記憶心法 該字是由名詞 virus（病毒）去掉 us 加上 al 而形成形容詞，因此便有「病毒的；病毒引起的」之意。

virtual

★★★★★

a. ['vɝtʃʊəl] 回 practical

We are in a state of virtual slavery.

▶ 圈 實際上的

▶ 我們實際上處於一種被奴役的狀態。

記憶心法 字根 virt 表示「真實，實際」，-al 在此作形容詞字尾，表示「……的」，因此合併起來便有「實際上的；實質上的」之意。

virtue

★★☆☆☆

n. ['vɝtʃu] 回 goodness, righteousness

Patience is a virtue.

▶ 圖 德行；美德

▶ 耐心是種美德。

記憶心法 字根 virtu 表示「優點」，因此 virtue 便有「德行；美德」之意。

visionary

★★★★☆

a. ['vɪʒə,nɛrɪ] 回 fantastic

This is a visionary invention.

▶ 圈 不切實際的

▶ 這是一個不切實際的發明。

記憶心法 此字為名詞 vision（幻想，幻影）加上 ary 形成形容詞，因此便有「夢幻的，不切實際的」之意。

volatile

★☆☆☆☆

a. [ˈvɑlətḷ] 同explosive

▶ 形 反覆無常的

The stock market has been very volatile this week.

▶ 股市在本週非常反覆無常。

 字根 volat 表「飛」，-ile 在此作形容詞字尾，合起來是「易飛走的」，因此便有「易揮發的；反覆無常的」之意。

vow

★★★★☆

v. [vaʊ] 同swear, promise

▶ 動 宣誓，發誓

We vowed to stick by one another no matter what happened.

▶ 我們發誓不管發生什麼事，都要互相照顧。

 該字可與形似字cow（乳牛）一起聯想記憶：牧場主人要求牛仔vow保護cow的安全。

 以 W 為首的單字　　Track 24

wade

★★★★★

v. [wed] 同traverse

▶ 動 涉水而行

My friends and I waded in the brook.

▶ 我和我的朋友涉過這條小溪。

 wade 音似中文「歪的」，可聯想記憶：在「涉過」小溪時，身體總是「歪歪斜斜的」。

waive

★★★★★

v. [wev] 同yield

▶ 動免除；放棄

The workers agreed to waive a pay increase for the sake of greater job security.

▶ 工人們為了工作更安全，同意放棄加薪的要求。

記憶心法 該字可與形似字 wave（搖動，揮動）一起聯想記憶：他 wave 手臂，表示 waive 他的權利。

warrant

★★★★★

n. [ˈwɔrənt] 同reason

▶ 名正當理由；搜查令

The police must obtain a warrant from a judge in order to search a house in the U.S.A.

▶ 在美國，警方必須從法官取得搜查令才可搜查房子。

記憶心法 該字可與形似字warranty（授權）一起聯想記憶：若警方想要warrant，必須由法官warranty。

whimsical

★★★★★

a. [ˈhwɪmzɪkl̩] 同odd

▶ 形古怪的

Ann's boyfriend has a whimsical sense of humor.

▶ Ann 的男友有古怪的幽默感。

記憶心法 whim 意為「奇怪，怪念頭」，-al 在此作形容詞字尾，因此合併起來便有「反覆無常的；古怪的」之意。

wholesale

★★★★★

n. [ˈholˌsel]

▶ 名批發，躉售

Retailers always buy at wholesale.

▶ 零售商總是整批買進。

記憶心法 此字的結構為 whole（整體的）＋ sale（銷售），合起來是「整批銷售」，因此便有「批發，躉售」之意。

windfall

★★★★☆

n. [ˈwɪndˌfɔl] 同unexpected wealth

▶ 图意外之財

One of my close friends made a windfall from the football pools.

▶ 我的一位好友從足球比賽賭博中得到意外之財。

> 記憶心法 此字的結構為 wind（風）+ fall（落），合起來是「風吹落的果實」，由此引申為「意外的收穫，意外之財」之意。

withdraw

★★★★☆

v. [wɪðˈdrɔ] 同retreat, recede

▶ 動撤退；使退出

The troops are being withdrawn.

▶ 部隊正在撤退。

> 記憶心法 字首 with- 表示「向後，相反」，draw 表示「拉」，合起來是「向後拉」，因此便有「撤退；使退出」之意。

withhold

★★☆☆☆

v. [wɪðˈhold] 同keep; restrain

▶ 動扣留；抑制

My parents are going to withhold my allowance.

▶ 父母準備抑制我的零用錢。

> 記憶心法 with 表「有……的」，hold 表「保持」，合起來是「保持原有的」，由此引申為「扣留；抑制」之意。

wizardry

★★★★★

n. [ˈwɪzɚdrɪ] 同magic

▶ 图魔術；巫術；奇才

This pianist is gifted with technical wizardry.

▶ 這位鋼琴師是一個音樂奇才。

> 記憶心法 wizard 意為「巫師」，加上字尾 -ry 就是「巫術，魔術」，由此引申為「奇才」之意。

woodpecker

★★★☆☆

n. [ˈwʊdˌpɛkɚ]

▶ 图 啄木鳥

Woodpeckers have scansorial feet.

▶ 啄木鳥有適於攀爬的腳。

記憶心法 此字的結構為 wood（木）＋ pecker（會啄的鳥），因此合併起來便有「啄木鳥」之意。

wreath

★★☆☆☆

n. [riθ] 同 floral hoop

▶ 图 花圈；圈狀物

In the evening, wreaths of smoke rose from the chimney in the nearby town of the Mississippi River.

▶ 鄰近密西西比河的小鎮在傍晚一圈圈的煙從煙囪升起。

記憶心法 該字可與形似字 healthy（健康的）一起聯想記憶：當一個人睡眠充足、很 healthy 時，眼睛四周不會有 wreath。

以 X 為首的單字　　　Track 25

xylophone

★★★★☆

n. [ˈzaɪləˌfon]

▶ 图 木琴

Ann's practising a new piece on the xylophone.

▶ Ann 在用木琴練習彈奏一支新曲子。

記憶心法 字首 xylo- 表「木」，字尾 -phone 表「傳遞聲音的裝置」，合起來是「用木頭傳遞音樂」，因此便有「木琴」之意。

zealot

★★☆☆☆

n. [ˈzɛlət] 同enthusiast

▶ 图熱心者；狂熱者

The artistic zealot devoted his life to art.

▶ 這位藝術狂熱者把一生致力於藝術。

記憶心法 zeal 表示「熱心；熱情；熱忱」，-ot 在此作名詞字尾，表示「人」，因此合併起來便有「熱心者；狂熱者」之意。

zenith

★★★★☆

n. [ˈzinɪθ] 同acme, peak

▶ 图頂峰

Rome's power reached its zenith under the emperor Trajan.

▶ 羅馬帝國的勢力在圖雷眞皇帝的統治下達到頂峰。

記憶心法 該字可與衍生字 zenithal（天頂的，絕頂的）一起記憶：zenith 就是 zenithal 地方。

Note

英語系：03

突破120分iBT托福必考單字

作者／馬中溥・吳亮・湖鳳葦・江宇佳
出版者／哈福企業有限公司
地址／新北市中和區景新街347號11樓之6
電話／(02) 2945-6285　傳真／(02) 2945-6986
郵政劃撥／31598840　戶名／哈福企業有限公司
出版日期／2013年10月　再版2刷2016年4月
定價／NT$ 380元（贈送MP3）

全球華文國際市場總代理／采舍國際有限公司
地址／新北市中和區中山路2段366巷10號3樓
電話／(02) 8245-8786　傳真／(02) 8245-8718
網址／www.silkbook.com　新絲路華文網

香港澳門總經銷／和平圖書有限公司
地址／香港柴灣嘉業街12號百樂門大廈17樓
電話／(852) 2804-6687　傳真／(852) 2804-6409
定價／港幣127元（贈送MP3）

email／haanet68@Gmail.com
網址／Haa-net.com
facebook／Haa-net 哈福網路商城

郵撥打九折，郵撥未滿1000元，酌收100元運費，
滿1000元以上者免運費

國家圖書館出版品預行編目資料

突破120分iBT托福必考單字／
馬中溥 ◎等合著
　--初版. 新北市中和區：哈福企業
　2013[民102]
　　面；　公分---（英語系：03）
　ISBN　978-986-5972-07-3（平裝附光碟片）
　1.英國語言---詞彙

805.1894　　　　　　　　　　101004862

Häa-net.com
哈福網路商城

Häa-net.com
哈福網路商城